啄木短歌論

河野有時

Kono Aritoki

笠間書院

はしがき

『悲しき玩具』に、

真夜中の出窓に出でて、
欄干の霜に
手先を冷やしけるかな。

という歌があります。何ということのない歌ですが、冷熱の温度差に『悲しき玩具』という歌集の抒情の在りかを求めることもできるでしょう。酒に酔ったあとのほてりを冷ましているのでしょうが、酒でなく自分に酔っていた若い日の熱情が失われていくのだと思えば、出窓から啄木短歌の来し方を遠望できるかもしれません。

歌人とはうまく言うもので、三枝昻之は「平熱の自我」と言いました。「高熱の自我」に始まった和歌革新運動も、いつか「平熱」へと落ち着かなければ、「自我の詩」は短歌百年のモチーフにはならなかったであろうと近代の短歌史を見通してみせたのです。三枝は、表現の現代語化も、短歌滅亡論への対処の仕方も、時代が求める主題の作品化も、そして、平熱への移行も、「どれもが啄木によってさりげなく、そして的確に担われた（「平熱の自我の詩について」『論集　石川啄木Ⅱ』二〇〇四・四、おうふう）＊とも述べています。「さりげなく」「的確に」「担われた」とは、これもまたすぐれた指摘であり、人はすぐ慧眼とか達眼とか言いますが、そういう類いの言葉は、このようなときのために取っておかねばなりません。しかし、どうして啄木だったのでしょうか。

啄木自身は「正直に言へば、歌なんか作らなくてもよいやうな人になりたい」（明四四・一・九、瀬川深宛書簡）と願ってもいたようです。だから、啄木が歌を作るときには、「何を歌うか」「どう歌うか」という問いに、「なぜ歌うか」という問いが浸潤しました。そうやって、啄木は短歌という表現形式とずっと向き合ってきたのです。短歌が自我の詩であり、一人称の詩型であれば、それはまた「私」と向き合うことにほかなりません。けれども、言うまでもなく、歌う「私」と歌われた「私」が全円的に一致するはずはないのです。短歌という器に「私」を装《よそ》えば、器の中で「私」は装《よそお》われてしまいます。ヘビを最初に見つけるのはヘビが苦手な人だというような俗な譬えではお叱りを受けるでしょうが、「歌なんか作らなくてもよいやうな人になりたい」と自らを見つめ直すたびに、啄木は短歌という器の特性を問い直すことになったのではないでしょうか。たとえば、歌う「私」と歌われた「私」との揺らぎからは、歌に宿された物語が顔をのぞかせたでしょう。また、星を繋ぐ星座の物語のように、歌と歌が生み出す物語に思いをめぐらせたかもしれません。いまから本書が辿ろうとするのは、そうした啄木短歌の多様な試みと、啄木と歌との個性的なかかわりです。それがなければ、近代に短歌はあっても短歌に近代というものはなかったことでしょう。

＊『コレクション日本歌人選035　石川啄木』（二〇一二・一、笠間書院）に収録。

啄木短歌論——目次

【凡　例】

一、本書において、石川啄木の作品及び日記、書簡等の引用は『石川啄木全集』（昭五三・一〜昭五五・三、筑摩書房）によった。

一、引用に際して、旧字体、異字体は原則としてそのまま用いた。ただし、底本においてすでに新字体に改められている場合は、それに従った。また、ルビは一部を除き省略した。

一、短歌及び歌句のあとには（　）を付けた数字で『一握の砂』の歌番号を示した。

一、三行書きの短歌を一行で表記する場合、行替えの位置は「／」で示した。

一、「NIKKI I. MEIDI 42 NEN. 1909.」は「ローマ字日記」とし、引用は、『石川啄木全集　第六巻　日記Ⅱ』（昭五三・六）の漢字仮名交じり文を用いた。

一、横書きの文献を引用する場合は、原文が横書きであることを注に示し、「.」を「、」に置き換えるなど、記号や符号の表記を縦書きのものに改めた。

一、注は、各節の最後に示し、明治・大正・昭和・平成を明・大・昭・平と略した。

一、古典和歌と関連する引用は、『新編国歌大観』によった。ただし、『万葉集』の引用は、『萬葉集　訳文篇』（昭四七・三、塙書房）によった。また、近代短歌の引用は、『尾上柴舟全詩歌集』（短歌新聞社）、『鉄幹晶子全集』（勉誠出版）、『白秋全集』（岩波書店）、『前田夕暮全集』（角川書店）、『吉井勇全集』（日本図書センター）、『若山牧水全集』（増進会出版社）によった。その他の引用は、その都度注記した。

序

歌には限りがある。だから、そのうち尽きてしまうだろう。数学者がそう言っていると書いたのは、ほかならぬ正岡子規だった。子規は『獺祭書屋俳話』（明二六・五、日本新聞社）の「俳句の前途」の冒頭に、「數學を脩めたる今時の學者は云ふ」と前置きして、

日本の和歌俳句の如きは一首の字音僅に二三十に過ぎざれば之を錯列法《パーミュテーション》に由て算するも其數に限りあるを知るべきなり。語を換へて之をいはゞ和歌（重に短歌をいふ）俳句は早晩其限りに達して最早此上に一首の新しきものだに作り得べからさるに至るべしと。

と書いている。俳句について、明治年間には尽きてしまうと予想した子規は、和歌にはもっと手厳しかった。和歌は俳句より長いが、雅語のみを用いるので「明治巳前に於て略ぼ盡きたらんかと思惟するなり」と言うのだ。

本当だろうか。実際に数えてみるとしよう。

まず、短歌が左のように三十一マスからできていると考えてみる。

[1] [2] [3] [4] [5]

[6] [7] [8] [9] [10] [11] [12]

[13] [14] [15] [16] [17]

[18] [19] [20] [21] [22] [23] [24]

[25] [26] [27] [28] [29] [30] [31]

1のマスには、ひらがな五十音が入る。だから、計算式は50^{31}のように思われるが、これは象徴的な数字だ。

1のマスに入るひらがなは、

あいうえお
かきくけこ
さしすせそ
たちつてと
なにぬねの
はひふへほ
まみむめも
や　ゆ　よ
らりるれろ
わ　　　を

の四十五文字。いや、これも違う。濁音や半濁音も入るはずだし、「**を**」は1のマスに限って除くこともできる。

すると、1のマスに入るのは、

あいうえお

かきくけこ　がぎぐげご
さしすせそ　ざじずぜぞ
たちつてと　だぢづでど
なにぬねの
はひふへほ　ばびぶべぼ　ぱぴぷぺぽ
まみむめも
や　ゆ　よ
らりるれろ
わ

の六十九文字あたりになるかと思われる。

だが、[2]に入る文字はこれよりも多い。先ほど除いた「**を**」に加えて「**ん**」もある。また、促音や拗音を考慮に入れれば、「**っ**」や「**ゃ**」「**ゅ**」「**ょ**」も加わるので、[2]以降のマスには七十五文字が入るとしておこう。そうすると、計算式は、

$$69 \times 75^{30} \qquad (1)$$

となり、計算してみると、

12 322 164 221 731 016 393 868 163 305 569 396 470 673 382 282 257 080 078 125

ということになる。つまり、この計算上では、

百二十三阿僧祇二千二百十六恒河沙四千二百二十一極七千三百十載千六百三十九正三千八百六十八澗千六百三十三溝五百五十六壌九千三百九十六予四千七百六垓七千三百三十八京二千二百八十二兆二千五百七十億八千七万八千百二十五　首

の歌があるようなのだ。この数字は、地球上の人口を七十五億人として、その七十五億人が一秒間に一首の歌を詠んだとすれば、詠み尽くすのにだいたい、

52 097 768 568 116 930 466 210 736 113 518 503 596 623　年

かかることを表している。一説には、太陽の寿命はあと五十五億年だと言われているから、五十五億という数字を、右の数字の横に置いてみよう。そうすると次のようになる。

52 097 768 568 116 930 466 210 736 113 518 503 596 623　年

5 500 000 000　年

まさに文字通りの桁違いに多い歌があるというわけだ。ただ、いまさら言うまでもないが、これらは意味のない計算と数字の羅列にすぎない。

実際には、「ぷ」や「ぺ」に始まり意味をもつ言葉は限られているだろうし、「あああ」のように同じ音が三つも連続すれば、「おおおく(大奥)」のようなものは例外中の例外で、ほとんどの場合は意味をもたないだろう。逆に「あい」と文字が並んでも、「愛」か「藍」か、あるいは、「I」や「eye」ということだってある。「おおかみよ」は「おお神よ」かもしれないし、「狼よ」かもしれない。力技で並べられたひらがな三十一文字から意味

をもつ配列を見つけ出して、「歌」と認定していくには計算の先になお果てしない作業が続くように感じられる。一方で、コンピュータや人工知能に作業を任せてしまえばよいという当世流の考え方もあるだろう。スーパーコンピュータなら、一秒間に一首などということはあり得ない。一秒間に何千、何万という数の歌を吐き捨てて、あっというまに計算を終えてしまうかもしれない。どれほど桁違いに多かろうとも、どのような手法かで数え上げられるなら、軽々に「無限にある」とか「限りがない」などと口にすることはできないが、子規が言うほどすぐに出尽くしてしまうということもなさそうだ。限りがあるのは歌の方ではなく、人間の能力の方だと言ってみたい気もするが、子規とていろいろと承知の上だったかもしれない。このような数字に何か意味があるとすれば、子規は子規一流の言い回しで和歌俳句の革新を訴えたというようなことかと思われる。ところが、この歌に限りがあるという考え方は、のちに再び登場してくるのだ。

明治も四十年代に入ると、自然主義の影響下に口語自由詩へと歩みを進めていく詩に対して、短歌の将来はどうも明るいものではないと案じられるようになった。明治四十三年十月の『創作』（第一巻第八号）に尾上柴舟が「短歌滅亡私論」を発表すると、ついに滅亡するのではないかという論議が巻き起こる。その中には短歌は数に限りがあるから滅ぶだろうという類いのものもあったようだ。明治四十四年一月の『創作』（第二巻第一号）に掲載された金澤美巌の「短歌の數學的生命」はそういった見方を向こうに回して書かれたものだった。

金澤は、五十音の中から同音のイ、ウ、エの三文字を除いて、${}_{47}P_{31}$という順列を計算し、文字の重複については最小限の二度の場合のみを考慮して、${}_{47}P_{31}$を二倍した。その計算式の下での歌の数は、

111 765 589 336 164 478 001 061 407 228 216 675 840 000 000　首

となるようだ。このあと金澤は「ん」の処理をめぐって独自の計算を続け、さらに増えた総数から、「無意義なる文字の羅列に過ぎないものを減ずる爲に」ざっと一億で割ってみせ、さらに「狂歌、ヘナ歌の類のものが」半分はあるとして、それらを減じた上で、「純然たる和歌の總數」は、

64 522 984 667 859 956 524 014 937 235 239 634 682　首

であると結論づけた。そして、一億人が日に十首ずつ詠み続けると、詠み尽くすまでに18 254 752 514 684 812 394 561 478年かかるとして、金澤は、

最後に私は次のやうに結論を與へやうと思ふ。曰く「和歌の生命は、論者の云ふが如く有限である、而も其有限は、むしろ無限と云ひて差支なき程、悠久なる彼岸にある」と。

と結んでいる。金澤がここに言う「論者」とは、冒頭に、

近頃「三十一字の形式を持つた短歌は、四十八と三十一字とのパーミテーシヨンに依つて得べき數だけ歌ひ盡された時に於て、當然滅亡すべき筈なれば、其命や且夕に逼れり」と論じて居る人を折々見受けるが、論者は果して、此パーミテシヨンを計算して、然る後に此論斷を下したものであらうか、

と批判した「論者」のことであった。金澤の「短歌の數學的生命」は度々繰り返される定型ゆえに滅ぶという論調への異議申し立てであったと見てよいだろう。(2) だが、ここで注目すべきは、総数や計算式の正しさではない。そういった「論者」にせよ、それに反駁した金澤にせよ、歌が滅亡するということについては同じ事態を想定しているということだ。詠むことができなくなれば歌は滅ぶ。このなんの異論もなさそうな考え方には、実は、歌とはどういうものかという問題が含み込まれているのである。

詠まれなくなってしまえば歌は滅ぶ。詠むことができなくなれば短歌は滅亡する。歌を数え上げようとした者の根幹にあるのはそういう考え方だ。(3) たとえ詠まれなくなっても、読まれていれば歌は滅びない。そういう発想ではなかった。漱石や芥川の死後、もう作品が増えないからといって、漱石や芥川の文学もお終いになったと考える人などきっといないだろう。『こゝろ』でも、「羅生門」でもよいが、読まれることによってそれらには常に新しい命の息吹が吹き込まれてきた。『こゝろ』や「羅生門」を例としたのは、それが教室で読まれているからなのだが、いまでも短歌の単元の最後には「みなさんも歌を作ってみましょう。」というようなことが行われているのではないだろうか。選び抜かれた歌人の、選び抜かれた歌を読んだあとに、そう促されても生徒には酷な話でしかないが、やはり歌というのは詠まれなければならないということなのだろうか。だがそれは、短歌史というものが読まれることでなく、詠まれることで紡がれてきたということを意味してはいない。今日の教室もそうであるように、歌においては読むということと詠むということが不可分に結びついているのだ。

伝統的な和歌の世界においては、詠む者はほとんどそのまま読む者だったはずだ。歌は互いに詠みかわされ、競われ、撰ばれて賞揚されるものだった。みな歌を詠んでは読み、読んでは詠んでいたに違いない。歌学や、あるいは時代が下ってからの国学も、歌を「学」の対象としたが、「学」の対象として歌を読んだ者たちは、自らも歌を詠むか、あるいは、詠むことを求められた者であったろう。

明治以降は、印刷術が機械化され、出版の形態が様変わりして大きく事情が変わってくる。好例は、一九八七年五月八日に刊行された『サラダ記念日』だ。この歌集は累計二百八十万部を売り上げて社会現象にまでなったが、『サラダ記念日』を読んだ者すべてが歌を詠む者であったということはあり得ない。もちろん、歌詠みはいただろうし、この歌集を読んで自分も歌を詠んでみたという者は特に多くいたように思われる。それでも、大半が歌詠まざる読み手であったことは間違いのないところだ。おそらく、歌が「学」の対象となりはじめたころから歌詠まざる読み手の登場は予想されることであったろうが、明治以降、読む者の数が増えていくとともに、詠まざる者の数も増えて、特異な現象においては顕在的に意識されるようにまでなったのである。その点で、歌は読むだけという読者の登場は近現代の短歌史に特徴的な現象と言えなくもないが、だからといって、明治以降の短歌が詠むことへの回路を閉ざしてきたということはない。読むことから詠むことへの回路は常に開かれている。歌とはそういう詩型だと見なければならない。[4] だから、歌を詠むまでに至らなかった読み手も潜在的な詠み手として位置づけられるべきなのである。

渡部泰明は『和歌とは何か』（二〇〇九・七、岩波書店）に、「和歌には『詠む』人がいて、それを『読む』人がいる。その『読む』人が『詠む』人となって、それをまた『読む』人がいる。そういう営みの連鎖の中で続いてきた」と述べているが、つまりは近現代の短歌史を含めた和歌史とは詠むことと読むことによって引き起こされてきた運動なのであって、それゆえに詠むことと読むことが一首の中でも結ぼれているのである。歌を数え上げようとした者にとっての滅亡が、詠むことと読むことの回路が閉ざされたために和歌史を紡いできた糸車の回転力が失われるということであれば、なるほどそれは歌にとって滅亡的な状況と評しうるだろう。この詩型を通して、詠むことと読むことは糾われてきた。そうして、詠み手と読み手の関係性は歌に織り込まれ、歌の一部となり、歌が詩的世界を生成する梃子として働いてきたのである。

歌は一般に一人称の詩型だと考えられている。佐佐木幸綱は『万葉集の〈われ〉』（平一九・四、角川学芸出版）に、一人称詩とは「私小説のように作者が自分を主人公にして、自分の思いや行為を表現する詩」であり、そこでは

「作中の〈われ〉＝作者〈われ〉」という原則が成り立つと述べている。啄木のよく知られる一首、

はたらけど
はたらけど猶わが生活楽にならざり
ぢつと手を見る　(101)

であれば、「読者は、『わが生活』とあるのは、石川啄木という人物の生活なのだなと暗黙の内に了解し、じっと手を見ているのも啄木だと読んで納得する」のだと佐佐木は言う。また、一人称代名詞が出てこない、

石をもて追はるるごとく
ふるさとを出でしかなしみ
消ゆる時なし　(214)

のような歌であっても、一首と作者名の石川啄木はセットであり、「作中の『ふるさと』は岩手県で、かなしみを今も抱いているのは青年啄木という人物だと了解しながら」読まれることになるのだと。ここに佐佐木は、短歌を鑑賞する際の慣習を的確に言い当てているだろう。

たはむれに母を背負ひて
そのあまり軽きに泣きて
三歩あゆまず　⒁

は児童伝記全集の一冊『ものがたり　石川啄木』（昭三九・七、偕成社、一七九頁〜一八二頁）に挿し絵（一八四頁より転載）とともに、次のように紹介されている。


ひさしぶりに、かぞくがいっしょになって、ささやかながら、たのしいしょくじをしました。

啄木がきにかかるのは、どうも、おかあさんが、やせすぎていることです。

「どこか、ぐあいでもわるいんじゃありませんか。」

「いいや、ちっとも。」

と、おかあさんは、しらがのふえたあたまをふりました。

「としよりだもの。やせてくるのは、あたりまえですよ。やっと東京にこられたのだから、たとえすこしくらいびょうきがあっても、なおってしまう。」

「それもそうですね。どのくらい、めかたがあるか、ちょっとおぶわせてください。」

啄木は、むじゃきにいって、おかあさんをせなかにのせてみました。そして、へやのなかを、すこしあるいてみました。

なんという、かるいめかたでしょう。

いくらとしよりだといっても、もっとめかたがありそうなものなのに。（ああ、おかあさんは、ぼくのようなむすこをもったために、きもちのくろうがおおくて、やせてしまったんだなあ。）

啄木の目には、なみだがうかんできました。

たわむれに母をせおいて
そのあまり軽きに泣きて
三歩あゆまず

啄木は、なみだながらに、そんな歌をつくりました。(5)

「ものがたり」であるにせよ、これを佐佐木が指摘したような一首と作者名をセットにする読み方の典型としてよいだろう。母を背負い、泣き、歩めなかった作中の人物は啄木というわけだ。「作中の〈われ〉＝作者〈われ〉」という原則が啄木に母を背負わせているのである。ただ、母を背負い、泣き、歩めなかった作中の人物は、「彼」や「彼女」ではなく、どうして「〈われ〉」なのだろうか。(6) 歌を読むときの約束事と言ってしまえばそれまでなのだが、あえて問うてみることで、約束事を成立させているもう一人の「作中の〈われ〉」に出くわすことになるだろう。発語する〈われ〉である。

「たはむれに母を背負ひて」の一首の場合なら、母を背負い、泣き、歩めなかった人物が想起され、そのことが嘆じられていると読まれるだろう。問題は、誰が嘆じているのかということなのだが、すぐに「誰か」というように考えるのは適切ではないのかもしれない。発語しているのは、人語を操る猫や虎のような虚構的存在であるかもしれないからだ。だから、歌のつくりによっては、作中の登場人物と発語している存在を区別すべきことも当然でてくるだろう。それでも、通常、歌においてはほとんどの場合に、登場人物と発語者をそのまま「〈われ〉」として重ね合わせても不都合は生じない。それは、歌が「私」の現在的な発語の形をとっているためだと思われる。

たとえば、

散歩の途中で外国人に道を尋ねられた。

という文だけでは、発語者も不明で、誰が尋ねられたのかも判然としない。

散歩の途中で外国人に道を尋ねられた。

彼女は、急な呼び出しを受けて慌てていたので、内心ではひどく迷惑だと思った。

と続けば、尋ねられたのは「彼女」で、それが、第三者によって語られていることになる。一方、

散歩の途中で外国人に道を尋ねられた。

私は、毎日、この通りを歩いているが、外国人にはついぞ会ったことなどなかった。

となれば、尋ねられたのは「私」で、「私」がそのことを語っていることになろう。それぞれを三人称や一人称で書かれていると言ってもよい。一人称の詩型たる歌の約束事では、「私は、毎日、この通りを歩いているが」に当たる部分が用意されてなくとも、「私」が尋ねられたと「私」が語っていることにするのである。だから、

彼女は悔しくて涙をこぼした。

のように、三人称で書かれているかに見えても、歌の理解では「私」による「彼女」の描写と考える。「私は、彼女にかける言葉も見つけられなかった。」のような文が後述されていれば、確かにそうなるはずだ。だが、歌が「私」の現在的な発語の形をとっていることに焦点を置けば、次のような譬えをもってした方がよりふさわしいかもしれない。

散歩の途中で外国人に道を尋ねられた。

であれば、

「青い顔して、どうしたの?」

「散歩の途中で外国人に道を尋ねられた。」

というような対話を思い描いて、「『散歩の途中で外国人に道を尋ねられた。』」の部分が切り取られているのが歌だと考えてみるのだ。「散歩の途中で外国人に道を尋ねられた。」と言ったのが誰であったとしても、誰が尋ねられていたとしても、「　」で括られていれば、尋ねられた「私」の発話となる。尋ねられた人物は「私」で、その「私」が発話者だ。

バスがなかなか来ない。

という例ではどうだろう。ここには「私」の行為は語られてはいないが、これも、

「何を苛々してる?」

「バスがなかなか来ない。」

として、「バスがなかなか来ない。」を取り出せば、やはり、「私」の発話である。「私」の発話において、「私」が自分の不満を述べていることになるだろう。先の「彼女は悔しくて涙をこぼした。」の場合でも、

「あんな負け方もあるんだね。」
「彼女は悔しくて涙をこぼしたよ。」(7)

の「『彼女は悔しくて涙をこぼした』」だと思えば、後ろに続く文章はなくてもよい。「バスがなかなか来ない。」や「彼女は悔しくて涙をこぼした」ではなく、「ほら、桜がきれいに咲いているよ。」なら、叙景歌における発語者に近づくことができるのではないか。

つまり、一人称の詩型というのは、地の文における一人称の叙法というよりは、「　」の中の「私」の発話として理解される詩型ということのように思われる。別言すれば、歌というものを鑑賞するとき、読み手は、母を背負い、泣き、歩めなかった登場人物を思い描いているだけではなく、「母を背負い、泣き、歩めなかった」と発語されているように受けとめ、発語している「私」と歌われた「私」を同時に成立させ、一致させているのだ。歌われたのが「私」の思惟、心情である場合は、「私」が自分の心中を歌っていると解するし、叙景歌のように歌われた情景に「私」が登場しない場合でも、その情景を「私」が見ていると解するのである。

言うまでもなく、短歌が日常言語同様の発話であるはずはなく、対話によるコミュニケーションと歌を読むことを重ね合わせようとするのは適切ではないだろう。歌を読みながら、発語者がそこにいて、読んでいる「私」に歌いかけてきたように感じたとしても、歌における発語者というのはあらかじめ詩型の中にいたわけではなく、その存在は読み手が想起した歌われている内容の一つで、だからこそ登場人物の一人であると言うことができるのだ。しかしながら、もともと「歌」であったこの詩型は、音声により、文字通り歌われてきた、いわば、「声」であったのであり、文字で書かれ読まれるようになってからも、その調べは声に出して歌われていたことを思い起こさせる。また、詠み交わされ、詠み手と読み手が相互に「私」として入れ替わってきたということもあって、日常の言語行為の構図がその鑑賞に援用され、慣習となってきたのだと思われる。普段は意識する必要もなく素通りされる、発語者の「私」は、歌という表現機構を根底で支えていると言わねばならない。

一方で、発語者としての「私」の「声」は、発語者にさしたる性格付けもなされていないために、「声」を発する主体として身体的存在を求めるということがあるのだろう。「声」を通して現れる発語者に思いを巡らせることで、身体像としての石川啄木が招き寄せられるというような事態も生じるのではないか。当然、その際の石川啄木とは、作者の像たる「石川啄木」でしかない。だから、歌が年譜に閉じ込められてしまうような読み方は避けなければならないが、この「石川啄木」は、一人称詩型における「私」という機能に包摂されていると考えることもできるだろう。重要なのは、発語者の「私」と「啄木」が混同されて区別できなくなってしまったのではなく、綯い交ぜとなって歌の読みを生成する役割を果たしているということだ。目を凝らして見れば、発語者の「私」と「啄木」とのずれには虚構としての歌の世界が見えてくる一方、発語者の「私」と「啄木」は相補って、一定の時代や場所、その地点に鋲を打ち込むように思われる。それらにより一首の歌は、和歌の伝統と、同時代の言葉や表現が交錯する場に立ち現れることになるのではないか。本書においては、歌という詩型のあり方に留意しつつ、和歌の伝統と、同時代の言葉や表現が交錯する場として啄木短歌について考えてみたい。最初に取り上げるのは、殊によく知られたあの歌だ。爆風スランプの「せたがやたがやせ」、スチャダラパーの「トラベル・チャンス」やスピッツの「三日月ロック　その3」、ももいろクローバーZの「労働賛歌」でも、手はいつもじっと見られていた。

〈注〉

（1）ここでは[2]に入る「は」と「へ」について、haとwa、heとeを区別していない。たとえば、「ははは」という文字の並びは、「ha ha wa」となるときと「ha wa ha」となるときが考えられるだろう。「母は」や「歯は歯」というような場合だ。しかし、これは「歯」か「葉」かのように、意味にかかわってくるため計算に入れなかった。また、「ヴァイオリン」に見られるような「ゔ」や「ぁ」も考慮していない。なお、字余りや字足らずについては、正確にどのくらいの歌があるかを計量することが目的ではないので、それらも無視している。

（2）『創作』（第一巻第十号、明四三・一二）の「歌壇漫言」に天野謙二郎は「短歌三十一文字の形式が幾年か續けば數學的に歌の數は盡きると云ふ意味の事を元氏が『凡ての呼吸』の序に於て云つてをられる。私の中學の數學の教師などにも恁うした事を云つた人があつたやうに記憶する。」と述べている。

（3）柴舟の言う「滅亡」とは少し違った意味合いだったかもしれない。「短歌滅亡私論」に先立って書かれた「短歌の將來」（『新聲』第二〇巻第五号、明四二・六）にも柴舟は「短歌はながい生命をもつ可きものとは思はぬ」と書いているが、それは短歌が影も形もなく消え失せてしまうのではなく、「文學の中心を占領して人の感想を新にし、視聴を聳てしめるといふやうな事は、決して無い事となる」ような事態を指していた。「好事家の慰となり、貴族貴婦人の玩びとなり、少年少女の御相手となつて殘つてつゞくに相違ない」と柴舟は考えてもいたようだ。また、「短歌滅亡私論」を評した相馬御風の「評論の論評」（『文章世界』第五巻一三号、明四三・一〇）に、御風は「自分は無論柴舟氏の論に賛同するものである」としながらも、「自分などは最も御先走りして詩歌の制約打破を主張した一人であるが、それでも時々は短歌でも作つて見やうかと云ふやうな心持になる事がある。自分は最高の意味の藝術としての短歌の滅亡は是認すると同時に道樂品としての短歌の存續を是認するものである」と述べている。だが、論点は異なると言えども、詠まれなくなれば「滅亡」し、詠まれていれば「存續」するという考え方は、歌の総数を数えようとした者たちのそれと重ね合わせることができるだろう。

（4）短詩型であり、調べによる愛唱性を有する短歌は、歌が本来の姿に戻ろうとするためであろうか、暗唱されるなどして文字から離れていこうとする力を内在させているように思われる。諳んじられ、活字から飛翔した歌は、読まれるものから、詠じられるものへと姿を変えていく。自らが新たに歌い起こさずとも、歌を読むことは詠むことへ繋がっていると言うことができよう。

（5） 全五十巻からなる偕成社の児童伝記全集の「刊行のことば」には

この全集は小学校児童のために、偉人の生涯と業績をわかりやすく書いたもので、取材や書きかたは新しい道徳教育や歴史教育のたすけともなるよう特に留意しました。

また、記述の正確をこころがけながら逸話を主とした楽しい物語とし、美しい絵とあいまって、興味のうちに偉人の精神が把握できるよう苦心いたしました。

と書かれている。

（6） 佐佐木は『作歌の現場』（昭六三・七、角川書店）では、「たはむれに」の一首を示して、

背負ったのは、泣いたのは、あゆまなかったのは、〈私〉であって、〈君〉や〈彼〉ではない、と解するのである。もしこれが短歌としてではなく、散文中の一行であるとして読まれるならば「（彼は）たはむれに母を背負ひて……」というふうに解しうる可能性だって十分にあるわけだが、それをそう取らず、一人称を補って解するのは、〈詩型〉の持つ〈強制力〉によると考えていい。

と述べている。そして、

〈詩型〉が〈一人称〉を強制するということは、〈詩型〉が〈作者〉本人をも干渉するということである。作品に署名があれば、作中の〈一人称〉（たとえ補填されたそれであっても）は即ち作者だと受け取るのが自然だからである。

としている。

（7） 対話らしく見せるために、「よ」という終助詞を下接させたが、和歌を口語訳するときにもしばしば「よ」が末尾に添えられる。たとえば、日本古典文学全集の『古今和歌集』（昭四六・四、小学館）では、

春たてば花とや見らむ白雪のかかれる枝にうぐひすの鳴く（春歌上・六　素性法師）

の一首を、

春になったので、鶯は雪を花だと思っているのだろうか。白雪が降りかかっている梅の枝で、あのとおり、楽しそうにさえずっているよ。

と口語訳している。こういう「よ」は、歌意を強めたり、詠嘆を表したりしているものと思われるが、「声」としての歌の性格が発語者と聞き手の関係性を想起させ、語りかけるような印象を一首に齎すものでもあったろう。

Ⅰ　啄木短歌の言葉と表現

1　手を見るまえに

けれど、時間とはすなわち生活なのです。そして生活とは、人間の心の中にあるものなのです。――ミヒャエル・エンデ『モモ』大島かおり訳

がんばっているんだけどな

『石川くん』は、啄木短歌を「今の言葉の歌」にしようとする試みだった。歌を横書きにしているのもそのためだろう。そこで、枡野浩一は、「はたらけど」をこんなふうに変身させた。『石川くん』は、現代語による再現ではなく、枡野が啄木と詠み交わした、啄木短歌の再演と言った方がよさそうだ。

「はたらけど／はたらけど」と繰り返すのであるから、「がんばっているんだけどな／がんばっているだけどなあ」とでもすればよさそうなところを、枡野はそうしない。「いつまでもこんな調子だ」としたのである。それは、枡野が「猶」を見落とさなかったからだろう。

がんばっているんだけどな
いつまでもこんな調子だ
じっと手を見る
はたらけど
はたらけど猶《なほ》わが生活《くらし》楽《らく》にならざり
ぢつと手《て》を見《み》る
26　第3回　石川くんと仕事
27

枡野浩一『石川くん』（2007・4、集英社）

だが、一首を変奏し通帳や給与明細をじっと見る諸氏は「猶」を忘れがちだ。このよく知られた歌は、しばしば「はたらけど　はたらけどわが暮らし楽にならず　じっと手を見る」と口ずさまれる。大正十二年のよく知られる論議の杉浦翠子も「猶」を落とした一人だった。

一

大正十二年一月二十五日「東京朝日新聞」に「貧窮の歌（上）」が掲載され、「杉浦翠子と西村陽吉をめぐる啄木論議[1]」の幕が切って落とされる。その冒頭に配されたのが「はたらけど」の歌であったが、翠子は一首を『はたらけどらくにならざりき』啄木のいふことは唯單にこれだけなのであります」と解した。

『ぢつと手を見る』なんといふ厭味な餘興でせう。初句から四句までは稗拙ながらも生一本のところに同情をもちますけれど、この結句に至つてのわざとらし氣取りには鼻もちがならないのであります

という結句に対する評価も、「啄木のいふことは唯單にこれだけ」の延長線上に位置しているのだろう。初句から四句までを「はたらけどらくにならざりき」と限定的に捉えれば捉えるほど結句との段差は広がり、「ぢつと手を見る」は芝居がかった身振りとして疎んぜられるはずだ。翠子は、ついに「プロレタリア歌人へ—西村陽吉氏へ[2]—」において『万葉集』や良寛の歌と「はたらけど」の歌を併置する際、「はたらけどはたらけど我がくらしらくにならざりぢつと手を見る」と記すことになるのだが、この不正確な引用もかかる翠子の態度に起因していたと思われる。だが、これには少しばかりの事情もあった。「貧窮の歌」に唐突に始まったかに見える論議には前哨戦があったのだ。

同大正十二年の一月九日、渋谷で大規模な火災が起こる。全焼三百五十余戸、罹災者は千五百余名にものぼっ

た。火難を目の当たりにした翠子は十二日の「東京朝日新聞」に「澁谷の大火」十首を発表するが、同紙十六日の「回轉椅子」で松本淳三がこれを揶揄した。松本は、

貴女の歌はブル歌で、僕のはプロ歌の最上です。ブルとプロとの對立です、どつちがいゝかを投票させたら、きつと貴女が負けですよ。笑つちやいけません。これでも昔は貴女と同様、アララギ社中で少しは鳴らしたものですから。が、まあいい。まあいゝ。とにかくも少し、貴女は人間生活をみつめて歌つて下さい。

と言ったのである。対する翠子も「貧窮の歌（上）」が掲載される前日二十四日の「回轉椅子」に、大正五年からアララギ社中で「あなたのお名を一度もこの間に拜聞して居ないことを殘念に思ひます」、「私の如き貧乏畫家の妻をブルとか犬の名のやうな階級の上に、御覽ぜられての御意見も光榮に思ひます」とやり返し、「『ブルジョアと君に思はれことしより良き事もあらむかあらば報いむ』右御禮まで」と結んだのであった。自身の詠作への非難に「ブルとプロとの對立」を持ち出された翠子が「はたらけど」の歌の「生命である、はたらけどはたらくにならざり　といふ概念が、如何にも安價な概念」だと見たのはゆえのないことではなかったのである。

しかし、そのために翠子への攻撃は「プチ・ブルジヨアの貴樣なんかに何が解るか！(3)」の如く苛烈を極め、「ブルとプロとの對立」は図式化され鮮明度をましていくことになる。そこでは、「はたらけどらくにならざり」が「安價な概念」であろうはずがなかった。西村陽吉は「これは概念でなくして、啄木の實際であり」、「今日の社會生活の大多數の『實際』である(4)」と主張する。「生活派が生れ、貧乏派が生れ、プロ藝術が擡頭する」と認識する陽吉からすれば翠子の「言ひ古された曖昧模糊たる藝術論は、ブルジヨア的詭辨の好標本」ではあったろう。陽吉は陽吉で、窪田空穂『土を眺めて』所収の「貧窮」二十六首を「理智的」と非難したところ、これを松村英一に「それは言葉の外形だけにしか觸れぬ者の言であつてまだ未熟を免がれぬ」と、また「窪田氏の現在の

位置や實際を考へて」みようという鑑賞眼についても「作品を通しての作者はあつても、作品と對立的に作者のある譯がない[5]」と論駁されるという事情を抱えていた。翠子にしても陽吉にしても「貧窮」ということには過敏に反応せざるを得なかったのである。

「啄木めでたし論争」とも称せられるこの論議は「はたらけど」の歌が問題を提起したというより、「貧窮」を鍵語に「ブルとプロとの對立」に一首が搦め捕られていったというような側面をもっていたのである[6]。その舞台の上では、「猶」の有無などは些細なことであり、その修辞性より「啄木の不遇の境遇」が前面に押し出され、歌の言葉の先を歩いた。これは今日に至るまでの啄木短歌受容史の特徴的な様相ではあるが、ここでは手を見て貧を嘆くまえに猶少し考えてみたいと思う。

二

「はたらけど猶わが生活」の「猶」は　第二句の末尾に据えられているが、これは第四句や結句をはじめ各句の頭に置かれることの方が多い「猶」の通例に照らせばいささか落ち着かない地点に位置していると言えるだろう。第二句末の「猶」は五七五七七の中にあっては「はたらけど猶―わが生活」だが、意味の上では「はたらけど―猶わが生活」と第三句第四句に結びついているのである。だが、一首のように初句を繰り返す歌柄においては、

　はた―らけ―ど・―・・　　はた―らけ―どな―お・

より、休止が「なお」の前に移動して、

　はた―らけ―ど・―・・　　はた―らけ―ど・―なお

（＊「・」印は一点で一音ぶんの休止を表す。）

ればと読まれることが多いかと思われる。[7] 仮に、歌意はまったく異なるが「はたらけど猶はたらけど」とでもしてみれば調子の違いがより明確になるだろう。「はたらけど」のリフレインのあとのこの副詞は調べに流されるような性質のものではなく、第二句第三句にわたる場所にその響きを残しつつ、単なる接ぎ木としてではなく複雑なあやを一首に持ち込んでいると見なければならない。

たとえば、同じく変化のない様子を表す「猶」と「やはり」とを見比べてみよう。

彼に聞いてみたが、やはり分からない。

の「やはり」と、

彼に聞いてみたが、なお分からない。

の「なお」とでは、ともに結果が以前の状態と変わらないことを示してはいるが、「やはり」は変化を予想したが案の定だという納得の暗示に、「なお」は変化が期待される事態を経たあとも変わることなく同じ状態が続いているということにアクセントが置かれている。「なお」において問題となるのは、「なお」以下の不変化の状態に加えて、前々からそれが相変わらず続いているという時間的な継続性にあるように思われる。[8]

太田登は、「はたらけど」の歌における「猶」について、

第一行目から第二行目にかけての「はたらけど」のリフレインに「猶」という副詞を加えることによって、絶え間のない時の流れの中で何の変わりもない自己を取り囲む勤労生活の悲哀がひしひしと迫ってくるように感じられるのである。

と述べた。[9] 重んじられなければならない指摘であろう。太田がここに「絶え間のない時の流れ」を言うのは、『はたらけど』のリフレイン」が変化の期待に反する状況を導くにとどまらず、それと「猶」が連動することに

よって、いくらはたらいても生活が楽にならない同様の状態が現在まで続いていることを浮かび上がらせているためだと思われる。(10) つまり、「はたらけど猶わが生活楽にならざり」は、はたらくことによって得られるはずの順当な結果が得られないことを嘆ずるにつけて、もとより生活は楽でなかったということに改めて気付いたことを詠じているのである。「ぢつと手を見る」作中の主体は以前の楽でない生活と、現在の楽でない生活、その間のはたらくことの関係性を変化と不変化を気にとどめながら捉え返そうとしたに違いない。それは、「猶」生活が楽ではないという認識であって、同様に状態が継続しても「やはり」や、まして「まだ」生活が楽ではないということでは決してなかったはずだ。

彼に聞いてみたが、まだ分からない。

のは、ある時間を経た現時点で一定の基準に達していないということである。「まだ」には将来的にその基準へ到達するだろうという期待が暗示されている。そのためには、もう少々時間や工夫が必要で、ほかの人に聞いてみたり、彼に対しても聞き方を変えてみたりすればいずれは分かるようになるかもしれないという含みがありそうだ。仮に、「はたらけどまだわが生活楽にならざり」であれば、生活が楽になるにははたらき足りない現状が示唆され、もっとはたらけば生活は楽になるであろうという見通しは、その裏に「稼ぐに追いつく貧乏なし」というようなことを容易に類推させる。(11)

一方、「はたらけど猶わが生活楽にならざり」では、はたらけば生活が楽になるであろうという期待に反し、変わらず続く楽ではない生活を前にして、はたらき方やその程度の問題よりも、はたらくことが「わが生活楽」に即応せぬ事態に対する懊悩が前面に押し出されているように感じられる。あえて「猶」に過度の負荷を加えれば、はたらいてはたらいて相応の賃金を得たとしても、あるいは、はたらくことの如何によらず生活は楽ではないということにさえなるだろう。本当に生活が楽であるためには何か深く欠けるところがあるのではないか。はたらかざる手を休めた寸時に勤労者が思うことは「わが生活」のあり様なのだ。

歌う啄木はまた、

三

もちろん、この「はたらけど」の歌は労働や貧しさというような社会問題と無関係にあるわけではない。河上肇『貧乏物語』にも引かれたこの歌に対する理解の基本線はむしろそのようなものであった。「はたらけど」と

かゝること喜ぶべきか泣くべきか貧しき人の上のみ思ふ

耳かけばいと心地よし耳をかくクロポトキンの書をよみつゝ

と歌う、「クロポトキンや秋水に導かれてよりよい社会を願[12]」う啄木であったことも大事な指摘である。詠作時期と時間が前後する次のような一節からもこの歌が貧しい勤労者の佇まいを捉えていると言うことができよう。

世か文明に進み工場の數か殖へ機械仕事か多くなると自然に婦女子の職業も増加する様になるが斯なると下層人民は安樂になるかと云ふに決して然らず婦女か工場に働きて夫の活計を助くる故世帯持か樂になるかと思ふやうだが却つて一家の活計は困難になる傾きあり是は文明開化の弊害にして勞働者は働けば働く丈け困難になると云ふありさまである

これは明治三十一年七月十五日の『勞働世界』（第一六号）に掲載された「男工と女工の關係」の冒頭部だが、

「労働者は働けば働く丈け困難になる」に「はたらけど」の歌を透かし見ることは難しいことではない。ただ、ここで注目しなければならないのは「活計」に「くらし」とルビがふられているということであろう。今日ではあまり耳にすることのないこの言葉は、ふるく白楽天「履道居三首」の「莫レ厭貧家活計微」や『古今和歌集』「真名序」の「以此為活計之謀」などに見られ、「中世、特に室町時代以降、日常通用語として広く行われ(13)」ていたようだ。

明治期においても「活計」はしばしば用いられ、たとえば明治十一年の『欧洲奇事花柳春話』に「貧窮僕ノ如キ者ハ猶ホ活計ニ困苦ス」を見ることができる。この語は「たけくらべ」では「たつき」、「坊つちゃん」「野分」では「くわつけい」とされてもいるが、

定めなき世も智恵あれバ。どうか活計ハたつか弓。（坪内逍遥『當世書生氣質』）
左而已富貴と言ふでもないがまづ融通のある活計。（二葉亭四迷『浮雲』）
樂に活計が立ち行きさうなものですのに、（須藤南翠『處世寫眞緣簑談』）
昔ハ海邊四五丁の漁師町でわづかに活計を立てゝ居た。（山田美妙「武藏野」）
後には嫁と孫が二人皆な快う世話をしてくれますが、何分活計が立ち兼ねますので、（泉鏡花「夜行巡査」）

などでは、経済的な状況を念頭に置いた生計と同義で「くらし」と読まれている。

ところが、先の「男工と女工の關係」は後段に「今は働ひても物價は高し屋賃は上るし誠に困難なる生活をせねばならぬ」とあり、この「生活」も「くらし」とルビされているのである。「生活」を「くらし」と読む例はほかに、徳富蘆花『思出の記』に「吾母に日本一の生活をさせ申して」がある。『思出の記』では「學校の生活」「外部の生活」「自然的生活を樂む」「愉快な生活」「叡山の生活」等日々の活動たる「せいくわつ」とは区別され

これが用いられていた。『破戒』にも「あるものは又お百姓して生活《くらし》を立て、居るといふことを」があるが、同じ「くらし」[14]でも、「生活」と「活計」は「男工と女工の關係」がそうであるように、混在して用いられていたようだ。しかしながら、「生活」は主に経済的な面でいう「活計」の意を含みながらより広義に使用されていると言いうるだろうし、同時にそれははやくこの問題に着目した藤原暹が指摘するように「生活としての思想」[15]を映し出す。「生活」を「くらし」と読むこと、あるいは、「くらし」に「生活」の字をあてることは、『暮しかた』と『生きかた』[16]のはざまで啄木が自覚的に選び取ったものであると考えなければならないであろう。

「読書を廃し、交友に背き、朝から晩まで目をつぶつたやうな心持でせつせと働い」た結果、「米味噌の心配だけはしないで其月を送れる」程度にくらし向きが改善されても、そのための「平凡な、そして低調な生活」「自分自身意識しての二重生活」が「真の生活」[17]ではないことを啄木は承知していた。「硝子窓」に描き出されているように、意図して「目をつぶつたやうな心持」で「為事」に没入しつつも、「然し、然し、時あつて」、自らの「生活」に対する「抑へようとしても抑へきれない、紛らさうとしても紛らしきれない」疑念は浮かびくる。それは、ここに取り上げた一首における、目を開いて休めた手と向き合うときの心裡とまったく無縁ではないだろう。「はたらけど」の歌は、はたらくことで経済的な豊かさが実現されないことに加えて、懸命にはたらくことが不可避的に招き寄せる、「真の生活」とは何かという、「生活」の意味と所在をめぐる問いをも背後にひそめていると言えよう。「くらし」が不可分な形で「生活」(= life／「自分の生命」「自分といふ一生物」)の傍らに佇立しつつ、しかし両者が全円的に同化することのない揺らぎの裡に「貧窮」のみに限定され得ない一首の世界の深みが生まれている。今日の「わが生活」の意味と所在をめぐる問いが明日へ向かっていくことは周知の如くだが、かかる問いがはたらくことと「くらし」と「生活」の繫がりを捉え返す「猶」に根ざしていることに思いをいたさねばならない。

古来より歌におけるテニハとはそのような性質のものであった。『手耳葉口伝』は、

たゞ　なを　だに　さへ　など　いとゞ

をあげ、「たましゐをいれべきてには」として「かやうのところのことば、先達のゐいずるところをあぢはへしるべし[18]」と言う。

〈注〉

(1) 論議の行方は、篠弘『近代短歌論争史　明治大正編』（昭五一・一〇、角川書店）、上田哲『啄木文学・編年資料受容と継承の軌跡』（一九九九・八、岩手出版）に詳細に跡付けられている。

(2) 『文学世界』（第二巻第六号、大一二・六）

(3) 松本淳三「今日の感想（上）」（「東京朝日新聞」大一二・一・三〇）

(4) 西村陽吉「ブルジョア藝術論の正體――杉浦翠子の迷妄を駁す――」（『新興文学』第二巻第三号、大一二・四）

(5) 西村陽吉『新社會への藝術』（大一一・三、東雲堂書店）
松村英一「短歌雑言」（『国民文学』第九八号、大一一・一〇）

(6) この論議は多様な角度から検証し直されなければならないであろう。たとえば、「啄木否定を強めれば強めるほど、『アララギ』における翠子は微妙な立場に追い込まれ」ることに注目した太田登は「啄木という存在」（『啄木短歌論考　抒情の軌跡』平三・三、八木書店）において、「いわば二重の敵とたたかいながら啄木論議にひた走る女流歌人翠子のエネルギーを近代短歌史のうえにとらえなおす必要」を指摘する。この論議において翠子が「女流」であることについてもそうであろう。翠子への非難には「いかに女人には」、「ヒステリー症」、「女だてらに」、「好

漢ぢやない好女子よ」という類いの色調を見ることができるからだ。当の翠子は「啄木めでたし」（『短歌雑誌』第六巻第五号、大一二・五）に「丁度羅馬字で署名する興味を覚えた女學生の概念をよく捕へた、みだれ髪の晶子女史と、双幅して、無論男性だけに啄木が秀れて居たことは當然でありませう」と述べている。

（7）三行書きの改行位置に拘らなければ「はたら一けど一はたら一けど」と読まれる可能性が高いだろう。この場合は以下の「なおわがくらし　らくにならざり　ぢつとてをみる」が七音の連続となり、三連続で読み出されながら休止が少なく間が悪いため、「なお」を省き「わが一くら一し・一・・」となる事態がしばしば生じると考えられる。

（8）内田賢德は「副詞ナホの関係構成と訓詁」（『井手至先生古稀記念論文集　国語国文学藻』一九九九・一二、和泉書院）で『後撰和歌集』恋四・八七五「関山の峰のすぎむらすぎゆけど近江は猶ぞはるけかりける」について、「近江の遠くあることは、関の杉群までやってきて初めて感じられたことでありながら、実はもともとそうであったというような性格をもつ」と指摘する。

（9）井上宗雄編『和歌の解釈と鑑賞事典』（一九七九・四、旺文社）

（10）「絶え間のない時の流れ」ではあるが、「猶」は「猶」以下の判断を下した時点やそこまでに比重がかけられているように思われる。一首においては、これが結句の「ぢつと手を見る」という寸時の静的な場面を印象づけるのに絶妙な効果を生んでいる。

（11）「稼ぐに追いつく貧乏なし」は「はたらけど」の歌の対極に位置している。啄木がこの歌を詠んだ数日前の「東京朝日新聞」（明四三・七・二三）は明治天皇御製の「世の中はたかきいやしきほど〳〵に身をつくすこそつとめなりけれ」を掲げ、「稼ぐに追ひ付く貧乏なしといふにあらずや人生の貴ぶ所は實に勉强にありその職業に忠實なるにあり今　陛下これを諭させ給ふ」と記す。貧乏は、はたらく者が負うべき問題なのか、社会構造に問題があるのか。「猶」にはそのような告発の声を聞くこともできるだろう。

（12）近藤典彦『啄木短歌に時代を読む』（二〇〇〇・一、吉川弘文館）

（13）佐藤喜代治編『講座日本語の語彙　第10巻　語誌Ⅱけいざい〜つぼ』（昭五八・四、明治書院）

（14）漱石は「くらし」を自在に表していたようだ。『三四郎』では「生計」を「くらし」、『門』では「家計」を「くらし」、「生活」は「ライフ」としている。また、『明暗』では、「くらしむき」に「活計向」「生計向き」をあてている。他方では、牧水『別離』に「海岸のちひさき町の生活の旅人の眼にうつるかなしさ」の一首があり、「なりはひ」とルビされている。

なお、「活計」「生活」の用例の引用は、それぞれ『白楽天全詩集　第四巻「続国訳漢文大成」』（昭五三・六、日本図書センター）、『明治文學全集7　明治飜譯文學集』（昭四七・一〇、筑摩書房）、『明治文學全集16　坪内逍遥集』（昭四四・二、筑摩書房）、『明治文學全集17　二葉亭四迷　嵯峨の屋おむろ集』（昭四六・一一、筑摩書房）、『明治文學全集5　明治政治小説集㈠』（昭四一・一〇、筑摩書房）、『明治文學全集23　山田美妙　石橋忍月　高瀬文淵集』（昭四六・八、筑摩書房）、『明治文學全集21　泉鏡花集』（昭四一・九、筑摩書房）、『蘆花全集　第六巻』（昭三・一二、新潮社）、『藤村全集第二巻』（昭四一・一二、筑摩書房）によった。

(15) 藤原暹「『生活』にみる日本思想史」（『アルテス　リベラレス　岩手大学人文社会科学部紀要』第四二号、一九八八・六）、「続『生活』からみた日本思想史」（『文芸研究』第一一九集、昭六三・九）、「『くらし』と『生活』の思想史」（『日本生活思想研究』平元・三、生活思想研究会）

啄木が「生活」に「くらし」と付すのは「生活」が志向されていたためであり、「二重生活の統一を目ざしながらも、現実の『くらし』との隔離の激しさを嘆じた」ためであると指摘する藤原は、「生活」という語を思想史の観点から捉え、緻密な分析を加えている。たとえば、「生活」が自由民権運動期に頻出したことから「『生活』が『国家』と『社会』の中において指向されてきた」と述べる。一方、この「生活」という言葉はのちに「実生活」のように自然主義関係の文献にも盛んに用いられたことにも注意しなければならないであろう。啄木が「生活」を意識するのもそのなかを通過してきたことに関連している。

(16) 太田登『啄木短歌論考　抒情の軌跡』（平三・三、八木書店）

(17) 明治四十三年三月十三日宮崎大四郎宛書簡

(18) 『和泉書院影印叢刊20　手耳葉口伝』（昭五五・二、和泉書院）

2　さばかりの事

明治三十九年三月、文部大臣官房図書課は「句読法案」の「第四章　カギ」に「カギハ左ノ諸種ノ場合ノ右ノ肩ト左ノ脚トニ施ス」として、「對話ノ文」「獨語ノ文」「獨思ノ文」「引用ノ文」を掲げた。この「カギ」を用いているのが『一握の砂』の三一番歌、

「さばかりの事に死ぬるや」
「さばかりの事に生くるや」
止せ止せ問答　(31)

である。一首はこれまで自問自答の歌として読み解かれてきた。つまり、心の裡なる「對話ノ文」が歌われているというわけだ。かかる理解の基本線は添うべきものであると思われるが、仮に「カギ」を外し、

さばかりの事に死ぬるや
さばかりの事に生くるや

止せ止せ問答

としても、心中の揺らぎはやはり自問自答として看取されるのではないだろうか。この「カギ」はただ発問を表示しているにとどまらず、もっと微妙なあやを一首に齎していると見るべきであろう。そこで続いては、この「カギ」によって歌に対話を取り込む手法に着目し、一首におけるその機能や効果について若干の考察を加えていくことにしたい。

一

「句讀法案」は「現行ノ國定教科書修正ノ場合ニ則ルヘキ標準トナスヲ目的」としたものであって、言うまでもなくここに初めて「カギ」「フタヘカギ」の記号が誕生し、その用法が規定されたのではない。たとえば、明治三十七年三月に修正再版を発行した教育學術研究會編纂『師範教科國語典（下巻）』（同文館）は「文中に古語を引き或は對話を叙する時は、常に「　」『　』を用ゐる。これを**括弧**といふ。」としている。また、翌三十八年十二月の『日本文典講義』（早稲田大學出版部）で和田萬吉は、「文中に施す記號は、其數少からざれど、最も重要にして缺くべからず、且つ多くの作文者に通用せらるゝものは、左の二三種に過ぎず」と述べて、その「（一）括勾」に「「　」は、他より引用の語・句・文を表するものにて、「　は此等の語・句・文の起端右肩邊に、　」は其尾端左脚邊に附す。此記號は又、談話の文を地の文より區別する爲、外國語を國語より區別する爲などに用ゐる」とした。「句讀法案」は「教科書調査委員會ノ審議ヲ經」て、現状を跡付けたものだったのだ。

その経過、対話の表記方法の軌跡について、はやく杉本つとむは、「新著百種」シリーズの調査から、対話や独白に（　）や＝　＝などが用いられていた状況を明らかにし、「明治十八・九年から明治三十五年・四十年の間」に「種々の試みが、新しさと正確さと入りまじって試行錯誤を繰り返した」と述べている。(1) また、飛田良文は多様な句読表示の試みを紹介する中に、「我楽多文庫」の「美妙・紅葉・小波の三人がもつ、きわだった特徴は、会話表示の符号」であって、美妙は「　」、紅葉は（　）、小波は「　と＝　＝だが、今日の我々に馴染の美妙流は「明治二〇年前後において、最も新しい注目すべき形式であった」(2)と指摘した。明治初期にあっては、速記、翻訳、言文一致運動等の中でさまざまな句読法が試みられたのであったが、新聞紙上を一瞥するだけでもその腐心のさまを窺い知ることができる。

明治二十年代初めに「朝日新聞」に連載された読み物の類い、たとえば「樹間𠀋月」(3)では、

片桐「荒木さんとやら、御主人ハ何歳とか仰しやツたナ…藤五郎ハ絹子の方を顧みて　藤五「ハイ確か四十四歳何ケ月かにおなり遊ばします、奥様然うでございますなア…絹子ハ一心に眠りし良人の顔を見てをりしが、急に克己の方に向ひて　絹子「ハイ六ケ月になります　片桐「シテ、本年の五月の初旬からでしたなア、御發病は…　絹子「ハイ、先刻も一寸申上げましたが、日ハ確かに記臆しませんが、二日か三日でございましたが、例刻に退廳しますとすぐに、今日ハ少し氣分が惡いからと申して横に成りましたが、その夜の十一時ごろから烈く發熱いたしまして…　片桐「その晩から譫語をお言ひですか　絹子「ハイ　片桐「その譫語ハ如何いふ事を…絹子ハ「ハイ…と言ひて答へかね藤五郎と顔見合すればバ克己ハ尚も語を繼ぎて

のように、発話者を「　の右上に記し、話の終わりは一字分空白を設けることで示して　」は用いられていない。現在通行している手法と比すれば雑然とした印象は否めないが、話の語尾をよく見ると、次の発話に続いていくか地の文へと続いていくかによって「……」と「…」を使い分けるという細かな配慮もなされている。しかしながら、この規格が標準であったわけではなく、同時期の「虚無僧富士磐梯」(4)では、

「御免下さいまし
表口の格子戸ひき明けて入きたりしハ富澤町の太物問屋岩代屋が手代四郎三なり
「ヘイ誰何でございますヱ
と立出たるハ彼の猪苗代なる福島屋が息子太三郎にて近ごろ東京へ出來り俗に呼ぶ淺草代地新片町に一家を借りて住居をり
太三「これハお出なさい…四郎三さんサア誰も居りませんからズツと此方へお上りなすツて 四郎「それハお淋しうございませう…でハ御免下さいまシ
太三郎ハ南草盆を出し茶など侑めて待遇すほどに四郎三は慇懃に挨拶して

となっており、対話の箇所は一字下げで示された。要は、話し手が交代するときや会話文から地の文へと移行するときにそれをどのように読者に知らせるかということが課題だったのである。

明治二十二年二月三日から掲載された「寫眞」(5)の、

(廣井)家の事も知らさず小生の名も云はず唯呼に遣つたら來さうなものだが(お若)中々參りませんよ(廣井)そいつハ何も閉口した」廣井が失望の狀を見てお若ハ莞爾と打笑ひ(お若)廣井さん、呼んで上げませうかねへ

や、二十六日に始まった「壺すみれ」(6)の、

「爾うですか、成程
馭者ハ馬の手綱を留めて斜めに路上を見透したり「助公ちよいと見て遣れバ宜い「見て遣りませう何ぼ何んだつて雨が降つてるから氣の毒だ」馬丁ハ早くも下に降り立ち捨藏を抱き起して「オイ若衆起きねへかこん

な處に寐て居ちやア身体に障るゼ」呼べども更に言葉なし

も、それを解消しようと案出された型の一つであり、地の文へ移る際には　」　で話が閉じられている。明治二十年代から三十年代にかけて凝らされたこのような数々の趣向は、おそらく三十年代の中頃までに整理され、末年の「句讀法案」を経て統合へと向かったのではないかと推測される。そして、その間にこの記号は短歌にも用いられていたのだった。

二

『明星』には明治三十三年九月の第六号に、

禿にたる細筆もちて「我戀も今日を限り」とかきしるすかな

があるほか、同年十二月の第九号には晶子の、

夕ぐれの戸により君がうたふ歌『うき里さりてゆきて歸らじ』

を見ることができる。翌年にも、

小草云ひぬ『醉へる涙の色にさかむそれまでかくてさめざれな少女』

むつれつつすみれの云ひぬ蝶の云ひぬ『風はねがはじ』『雨に幸あらむ』

（鳳晶子「おち椿」第一一号、明三四・二）

（増田まさ子「若紫」第一二号、明三四・五）

などがあって、当初から引用や擬人的な手法に『　』（「　」）が用いられていたことを知ることができる。(7) そのなかでも、まず目に付くのは井上賢順の一首、

野の中に『美』を說く君の御聲消えて星の吹雪に崇きみすがた

（第一八号、明三四・一二）

における「『美』」や、

さびしみの『秋』なる宮の新まゐり萩とも咲かぬ髪ほそき人

（与謝野晶子「とある日」卯歳第九号、明三六・九）

天よりか地よりか知らず唯わかきいのち食むべく迫る『時』なり

（石川白蘋「沈吟」卯歳第一一号、明三六・一一）

の「『秋』」「『時』」のように、特定の語句を『　』で括り浮かび上がらせている諸歌であろう。これは、括られた語の共通性からも、西洋の詩を翻訳する際に用いられた手法を借りたものであると思われる。このような歌は

明治三十年代の後半にしばしば詠出されたが、明治四十年代に入ると、四十三年七月の『創作』（第一巻第五号）に掲載され、『桐の花』にも収められた、

美くしき「夜」の横顔を見るごとく遠き街見て心ひかれぬ

などが詠まれはしたが、次第に数を減らしている。入れ違いに登場してくるのが、

『なにゆゑに啼くや雲雀よ』『人ふたりさはなにゆゑに草にねむるや』

（平野万里「さくら貝」巳歳第五号、明三八・五）

のような『　』によって対話を取り入れた歌なのであった。

対話形式の歌は明治四十年の秋のころから目立つようになり、年が明けると『明星』終刊までに、

『いまだ日は遠きか』『さなり昇るべくはや黒檀の階もなし』

（吉井勇「（新詩社詠草）その拾八」未歳第一〇号、明四〇・一〇）

『うなだれて何かもとほる』『眠るべきかくれ家とめてわれはもとほる』

（吉野白村「新詩社詠草」申歳第三号、明四一・三）

『汝はなどてさは餓ゑ訴ふ』『ただ訴ふ穀を食むらく生きたるわれは』

『などてさはその常盤木を培ふや』『君が功徳をたたへむがため』（長島豊太郎「新詩社詠草」申歳第五号、明四一・五）

『君道を迷へり』『否よゆく方を知らぬに迷ふことわりもなし』（西平守亮「新詩社詠草」申歳第六号、明四一・六）

『何見ゆる』『眞闇のなかに君が面こは我が眼より追ひ得ざるかげ』（渡邊紫「（新詩社詠草）其拾壹」申歳第八号、明四一・八）

『そそ走る朽葉よあはれ何を追ふ』『捕へがたなき風の行方を』（松本民藏「新詩社詠草」申歳第九号、明四一・一〇）

（本告笹舟「新詩社詠草」終刊号、明四一・一一）

のほか多数が集中的に制作された。選歌欄にも、

『我馬よ老いし瞳に何を見る』『物の命の末期をぞ見る』（樋渡花明「『馬』平出修選」申歳第六号、明四一・六）

『何處より來て何處へか吹く風ぞ』『我また知らずただかくは吹く』（川合紅浪「『風』石川啄木選」申歳第七号、明四一・七）

があって、その流行の程を伝えている。(8)

だが、この期に見せた急速な広まりは一過性の現象で、四十二、三年にかけてはときに残響が耳に入る程度にまでになり、短歌史の中に安定し、継続して広く歌いつがれる技法とまではならなかった。その要因を国崎望久太郎は「こうした対話形式は、三十一音の制約された形式のなかではほとんど成功を期することができない(9)」からであると評したが、対話形式と短歌という詩型に生じる軋みは「三十一音の制約」にのみ由来するものではないように思われる。短歌における「三十一音の制約」とは、詠み手の多様な工夫を引き出そうとするものなのだ。いずれは類型に堕していきそうな歌柄ではあるが、前掲の平野万里「『なにゆゑに啼くや雲雀よ』」の一首は、三十一音の中に雲雀と草に横たわるふたりを上下のコントラストの中に収めつつ、交わされたやり取りによって軽妙な気分をよく演出しているだろう。対話形式の歌において問題となるのは、長さによる制約ではなく、対話形式という行き方自体が歌という器に馴染むかどうかという根源的な問題なのである。

三

たとえば、明治三十九年十月の『明星』(午歳第一〇号)に掲載されたこれも平野万里の、

『誰そ立つはそともの夜のくらやみに』『方違にぞ來し人われは』

に着目してみよう。「誰ですか、そとの夜のくらやみに立っているのは」と問われて私は「方違に来た者です」と答えました、とでも解しておけばさして不自然ではないように感じられる一首だが、それでは重要な問題が素通りになってしまっているだろう。ここで留意しなければならないのは、「私は」を括弧の外に出して、「と答え

ました」を補った理解のあり方なのだ。そもそもこの歌は、「誰か」と問われて「私は方違に来た者です」と答えたのか、不審者に尋ねたところそのような答が返ってきたのか判然としない。あるいは、暗闇で耳にした会話を描き出しているだけなのかもしれない。『　』を用いた二人の対話の直截的な表現は、対話する二人の肉声だけを前面に押し出して、その設定までは詳らかにしないのである。一首の眼目は、ト書きや地の文のような説明的な文脈を退けて場面の現前性を極度に高めることにあると思われる。

中川一政は「創作詠草」（『創作』第一巻第七号、明四三・九）に次のような歌を寄せているが、ここには歌における「　」の極限の姿を見ることができよう。

「われ死なば紀伊のわが子とふるさとの本念寺とへ告げくれよかし」

一首をまるまる括弧に括ったこの歌は、[10]私の肉声を描き出そうとしているのか、そっくりそのままが私に託された言葉であるのか判断がつかない。前に置かれた「窓かけの白きに薬にほふあり昏睡の人の息のしづけさ（伯母の病に）」[11]と読み合わせて、おそらく後者であろうと推測すると、その声の直截的な描写によって、まるでその場に居合わせたかのような臨場感が際立ってくる。そうなると、語る伯母の姿が前景化し、そのことを歌っている者の影は薄らいでいく。だから、「と答えました」や「と託された」を補足して、例のごとく「私」の表白であったことに閉じられるような習慣的な鑑賞はこの種の歌の表現が志向するところではないのだ。

一方、このような歌は、作中でも「私」をめぐって、通常の享受法に揺らぎを与えているのではないだろうか。先に万里の一首に対して示した受け取り方は、「私は」を括弧の外に出し、「と答えました」を補ったものであったが、そこでは作中の「われ」の語を詠み手の「私」と重ね合わせる作業がおこなわれている。通常、歌の中に「われ」の語があれば、そう称している人物が仕手であり、独白、詠嘆していると考えるからだ。ところが、この万里の歌に関して言えば、作中の「われ」なる語は登場人物の一人を指すが、単にその言葉の発話者で、「私」とは別の人物であると想定しても特に不都合はないだろう。

若山牧水『別離』には、

「君よ君よわれ若し死なばいづくにか君は行くらむ」手をとりていふ

が収められているが、対話形式でないものの、ここでも同様の現象が生じている。一首が、もし「　」のない、

君よ君よわれ若し死なばいづくにか君は行くらむ手をとりていふ

という歌であったなら、おそらく「われ」が手を取って言ったと鑑賞されるだろう。もし私が死んだらあなたはどこに行くのですかと（私はあなたの）手を取って言ったという具合にである。ところが、第四句までが「　」で括られると、われ／君の構図は反転可能になる。「もし私が死んだらあなたはどこに行くのですか」と（あなたは私の）手を取って言ったというように。どうも、『　』（「　」）によって歌に声が持ち込まれると、特に対話のみで開示された場では、そう言ったのか、言われたのか、主客の関係が一様でなくなってしまい、「われ」に一首の世界を纏め上げるような理解が当然のこととはならなくなるようだ。『　』（「　」）を用いて肉声を響かせる歌は、五七五七七の型に寄せて詠まれながらも、短歌という器に内在する「私」の機能を逆手にとった奇巧の作とでも評すべきかもしれない。

錦仁が指摘するように、(12)

「〈私1〉は『〈私2〉はこう体験し感じた』と記す」

という和歌の形式は、「読者に対し、二人の〈私〉は間違いなく同一人なのだと思わせる」「巧妙な〈仕掛け〉」なのだが、「〈私1〉」と「〈私2〉」の等価性を揺動させる対話を取り込んだ歌は、そうした歌の原理との不和を抱え込んでいるのだ。逆に言えば、このような歌を詠んだ歌人たちは歌の仕組みへの関心を不可避的に高めたに違いない。好みでもあるのか、対話形式の歌は同じ人物によって繰り返し歌われたのだが、啄木はこれを好んだ一人だった。(13)

四

この「『さばかりの事に死ぬるや』／『さばかりの事に生くるや』／止せ止せ問答」(31)が、たとえば、「結論のない生の思索に飽き疲れた自分の心を描く(14)」ような「心の中の自問自答(15)」の歌であるとされていることは冒頭に述べたとおりである。一首が、

「断然文学を止めよう。」と一人で言ってみた。

「止めて、どうする？　何をする？」

「Death」と答えるほかはないのだ。実際予は何をすればよいのだ？(16)

という「ローマ字日記」の混迷の中に歌われたことまで透かし見せるかどうかはともかく、砂山から死ぬことをやめて帰ってきた不如意の男の像と相俟って、その物語を産出していることは確かであろう。しかし同時に、一首はこれまで述べてきたような短歌表現上の問題からも捉え返されなければならないように思われる。そこで、

その表現上の特質を明らかにするため、土岐善麿『黄昏に』の一首、

『働かぬゆゑ、貧しきならむ、』
『働きても、貧しかるべし、』
『ともかくも、働かむ。』

と見比べてみたい。

藤沢全はこれに「複数の労働者による対話を表面化させたかのごとくだが、作者自身の自我（もしくは分岐した自我間の）ささやきと解せなくもない」[17]との念入りな注を付した。少し倍率を上げて見れば、歌末の句点に対して、一行目、二行目の末尾は読点となっており、『　』により各行の自立性が保持されながらも、『　』で括られた中身は一文として読み下せるように作られていることに気付く。そのことによって、複数の労働者の対話と一人の胸中での呟きという異なる読みが並立するのだと思われるが、倍率を緩めていれば、まず二人乃至三人の対話として目に飛び込んでくるだろう。一首の構図は、一行目（初句・二句）と二行目（三句・四句）の応酬が三行目（結句）に行き着いて打ち切られるというもので、これ自体は啄木「さばかりの」歌と同型である。だが、啄木は哀果『黄昏に』の一首とはまったく違った手法を取ったと見なければならない。「『さばかりの事に死ぬるや』／『さばかりの事に生くるや』」の一首において看過できないのは、一行目、二行目の発問がわざわざ「　」で括られていることではなく、三行目はそうされていないということの方なのである。

もちろん、『　』（「　」）の使用が流行した際に、一首の中で『　』（「　」）を用いた部分と用いない部分を併存

させた歌がまったくなかったわけではない。しかし、それらは、

『請ふ君よその面帕を。』『諾し汝も黝の服を。』二方に去る

（北原白秋「新詩社詠草」『明星』未歳第一一号、明四〇・一一）

『鐵の管そは何處まで走れるや』工人『われも知らぬ境に』

（吉井勇「新詩社詠草」『明星』申歳第一号、明四一・一）

「何處へ行く」「知らず」と誰か云へるとき運命の戸は音もせであく

（萬造寺齋「灰色と桃色と」『スバル』第二年第一二号、明四三・一二）

のように、対話とその状況の説明に分かたれていた。対して啄木「さばかりの」歌の結句は、基本的に「」で括られていない地の文でありながら説明や補足ではなく、発せられた疑問に直接答えるように配されている。一首の妙は「」を使用した直截的な表現によって、まず生の声を想起させておいて、本来的には階層の異なるはずの地の文をもってそれに応じてみせた点にあると言えるだろう。「止せ止せ」が議論している何者かに直に語りかける印象を醸し出すこともあって、議論の場において示された見解の一部かと見紛うほどのこの結句は、「」に括られないことで、こう表白する「私」の像を紡ぎ出すように構成されたものだったのである。そうして浮上してくる「私」は紛れもなく、背後の詠み手である「私」と結ぼれる歌を歌たらしめる一人称の主体であろう。

別言すれば、止せ止せ問答、という結句は、この表白が「私」の現在的な発語の形をとっていることをあらわ

にしているのだ。そのために、一行目二行目の、

「さばかりの事に死ぬるや」

「さばかりの事に生くるや」

は、一端、そういう声が飛び交う現場に配置されても、結句に至って「私」の現在的な発語の中に据えられたものとして位置づけ直されることになる。それでも意味づけなく投げ出されたこの言葉の発信者や受信者の具体像を摑むことは不可能だろうが、それらの声は「私」の中で再現前化されたものとして響いてくるはずだ。一首が自問自答の歌と解される所以はそういった点にもあるように思われる。

しかし、生の意義を突き詰めようとする声が「私」の胸中に谺しているとしても、「私」は生をめぐる究極的な問題に対して声を上げて切り結ぼうとしているわけではない。むしろ、この歌の表現は、対論の場に直接的に介入せず、この深刻な問いに対して距離を置いて押し黙る「私」の位相を浮かび上がらせているのではないだろうか。一首は明治四十年頃からの一時期に集中的に詠作された対話を取り込む技法を用いながら、直接的な発話を交わす者と相対して沈黙の裡に言葉を反芻する「私」を歌い上げていたのである。

上田博は、この歌の五句「止せ止せ」に「切羽詰まった心情を言葉のやりとりの範囲の中に押し込んでおこうとする心の動きの微妙」(18)を捉えたが、そのように心が動く状況の一つに、現在的な発語の形がとられる詠作のいまそのときがあったかもしれない。「止せ止せ問答」とは異なる結句、問いかけに対する解答たりうる結句の詠出に逡巡した揚げ句にこう言いさしてしまった作歌の場を思い描くのは無用の詮索というものではあろう。けれども、生きるか死ぬかというような問題を歌詠むことでしばらくとどめ置いているあり様は、如何にもこの歌人らしいように思われてしまう。

〈注〉

（1）杉本つとむ「句読点・記号の用法と近代文学」（『国文学研究』第三五集、昭四二・三）

（2）飛田良文『東京語成立史の研究』（平四・九、東京堂出版）なお、大熊智子は「引用符を用いた会話文表記の成立」（『東京女子大学日本文学』第八四号、平七・九）において、鈎括弧の史的考察から会話文を表示する鈎括弧の「開きの部分は庵点から、閉じの部分は鉤画から変化したものだと考えられる」と結論づけている。

（3）明治二十一年七月十日（第一回）～九月五日（第五十回）。引用は、九月二日（第四十八回）の一部である。

（4）明治二十一年七月二十九日（第一回）～八月三十一日（第廿九回）。引用は、八月二十五日（第廿四回）の一部である。

（5）明治二十二年二月三日（第一）～三月九日（第三十）。引用は、三月二日（第二十四）の一部である。

（6）明治二十二年二月二十六日（一）～四月十四日（四十）。引用は、三月二日（五）の一部である。

（7）『明星』以前の歌で対話を用いた例として、佐竹寿彦は『全釈　みだれ髪研究』（昭四〇・一〇、有朋堂）において『現代短歌大系　第二巻』（昭二七・四、河出書房）にも収められた明治三十二年五月十二日の「読売新聞」紙上の「わか菜會詠草（其五）（つゞき）」から、吉丸一昌の、

ひら〳〵と散りかふ花を追ひゆきて「まてよ」と小蝶「春を語らな」

を示し、「當時の新體詩からの攝取であらう」と指摘している。

（8）山本健吉は『漱石　啄木　露伴』（昭四七・一〇、文藝春秋）において「このような問答体の歌は、『明星』に流行して」いたと述べている。また、草壁焰太は『二つの流星　啄木と牧水』（昭五一・六、日賀出版社）に、「カギカッコを使ったセリフ入りの歌は万里が流行させていた形である」と指摘している。

（9）国崎望久太郎『増訂　啄木論序説』（一九六六・一、法律文化社）

（10）若山牧水『路上』（明四四・九、博信堂）には同工の、
『あれ見給へ落葉木立の日あたりにすまひよげなる小さき貸家』

がある。
（11）一連は、「窓かけの」の一首のあとに、「　」を用いた、
「かくありて起ちうべき日も許られず老いたる友に逢はまほしさよ」

「われ死なば紀伊のわが子とふるさとの本念寺とへ告げくれよかし」

が続いている。
（12）錦仁「〈絵画との関わり〉西行地獄絵の歌を例として」（『国文学』第三九巻第一三号、平六・一一）
錦は「大切なのは、〈私2〉は〈私1〉に対し常に別人になりうる可能性をはらむことである」とし、〈私1〉と〈私2〉の関係性から「和歌独自の虚構化」や「和歌という機能体のもつ巧みな〈仕掛け〉」を明らかにしている。なお、本節では、〈私1〉と〈私2〉の関係を「等価性」とした。〈私1〉と〈私2〉が「同じクラスだ」という場合は、二人が同級生であることを指すだろう。一方、〈私1〉と〈私2〉が「同じ服を着ている」ときは二人羽織のような状態を意味しない。それは、たとえばサイズや食べこぼしの染み等を捨象して、それぞれが着ている服を「同じ」と認定したのである。歌において「〈私1〉と〈私2〉が同じ」という場合の「同じ」は、後者のような寛容性を有していると考えたからである。また、その「巧み」さは、〈私1〉と〈私2〉が「同じバスに乗っている」というときのように、同乗しているのか、通勤経路が一緒なのかを多様な文脈の中で考えることができるということにもあるだろう。
（13）岩城之徳は『石川啄木必携』（昭五六・九、學燈社）で、「啄木の歌における問答形式は珍しい」とするが、
『誰そ先に誺みそめしは』『君ぞ』とはかたみにいはず涙こぼれぬ
（「新詩社詠草」『明星』未歳第八号、明四〇・八）
のほか、「石破集」の三首、
『いづら行く』『君とわが名を北極の氷の岩に刻まむと行く』

『なにを見てさは戦くや』『大いなる牛ながし目に我を見て行く』
『工人よ何をつくるや』『重くして持つべからざる鉄槌を鍛つ』

（『明星』申歳第七号、明四一・七）

や、歌稿ノートにも、

『検非違使よなどかく我を縛せるや』『汝心に三度姦せり』
「何故に手をばとらざる」「見よそこをわが亡き父に肖し人ぞゆく」

（「暇ナ時」）

「何思ふ」「我大いなるいつはりに満都の士女を驚殺せむず」

（「明治四十一年作歌ノート」）

等を見ることができる。また、選歌欄でも、すでに引いた「風」の題に加えて、明治四十一年八月申歳第八号の「見」でも上崎清太郎の、

『何か見る』『はた知らざれどかの海をただ我見るに心足らねば』

を取っており、手法の一つとして十分意識していたことが分かる。

(14) 今井泰子注釈『日本近代文学大系　第23巻　石川啄木集』（昭四四・一二、角川書店）
(15) 山本健吉『漱石　啄木　露伴』（昭四七・一〇、文藝春秋）
(16) 「ローマ字日記」四月十七日
(17) 『和歌文学大系77　一握の砂・黄昏に・収穫』（平一六・四、明治書院）
(18) 上田博『石川啄木歌集全歌鑑賞』（二〇〇一・一一、おうふう）

3 「ふと」した啄木

ふと見れば
とある林の停車場の時計とまれり
雨の夜の汽車

（498）

停車場の時計が止まっている。列車が定時運行を目指すなら鉄道の技術的な問題に加え、正確に時を刻む時計が必要不可欠であろう。創業期の官営鉄道はその重要性を認識し、「鉄道寮滊車運輸規定」（明六・一〇）の第五十六則に「各『ステーシヨン、マストル』ハ常ニ其『ステーシヨン』ニ設置シタル時計ノ遅速ニ注意シ若シ破損等アルトキハ直チニ報知スヘシ」と、第七十五則には線上巡監役に対して「時計ノ遅速等ヲ能ク常ニ注意スヘシ」と定めた。また、のちの「營業線路從事諸員服務規程」（明二〇・一〇）では「東京時刻」を「標準時」とし、「電信ヲ以テ重立タル『ステーシヨン』ニ報告シ其遅速ヲ整理スヘシ」としたのである。続いて、「各『ステーシヨン』ノ時計ノ時刻ヲ同一ナラシムル爲メ左ノ各項ヲ遵守スヘシ」として、「車長」は出発時に「『ステーシヨン』ト自己ノ携ヘル時計ヲ比較シ遅速ナキヤウ整理」したうえで、「正午十二時後ニ出發シ幹線或ハ枝線ノ各『ステーシヨン』へ停止スル第一旅客列車ノ主任車長ハ到着毎ニ驛長或ハ代理者ニ正シキ時刻ヲ報告スヘシ此報告ニ據リ『ステーシヨン』ノ時計ニ差違ヲ認ムルトキハ驛長ハ即刻之ヲ更正スヘシ」と取り決めてもいた。さらに、明治三十三年十月の「鐵道運輸規程」の第九條にも繰り返し「停車場ニハ時計ヲ備付ケ正確ニ時刻ヲ齊正スヘシ」(1)としたが、にもかかわらず、とある林の停車場の時計は止まっている。度重なる時計の遅速への注意は、案外、実態が必ずしもそうなってはいなかったことを物語っているのかもしれない。

明治四十一年十二月十四日の「東京朝日新聞」は「電車の廣告時計」と「乘客の時計」との誤差が「屢論争の種となつて車掌と乘客の啀み合ひとなる」と書き、「九段下で青山行四〇八に乘る此車の時計は標準時より後る、十分赤坂から三宅坂行三一八に乘る今度は四分進んで居る赤坂見附で外濠内廻り九七九に乘換へる同じく三分進んで居る數寄屋橋で下りて停留場で兩國行三九三を覗いたら反對に三分後れて居る此で見ても一つも一致してない事が分る」と伝えている。分刻みで移動し、乗り換えも必要であろう東京の電車にしてこのあり様なら、とある林の停車場の時計が止まっているぐらいのことはあったかもしれない。

この止まって動かない時計について岩城之徳は一風変わった注を付した。(2)岩城は、

汽車の窓からふと見ると、とある林の中にある駅の時計がとんでもない時刻をさして止まっていた。

と述べるのである。本当に時計は「とんでもない時刻をさして止まっていた」のだろうか。おそらく岩城は十分や二十分程度のことならその時計は遅れているか進んでいると考えるべきであり、ひと目で止まっていると分かるのだから時刻は大きく違っているはずだと推測したのであろう。もちろん秒針や振り子のある時計を思い描けば「とんでもない時刻」でなくともよいのだが、ここにおいて注目すべきは当時の停車場において使用されていた時計がどのような型のものであったかということにもまして、その時計の指している時刻や秒針があったかど

うかを思わせた一首の表現上の問題であろう。一首の解釈にはふと見て分かった、ということが前提となっているのだ(3)。今井泰子が指摘したように一首の焦点は間違いなく「時計とまれり」にあるが(4)、一首を殊に印象づけている妙味は「ふと」に歌い起こされたことによると見るべきであろう。本節では、以下、この「ふと」をめぐり若干の考察をおこなってみることにしよう。

一

「ふと」という語は字を借りて「不図」と表記されるように、その意は「はからずも」「何の気なしに」「思いがけず」「偶然に」であるととりあえず言うことができるだろう。もちろん、それで誤りではないが、漠然とそうしていると問題の所在ははっきりとしないかもしれない。すでに、川井章弘は、

道ばたの花を見つけて、ふと、足をとめた。

という文を例として、「花を見つけたのは確かに『偶然』であるに違いない。しかし、足をとめたのは意志的行為としてであ」って、この場合「無意識に」という類いの語釈は「そのままでは、意志的動作としての『足をとめた』の例を解説すべき意味としては、飛躍があるようにも思われる(5)」と述べている。その上で、川井は、「ふと」は、後の文章展開からいえば、談話上、話題の焦点となるべきより重要な素材や後文の発見的事態を導くためのきっかけ・前置きという機能を帯びており、逆に言えば「主節の事態」が発見的事態であり、そのことに話題の中心があることを示すために、「見る、思い出す、気がつく」という行為がなぜ起こったかの説明まではしないと言明している副詞と考えられる。主節の発見的事態以前の説明を省くために、主節の事態への発見は「無自覚」であるとしているのである。

と指摘した。きわめて示唆に富む立論であると言わねばならないであろう。川井の言う「談話上、話題の焦点となるべきより重要な素材や後文の発見的事態を導くためのきっかけ・前置きという機能」は、文脈によってはその世界の生成に重要な役割を果たす梃子として働くと思われるからである。試みに川井が用意した文例とそれに手を加えたものとを次のように併置してみよう。

① 道ばたの花を見つけて、足をとめた。
② 道ばたの花を見つけて、ふと、足をとめた。
③ 道ばたの花を、ふと、見つけて、足をとめた。

画像として再生するなら大きく違わないように感じられる三つの例だが、実は相応の懸隔が生じていると考えなければならない。①に比して②、③は言うまでもなく「ふと」した様態がクローズアップされており、その現場性を強く示唆している。「ふと」と同様に理由や目的もなく行動する様子を示す「何がなしに」や「何となく」という表現を啄木が好んだことはすでに指摘されるところだが、(6)

何となく汽車に乗りたく思ひしのみ
汽車を下りしに
ゆくところなし (39)

のように、「何となく」思うのと「ふと」思うのではまったく異なる印象を受ける。「ふと」思うのはその場の成り行きや経過よりも、鋭角的に「ふと」思ったその一場面を切り取ることに比重がかけられているのである。そして、如何なる場面が提示されているかということに重きを置くとき、②と③が描く様態も必ずしも同質のものではないことが見えてくる。②では花を見つけたことより歩行の、③では足をとめたことより視線の停止した状態にそれぞれアクセントが置かれているようだ。省略された「主節の発見的事態以前の説明」として両者に「散歩の途中で」と補うこともできるだろうが、③では視線の移動に配慮して「目的の店を探している途中で」などとする方がよりすわりがいいのではないだろうか。どうも、「ふと」という語はある状況に遠近感を仮構し、「ふと」した一場面やその現場性を押し出すように思われる。

二

「ふと」が、

劇場の薄くらがりにふと思ふこゝろの影のなげかひのこと
（雨宮水郊「創作詠草」『創作』第一巻第三号、明四三・五）

あたらしき紙のかほりのたゞよへりふとふるさとの土佐の野を思ふ
（下村淳「創作詠草」『創作』第一巻第五号、明四三・七）

顔あまた暗きかたへにわれをみる死なる一語をふと思ふとき
（前田夕暮『收穫』）

人どよむ春の街ゆきふとおもふふるさとの海の鷗啼く聲
（若山牧水『別離』）

や、あるいは、

瓦斯の火を斜にうけて罵りしあざある顔をふと思ひでぬ

（茅野雅子「匂ひ」『スバル』第二号、明四二・二）

はれやかに笑みて語れる君のまへふとしも母をおもひ出にけり

（楠田敏郎「うなだれて」『創作』第一巻第四号、明四三・六）

投げいだせし手につたひくる冬の夜の冷たさにふと君おもひいづ

（前田夕暮『收穫』）

そのむかし怖しと海を敎へたる讀本の畵をふと思ひいづ

（尾上柴舟「故郷と海と」『創作』第一巻第八号、明四三・一〇）

のように、「思ふ」「思ひ出づ」と結びつく歌を多く見出すことができるのは、「ふと」に続く動詞が限定されるためというよりも、「ふと」により場面や話題、その転換を遠近感の奥行きの中に描き出す手法が共有されていたからだと考えた方がよさそうだ。

木股知史が「一首に表現されているのは、空白の瞬間とでもいうべき時間である」(7)と指摘した、よく知られる、

手套を脱ぐ手ふと休む
何やらむ
こころかすめし思ひ出のあり
（437）

の一首には「手套を脱ぐ手」を「休む」ちょっとしたひょうしに定かならぬ捉え難い思い出が湧出した瞬時の様子が歌われているが、その思い出は「何やらむ」と具体的な像を結ぶことがないために、「ふと」の響きは「手套を脱ぐ手」を「休む」その場の刹那の意識の空白を極端に前景化させているように思われる。ただ、「ふと」によって前景化された瞬時性の場はもう少し複雑なあやをも孕んでいるのではないだろうか。

上述の考察において川井は、

昨日、ふと振り返ると後ろに先生が立っていた。

を例に、「ふと」が「特定の過去の時詞とは、共起しにくい」という事態に着目し、それは「『ふと』に後続する文が発見的事態を表すものの、後続の発見的事態が、物語上、あるいは、叙述上、無自覚の時点と同一の時であったことを示す配慮が働いているから」で、

発話の時点の判断としては、「「無自覚点」を自覚した時点」は現在から切り離された過去であり、談話の流れとしては、「無自覚点」から「発見的事態」を語っている。

のだと考えた。

ふと振り返ると後ろに先生が立っていた。

の「ふと」はまさにある人物が振り返った瞬間的な場面を映し出すが、「別に先生が立っていると思って振り返

ったわけではなかった」その一瞬の「ふと」たる所以は、「先生が立っていた」ことの発見によって裏付けられているのである。つまり、「ふと」の語は気づきや発見へと誘導するが、逆にその気づきや発見こそが「ふと」なされた行為が意図的、自覚的になされたものではないことを導き出すのである。おそらく厳密に言えば、気づき方や発見の仕方の一つとして「ふと」が選び取られるのは、ある瞬間的な場面以降の事後的な、たとえば発話の現在でおこなわれたと見るべきであろうが、「ふと」によって開かれたその瞬時性の場では発見的事態との遭遇と無自覚の自覚という正反対のベクトルが同時的に成立しているのである。

このような「ふと」の特徴的様相を、

鏡屋の前に来て
ふと驚きぬ
見すぼらしげに歩むものかも　(38)

の一首に見ることができる。一首はもともと「ふと」を使用しない、

鏡屋の前にいたりて驚きぬ見すぼらしげに歩むものかも

という形で発表されたが、(8) 改作により鏡屋の前で驚く作中の主体の瞬間的な様態があらわになっている。「ふと」を以て定着させられたその場で発見されたのは言うまでもなく見すぼらしげな鏡像だが、その際を無自覚時点と

認識させたのは見すぼらしげな鏡像による逆照射にほかならない。(9) 鏡を見る主体の視線と折り返し鏡像が主体を見る視線の交錯は常に同時的であり、そこには「ふと」の語が抱える異なるベクトルの緊張が見事に具現化されているように思われる。「ふと」を以て歌われた「驚き」は、己のみじめな姿が照り返された意識の空白部に突如として入り込んできたことによって、まったく思いもかけない、それまで気付かなかったこととして強められている。一首が、今日はたまたま見すぼらしげだったというようなことでなく、「みじめな姿で今日まで生きてきた自分を瞬時顧みて嘆く歌(10)」であるのは、かかる「ふと」の作用によると見るべきであろう。「ふと」の効果をこのようなものと考えるとき、「ふと見れば」の一首の世界も単なるさびれた駅の夜の風景を越えた広がりをもって開かれてゆくに違いない。

三

『一握の砂』四九八番歌は、「ふと見れば」に歌い起こされ、読者は作中の主体の視点を借りながら彼が一瞬目にしたものを捉えようとする。初句を同じにする、

ふと見ればあないつしかも我影は塗られてありぬ灰色の壁

（大貫かの子「新詩社詠草」『明星』終刊号、明四一・一一）

ふと見れば袂の尖を剪られたるふためきをして君をうしなふ

（渡邊紫「皺」『スバル』第二年第四号、明四三・四）

ふと見ればいつとはなしに胸の上にわが手はかなく組まれてありぬ

（指田白縫「夢」『創作』第一巻第四号、明四三・六）

のような詠作でも事情は同じだが、「ふと見れば」から気づきや発見に至るまでの手続きは相当異なっているだろう。四九八番歌はすぐにそれと言い出さず、読者の視点を「とある林」から「停車場」へ、そして「時計」へと移動させる。この手法は「東海の小島の磯の白砂」でお馴染のものだが、リズミカルな「の」の連続に伴ってズームアップしてゆくそれとは明らかに趣を違えていよう。ここでは、「ふと見れば／とある林の停車場の時計（とけい）とまれり」と、「と」音の連接によって緊迫感が齎され、譬えて言えば、紙芝居の絵が捲られていくごとに焦点を絞り上げるかの如く、倍率を上げながら示していくのである。そして、ついに時計の状態が「止まれり」と次の歌句へと連なるのではなく、句切れをもって突きつけられる。それを、

ふと見しは明るき店の電燈のひかりにそむき立ちしたをやめ

（小杉寛「昴詠草」『スバル』第二年第一号、明四十三・一）

のような詠作と見比べれば、気づきへと歌句が収斂していく構造は近くとも、その切り込み方の差が歴然として浮び上がるだろう。「ふと見れば」の一首では作中の主体が「ふと」見たという現場性が打ち出され、その視界の内に「とある林の」と情景が映し出されていくのであるが、続く「停車場」「時計」「止まれり」は順繰りにせり上がり提示され、動きを止めた時計は「ふと」見たことと居並ぶほど前面に押し出されるかのようである。そうして、一瞬の行動と発見はまったく同一の時点となり、止まった時計自体が黙示するところと照らしあってそ

の瞬間を一段と印象づけるのだ。

やはり、ここでも「ふと」が開示する瞬時性の場に意識の空白部が同時的に掬い取られ、予期せぬ発見という事態を露出させている。別言すれば、止まった時計の像は説明的な文脈ではなく直線的に意味づけなく提示されているのである。だが、かえってそのために一首の焦点たる「時計とまれり」のイメージは作中主体の意識下の何ものかに触れる深みを帯びているように見える。『一握の砂』中の、

まれにある
この平なる心には
時計の鳴るもおもしろく聴く
(32)

庭石に
はたと時計をなげうてる
昔のわれの怒りいとしも
(138)

見てをれば時計とまれり
吸はるるごと
心はまたもさびしさに行く
(482)

との共鳴はもとより、停車場であることに思いをいたすなら、冒頭に示したような定時運行のために正確な時を刻み続けることを義務づけられていた時計がありうべき本来的な役割を果たさずにいることは、車中の主体の様態とまったく無縁なものとは見做し難いだろう。車中の男は機械的に刻まれる持続的な日常に親しめない違和の意識を抱え込んだ旅の途中で、自己の無用性の意識をも表象するものに出くわしたのではなかったか。提示された一瞬の映像はそのようなことを感じさせるが、一首の世界はここに完結するのではない。先に「ふと見しは」の歌を示したが、啄木「ふと見れば」の歌と「ふと見しは」の歌の決定的な位相差は結句にも見出すことがでよう。「ふと見しは」の歌はふと見たことに始まり光と影のコントラストに「たをやめ」の姿を認めて歌いおさめられるが、

ふと見れば
とある林の停車場の時計とまれり
雨の夜の汽車 (498)

の結句は発見の瞬間から、一転、ロングショットに「雨の夜の汽車」という全体像を映し出す。作中の主体の視点で景物を追ってきた読者はここにおいて戸惑いを感じるかもしれない。「雨の夜の汽車」も作中の主体の視点によると考えれば一定の構図の中の話だが、ここに至るまでの流れからすれば、結句はそのような単調な枠組みには収まりきらないのではないかと思われる。ここでは、全体を見渡すもう一つの視点を用意し直すのが自然であろう。その視点で全体像を捉え返すとき、「ふと」を契機として生じた事態は雨中の夜汽車の旅程を遡及的に

意味づけていくに違いない。

この歌において「と」音が繰り返されていることは前述したとおりだが、すでにお気づきのように一首には、

ふと見れば
とある林の停車場の時計（とけい）とまれり
雨の夜の汽車 (498)

と「の」音も繰り返されているのである。あえて図式化して言えば「ふと見れば／とある林の――時計（とけい）とまれり」という車中の視座と、「とある林の停車場の――／雨の夜の汽車」という全体を俯瞰する視座が一首の調べの裡に結ぼれ絡み合い、絶妙な劇的効果を生み出しているのだ。[11]「時計とまれり」から「雨の夜の汽車」への転移が行変えの小休止を挟んで視覚のみならず聴覚にも働きかけることもあって、最終的に一首の世界では「ふと」したことがこの旅路と旅情に揺曳し続けていくことになるだろう。

四

『一握の砂』四九八番歌は四九五～四九九番歌の一連に据えられている。

汽車の旅
とある野中の停車場の
夏草の香のなつかしかりき (495)

朝まだき
やつと間に合ひし初秋の旅出の汽車の
堅き麺麭かな

(496)

かの旅の夜汽車の窓に
おもひたる
我がゆくすゑのかなしかりしかな

(497)

ふと見れば
とある林の停車場の時計とまれり
雨の夜の汽車

(498)

わかれ来て
燈火小暗き夜の汽車の窓に弄ぶ
青き林檎よ

(499)

この五首は汽車の旅をモチーフにした歌群と見做すことができるだろう。しかし、この歌群は「忘れがたき人人 一」所収の旅路とはまったく異なる表情をしている。「忘れがたき人人 一」のそれを、近藤典彦は啄木の足跡を基に読み解いたが、[12] 同種の補助線は四九五〜四九九番歌群に設定されるべきではない。この五首はすべて明治四十三年の「東京朝日新聞」掲載の「手帳の中より」にも発表されているが、そこでは四九五番歌（五月七日）は、

霙降る石狩の野の汽車に読みしツルゲエネフの物語かな

の次に、四九六番歌（八月十一日）は、

故郷に入りて先づ心傷むかな道広くなり橋も新し

に始まり、

霧深き好摩の原の停車場の朝の虫こそすずろなりけれ

までつづく故郷を歌う四首の冒頭に、そして四九七番歌（五月八日）は「忘れがたき人人　一」に収められた、

雨つよく降る夜の汽車の濡れ窓をぢつと見つめて出でし涙かな

の前に配置されていた。つまり、これらの歌は集中の他の箇所に置くこともできたのである。しかし、わざわざそうしなかったことには相応の理由があると見るべきだろう。ここでは、昔日の異なる旅が累層的に接ぎ合わされ新たな旅程を生み出そうとしているのだ。その世界は、はやく木股知史が指摘したように「幻想としての色合い」さえ醸し出している。(13)「都市に生きる現在に過去の記憶がよみがえるが、やがて回想は、記憶としての現在という時間を刻みはじめる」と見ての立論であるが、「記憶としての現在」は四九八番歌の「ふと見れば」に真骨頂を発揮するように思われる。四九八番歌を四九七番歌に続く夜汽車の思い出として縁取るとき、「ふと」したことを雨中の光景に溶かし込む視点は、「かなしかりしかな」という詠嘆の時点に根ざしている一方で、作中の主体に焦点化し直接的に提示されるその現場は真に迫り、読み手は自らが車中に乗り合わせたような印象を受けるからだ。

しかし、その車中は明瞭に往時の行程に安定してあり続けるだろうか。一連をとおして回想の色合いが濃く配されてはいるが、四九六番歌の「初秋の旅出」をこの歌群前後の四八三番歌の「秋となりにけり」、四八五番歌の「秋のひるすぎ」や五〇二番歌以降の「秋の蚊帳」「初秋の朝」と同質の時間と見るなら、四九六番歌の「旅出」は必ずしも追憶の光景でないように感じられてくる。続く、四九七番歌の「かの旅」が昔日のものであることは自明だが、その際は車中から往時の車中を回想する状況を想定しうるだろう。となれば、四九五番歌の初句「汽車の旅」もそれ自体が「とある野中の停車場の／夏草の香」を嗅いだ旅なのか、現在「汽車の旅」にあってかつての「とある野中の停車場の／夏草の香」を思い出したのか、その射程はにわかに判然としなくなる。作中の主体の目を借り迫真的に停止した時計を目撃するものの、それはいったいどの窓からなのか。錯覚にも似て、朧化する時間軸上の線路を走り続ける汽車に乗り合わせたような感じさえしなくはない。そのような旅路に見かけた時計はなるほど動きを止めているはずだと言えば言い過ぎだろうか。四九八番歌における初句と結句、「と」音と「の」音の交叉はそのような事態の産出にも力を貸しているだろう。この改めて用意された歌群は追想と現在を軋轢なく包み込みながら相関性の織りなす文様として旅中の主体の生の様態を確かに浮かび上がらせようとしているのであった。

以上、『一握の砂』四九八番歌を読むための糸口を尋ねてみたが、意識の空白に飛び込んできた光景は「一利己主義者と友人との対話」の「きれぎれに頭に浮んで来る感じ」や「歌のいろ〳〵」の「心に浮んでは消えてゆく刹那々々の感じ」を容易に類推させる。けれども、「いのちの一秒」と止まった時計とのかかわりはふと見た瞬間が機械的な針の動きに刻印される類いのものでないことを暗示しているだろう。歌うべき瞬時は決して細切れに腑分けされた時間の断片ではなく、「いのちを愛する」ことで紡がれるものでなければならない。だが、いのちを愛し意識のレベルである瞬間を捉えたとしても、歌はそれを言い表すのに多彩な修辞を施した言葉を不可避的に要求するだろう。ともすれば、意識の瞬間と言葉の相乗作用は固有の心の模様を物語の現在に仮構してしまう。止まった時計を垣間見た刹那の歌はそんなことさへふと思わせなくもない。

〈注〉

（1）『鐵道運輸規程註釋』（明三四・五、鐵道時報局）はこの「第九條」について、時計の備付ありと雖其の時刻齊正ならさるときは殆と時計の效用なかるへきを以て本條は之か備付の義務あると同時に時刻を齊正すへき義務をも亦鐵道に負はしめたるものなりとする。なお、鉄道の定時運行については中村尚史「近代日本における鉄道と時間意識」（橋本毅彦・栗山茂久編『遅刻の誕生　近代日本における時間意識の形成』二〇〇一・八、三元社）に詳しい。

（2）岩城之徳編『石川啄木必携』（昭五六・九、学燈社）

（3）上田博は『石川啄木歌集全歌鑑賞』（二〇〇一・一一、おうふう）において、「汽車の窓から『とある林の停車場』の『時計』が止っているのを目にしたというのであるから、汽車は徐行に近い速度で走っていたと推測される」と述べている。

（4）今井泰子注釈『日本近代文学大系　第23巻　石川啄木集』（昭四四・一二、角川書店）

（5）川井章弘「無意識を表すとされる副詞『ふと』の談話機能について」（『甲戌論集』一九九六・六、武蔵野書院）引用に際して、横書き原文の記号・符号を縦書き用に改めた。

（6）国際啄木学会編『石川啄木事典』（二〇〇一・九、おうふう）の「時計」（イメージ項目）による。

（7）木股知史「『一握の砂』の時間表現」（村上悦也　上田博　太田登編『一握の砂—啄木短歌の世界—』（一九九四・四、世界思想社）

（8）「曇れる日の歌（四）」（「東京朝日新聞」明四三・三・二五）

（9）昆豊は『石川啄木事典』の「鏡」（イメージ項目）において、「外見の姿、形ばかりではなく、内面の生き方から滲み出た心の見すぼらしさまでが映像化されていた」とし「啄木の自意識を研ぎ澄ませた」と指摘する。

（10）は（4）に同じ。

（11）明治四十年十二月二十七日の『報知新聞』に「今は如何なる片田舎へ行くとても時計の音が聞かるゝ様になりしが」なる記事を見ることができる。時計の普及が齎したものは多岐に及ぶが、あの特徴ある音もその一つであった。つまり、「時計とまれり」により歌われた世界は一旦静寂に包まれ、結句に至って雨と汽車の音が流れ込んでくることになるのだ。

（12）近藤典彦『啄木短歌に時代を読む』（二〇〇〇・一、吉川弘文館）

（13）は（7）に同じ。

II

『一握の砂』の詩的時空

1　ウサギとアヒルと『一握の砂』

啄木は細部まで指示した。紙は少し黒くてもいいがラフのなるべくザラザラするものを。表紙は「泣笑ひ」と同質同色で。ただ、台紙はそれより厚く。製本は背角で、「背には何も書かざること」といった具合にである。注文は包紙から見返しにまで及んだ(1)。

　包紙は白地へよき程のところに赤色にて横に

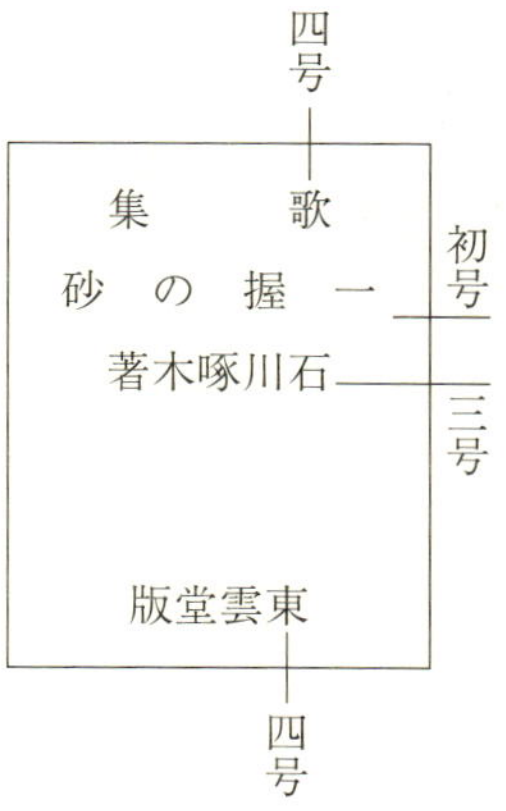

とすること、それから見返しは本文と同質の紙の厚目なのを無地にて用ふること

「見返し」とは本の中身と表紙をつなぎ合わせるために内側に貼られた紙のことで、表紙に貼られてない遊び紙のことも含めていう。念には念をと思ったのだろう。啄木は「右件々何卒願上候」と続けたが、どこをとってもこの歌集に対する啄木の思いが詰まっているようだ。しかし、これには裏があった。容易に知りえぬ事情が秘められていたと言うのではない。包紙の裏面には左のような東雲堂のマークが記されていたのである。

一

『日本出版百年史年表』（一九六八・一〇、日本書籍出版協会）によれば、東雲堂が名古屋区本町に産声を上げたのは明治十七年四月のことである。すでに藤沢全の『啄木哀果とその時代』（昭五八・一、桜楓社）に詳しいが、同地の事業家木田忠右エ門は文明開化の時勢を背景に書籍の出版販売事業を企て、これを長男の吉太郎に託した。明治十七年九月に出版された『普通明治用文』の奥付には「編輯兼出板人」として木田吉太郎、「發兌書肆」として東雲堂の名を見ることができる。そして、この東雲堂創業時に重要な役割を果たした人物が西村寅次郎であった。藤沢によれば、まだ若い吉太郎の力量に不安の残る父忠右エ門が協力者を探し求め、その結果、人を介して寅次郎が見出されたらしい。寅次郎は期待に違わず若き経営者をよく助けたに違いない。明治十九年二月出版の『英字早学び』(2)の奥付には、「出版人」の東雲堂木田吉太郎とともに名古屋區下長者町一番邸の西村寅二郎が「編輯人」として掲げられている。

順調な歩みと言ってよいだろう。東雲堂は明治二十三年に東京へ進出を果たした。(3)同年三月出版の『東京名所圖繪』の奥付には「發賣所」として東京京橋區中橋和泉町四番地の東雲堂と「賣捌所」として名古屋市本町通六丁目の東雲堂本店が記されている。「發行者」には木田吉太郎とあるが、寅次郎の上京後、明治二十四年からは「編輯兼發行者」として西村寅次（二）郎が記載されていく。翌明治二十五年になると奥付に大阪市東区南久寶寺町の東雲堂が登場するが、(4)これは東京を寅次郎に任せた吉太郎が、同店の大阪展開による規模の拡大を目論んだためであった。しかし、これは不調に終わる。「そこで吉太郎は本店の経営にも見切りをつけ、明治二十八年七月、単身上京(5)」し、再生を期すことになったのである。

だが、吉太郎は東雲堂とは別の集文館なる出版書肆を再出発の場に選んだ。「彼があえて『集文館』の名称を用いたのは、暖簾分けした寅次郎の東雲堂書店の名称と同一地域内において競合することをさけたからにほかならない」と藤沢は指摘している。明治二十六年二月に寅次郎は妹のトミと結婚しており、義兄弟となった吉太郎と寅次郎は集文館と東雲堂をそれぞれの活躍の場として協力し合っていたのだろう。ただ、明治二十四年九月に発行された『別天地』や翌二十五年三月の『奇事聚報』の奥付には、「發行所」として集文館が東京京橋區中橋和泉町四番地、つまり東雲堂と同住所で表記されている。また、「發行兼印刷者」はこれも同住所の西村寅二郎で、「賣捌所」「大賣捌」には名古屋の東雲堂があげられており、当初は明確な区分はなされていなかったのだろうと推測される。やがて、集文館は日本橋區新右衛門町十三番地に移ったが、明治三十一年六月の『法律規則大全』の奥付を見ると、「發行者」の木田吉太郎の住所は東京市日本橋區通四丁目四番地、「賣捌所」の東雲堂はその七番地となっており、連携する吉太郎と寅次郎の姿が浮かび上がる。集文館はその後も長く営業を続け、同社から出版された書籍の奥付には大正十四年頃まで木田吉太郎の名を見ることができるのだった。

さて、東雲堂の方はと言えば、明治二十六年には京橋區中橋和泉町四番地から、『法律規則大全』の奥付にもある、日本橋區通四丁目七番地へ移転していた。

> 小さいながら土藏造りの、そのころ日本橋大通りにあつた東雲堂書店の店頭には、木の枠に西の内紙の厚いのを張つて、墨で書いた立看板が出ていた。それには東京商工中學校講師野間正穡先生著『中學英和字書』と新刊書の名が書いてあつた。そして屋根の正面には、樫の板目に東雲堂書店と彫刻した、金文字の看板が上つていた。
>
> 店は全部疊敷きで、主人公をはじめとして一人、一人の控えているせいの低い座机には、やはり帳場格子がめぐらされてあり、私は番頭さんのすぐ隣りの机に座らせられた。そしてこの帳机のうしろは、天井まで届く書棚で、そこに商品の本が一杯詰まつていた。(6)

当時をそう回顧したのは、明治三十七年九月に前垂れがけ姿で見習い小僧として入店した、のちに西村陽吉となる辰五郎であった。その手腕を見込んだ寅次郎が西村家の養嗣子として辰五郎を迎えたのは、明治四十年に日本橋の大通りの道路拡張のため東雲堂が京橋區南伝馬町三丁目へ移ったさらに二年後、明治四十二年のことである。若主人となった辰五郎は経営にも参画し、東雲堂を文芸書肆とすべく翌年には舵をきった。一月には田山花袋編の『二十二篇』を刊行、三月からは雑誌『創作』の編輯発行にもかかわっていく。その東雲堂と啄木が歌集の出版契約を結んだのは十月四日のこと。こうして話は冒頭に引いた啄木が辰五郎に送った書簡へと戻るのだが、創業からこの間東雲堂は同じマークを使い続けてきたわけではない。むしろ、『一握の砂』の包紙の裏面に描かれたあのマークが使われていたのは比較的限られた期間だったのだ。

二

いまお近くに岩波書店の本があれば手に取ってご覧いただきたい。岩波書店のマークがミレーの「種まく人」からきているのがお分かりいただけるだろう。これは創業者の岩波茂雄が労働を尊び、晴耕雨読の田園生活、ワーズワースの「低く暮し、高く思う」精神を社の理念としたいと考えたことに由来している。デザインは高村光太郎によるメダルをもとにエッチングされたもののようだ。なにも書店にかぎったことではなかろうが、このようなマークには相応の意味があると考えるべきなのである。

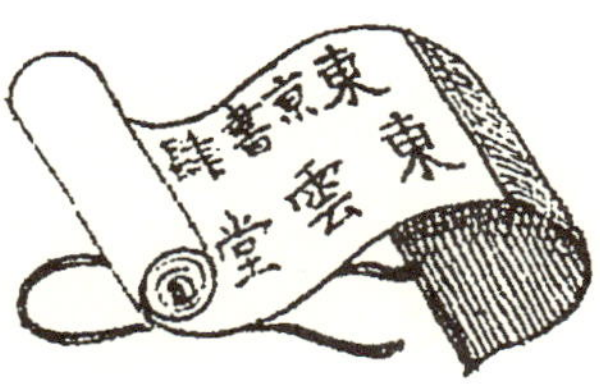

初期の東雲堂においては、『類題發句壹萬集　春夏之部』（明二五・三）や、『類題發句壹萬集　秋冬之部』（明二六・一）に上のような図が用いられていたが、これは継続して使用されなかった。

東雲堂がある時期に多用したのがこのマークで、たとえば、

『生徒必携記事文教科書』（明治二十六年三月）
『日本軍歌集』（明治二十六年五月）
『官幣中社金崎宮御畧傳』（明治二十六年五月）
『新定公布條例規則大全』（明治二十六年六月）
『中等教育作文五千題』（明治二十六年八月）
『起草自在　祝文教科書』（明治二十七年三月）
『修身龜鑑　少年美談』（明治二十七年三月）
『繪本太功記』（明治二十七年三月）
『增補　生寫朝顔日記』（明治二十七年三月）
『修身龜鑑　歴史美談』（明治二十七年三月）
『菅原傳授手習鑑』（明治二十七年三月）
『源頼家　源實朝鎌倉三代記』（明治二十七年三月）
『伽羅先代萩』（明治二十七年三月）
『國家の元氣　一名　加藤清正公の傳』（明治二十七年七月）
『新定公布條例規則大全』（明治二十七年八月）(7)
『實地活用普通用文』（明治二十七年十二月）
『假名手本忠臣藏』（明治二十八年三月）
『新日本　臺灣旅行獨案内』（明治二十八年五月）
『登録税法註解』（明治二十九年十一月）
『改正　條例規則大全』（明治三十年三月）
『言文一致　尋常小學國語綴方』上巻、下巻（明治三十五年三月）

などにこれを見ることができる。描かれているのは足の本数からして八咫烏であろう。八咫烏は神武東征の際に熊野から大和への険路を先導した伝説の烏であり、博文館の雑誌『太陽』の表紙にもしばしば描かれていたが、今日ではサッカー日本代表のエンブレムとしてお馴染なのではないだろうか。東雲堂がこのマークを採用したのはちょうど日清戦争のころであった。戦意の高揚と勝利への願いが、東京で身を立てようとしている自らの事業への期待と一緒になってそのなかに込められていたのだと思われる。太陽と烏の図柄が「東雲」の語感と合致していたことは言うまでもないところだろう。

だが、時流の変化あってのことか、八咫烏のマークはいつしか姿を消していった。その後、明治三十八年九月の『兵事學術演說例題　附脩辞資料』の図柄（左上）や、明治三十九年八月の『英和對譯　?テル，ミー』のロゴ（左下）も見受けられるが、いずれも集中して用いられることはなかったようだ。

そうして明治四十年代に入ると、東雲堂はすでに述べたように出版方針を参考書類から文学作品へと変更することになる。その転換期にあって東雲堂が新たなマークを模索したとしても不自然なことではないだろう。むしろ、新しい東雲堂はそれを見れば一目で分かるというような確固たる地位を目指したと言うべきかもしれない。若山牧水『別離』が出版されたのは、まさに東雲堂が文芸書肆として歩み出そうとしていた明治四十三年四月

のことだった。『別離』の包紙を取って、中の表紙を確認すると、裏表紙には下のような図が刻まれている。東雲堂の「T」にとまる鳥は烏だろうか。背後に星が見えるものの、嘴が開いているところからすれば夜明け烏かもしれない。傾く星と鳴き声をあげている鳥は、これもまた「東雲」の語感によったものであったろう。

しかし、それからわずか三ヶ月後、七月刊行の岩野泡鳴『放浪』にこの図は用いられなかった。用いられたのは『一握の砂』と同じマークであった。この図柄は『放浪』と『一握の砂』のほかに、明治四十五年五月の『中學國文教科書字解　第一學年用』『修訂中等國語讀本字解　第二學年用』にも見られる。正確に言えば『中學國文教科書字解』のもの(左下)と『放浪』(左上)、『一握の砂』のものとでは、鳥の頭上にある星の形が違っており、また『放浪』と『一握の砂』も鳥の目の描かれ方が異なっているのであるが、ここではとりあえず同じマークと考えておくこととしよう。これを牧水『別離』のものと比べると、全体の印象は引き継がれているものの、背景に描かれている線が、横向きの波線から放射線状に変更されて、日が昇ろうとしている夜明けの気配が強められているように見える。

ところが、どういう事情があったのか定かではないが、この間、すなわち『放浪』から『中學國文教科書字解』の明治四十三年七月から明治四十五年五月までの間に東雲堂から出された本には別のマークも使われ始めていたのである。明治四十五年二月の土岐善麿『黄昏に』には次のマークが表示されていた。

これには見覚えのある方も多かろう。同四十五年六月の『悲しき玩具』の包紙の裏に書かれているのもこのマークである。[8]

このマークは、以降、

大正元年十月　若山牧水『死か芸術か』
大正二年一月　北原白秋『桐の花』
大正二年六月　平塚らいてう『扃ある窓にて』
大正二年七月　北原白秋『東京景物詩』
大正三年八月　荻原井泉水『自然の扉』
大正七年五月　若山牧水『渓谷集』

などにも使い続けられ、[9] 押しも押されもせぬ東雲堂の顔となった。大正六年四月に刊行された牧水の『わが愛誦歌』の巻末に付せられた「東雲堂書店出版目録」の表紙に掲げられているのも、その証左であろう。つまり、『一握の砂』包紙裏のマークが使用されていたのは、明治四十三年七月頃からの二年程度の期間にすぎなかったことになる。では、それにはどのような意味があったのだろうか。

三

アメリカの心理学者ジャストロー（Jastrow, Joseph）は一九〇〇年に発表したFact and Fable in Psychology の中で次のように述べている。

> These illustrations show conclusively that seeing is not wholly an objective matter depending upon what there is to be seen, but is very considerably a subjective matter, depending upon the eye that sees.

見るということは見られる対象によって決まる客観的なことでなく、見ている目しだいの主観的な行為であるというわけだ。だが、ここでは見るという行為のあり方よりも、ジャストローが引き合いに出した図版の方に注目しておこう。次頁の図は、「Jastrow's rabbit - duck illusion」と呼ばれるもので、ウサギにもアヒルにも見えるという有名なだまし絵である。もともとはドイツの雑誌に掲載されていたものらしいが、のちに、ヴィトゲンシュタインが『哲学探究』において、「次の図は、ジャストロウ〔の*Fact and Fable in Psychology*〕から借用したものであるが」と前置きして「ひとはこれをうさぎの頭とも、あひるの頭とも見ることができる。すると、わたくしは、一つの風景相の〈恒常的な見え〉と、一つの風景相の〈ひらめき〉とを区別しなくてはならない[10]」と書いたことでもよく知られるようになった。

FIG. 19.— Do you see a duck or a rabbit, or either? (From *Harper's Weekly*, originally in *Fliegende Blätter*.)

Jastrow's rabitt-duck

ヴィトゲンシュタイン
『哲学探究』より転載。

これを『一握の砂』の包紙の裏面にある東雲堂のマークと見比べてみると、この東雲堂のマークはウサギとアヒルのだまし絵を模したもののように見える。東雲堂が使用してきたマークの変遷から言えばアヒルではなく、カラスと言うべきであろうか。東雲堂がウサギにもカラスにも見えますという図案を用いたのは、出版方針を文学書に切り換えたとはいえ、なお硬軟多種の書籍を扱っておりますというような軽口の類いではないのだろう。東雲堂はこれまで主として参考書を扱ってきた。そこから文学書の東雲堂になろうとしたのである。用意された問題に対する一つの正解を是とする参考書の世界から、尽きることのない問いかけと答えが相互に作用し続ける文学の地平へと歩みを進めたのだった。両義図形や多義図形などと称されるウサギとアヒル（カラス）のマークは、一義的な対応関係から多義的な場への移行を象徴的に描き出しているように思われる。

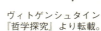

東雲堂がこのマークを使用した期間は、移行期とでも呼ぶべきわずかな期間であったが、その間に『一握の砂』が刊行され、包紙の裏面にこれが刷られたのはこの歌集にとって不幸なことではなかったはずだ。いや、むしろ幸運な遭遇だったと言うべきかもしれない。たとえば、歌われた瞬時性の場と日常的な時間相でもよい。あるいは、回想された過去と回想している現在や地方と都市でもかまわない。歌われた世界の見え方が交替したり、反転したりすることがこの歌集の世界に広がりを与えているからである。中身の『一握の砂』こそすぐれた両義図形、多義図形だったのではないか。裏を返せば、そんな見方もできなくはない。

〈注〉

（1）明治四十三年十月二十九日西村辰五郎宛書簡

（2）『英字早學び』には「出版人」として「藍外堂　奥村金二郎」の名も記されている。

（3）『日本出版百年史年表』の明治二十三年十月には「東雲堂書店創業（西村寅次郎、1855.9.20生）。参考書出版。」とある。引用に際して、横書き原文の記号・符号を縦書き用に改めた。

（4）たとえば、明治二十五年十一月に発行された坪内逍遥『贋もの』の奥付には「發行書肆」として名古屋市本町六丁目の東雲堂本店と大坂市東區南久寶寺町四丁目九十九番邸の東雲堂支店と東京京橋區中橋和泉町四番地の東雲堂支店が併記されている。

（5）藤沢全『啄木哀果とその時代』（昭五八・一、桜楓社）

（6）西村陽吉「東雲堂時代Ⅱ」（『短歌』第三巻第一一号、昭三一・一一）

（7）明治二十七年四月発行の『新定公布條例規則大全』には下のマークが記されている。

（8）すでに『石川啄木事典』（二〇〇一・九、おうふう）に太田登が「ひょっとことおかめの面を背合わせにした玩

具の絵のついた」と指摘するとおり、『悲しき玩具』の包紙には左の絵が描かれている。『悲しき玩具』の刊行にかかわった者たちが、『悲しき玩具』に収められた歌をどのように解してこの図柄を選んだのか、改めて考えてみる必要があるだろう。

（9）西村陽吉は戦後、『天才詩人　石川啄木の生涯』（昭二四・一一）を刊行するが、その裏表紙にはなおこのマークが用いられている。また、若山牧水『別離』も第十版（大一一・三）ではこのマークが使用されている。版を重ねていく『別離』を順に確認していけばマークが変更された時点を絞り込めるかもしれない。

（10）『ヴィトゲンシュタイン全集8　哲学探究』（一九七六・七、大修館書店）

2　石川啄木と非凡なる成功家

周知のように、石川啄木は「これも所謂僕式な思ひつきだらう(1)」と『一握の砂』の序文を、当時東京朝日新聞の社会部長であり上司の玄耳渋川柳次郎に依頼した。いちはやく啄木の歌才を見抜き「朝日歌壇」の選者にも抜擢した渋川は、藪野椋十の名で洒脱な文章をもってこれに応えたのである。その序文の一節に渋川は、

非凡なる人のごとくにふるまへる
後のさびしさは
何にかたぐへむ

いや斯ういふ事は俺等の半生にしこたま有つた。此のさびしさを一生覚えずに過す人が、所謂当節の成功家ぢや。

と言う。

今井泰子は渋川の一首への理解の基点にある「俺等」を、「さしたる名声や財力・権力をもたず、さして自己

の能力も発揮できずに、今日を平凡に暮らしている『俺等』(2)であるとした。従うべき解義であろう。では、渋川の脳裡にはそのような「俺等」に対する「所謂当節の成功家」としてどのような人物たちがいたのだろうか。

一

銀行王と称され、日比谷公会堂や安田講堂を寄贈したことでもよく知られる安田財閥の祖、安田善次郎は明治四十三年二月一日発行の『實業之日本』（第一三巻第三号）に「余が自作『明治成功録』に選入したる卅四名士」を公表する。それによれば安田は『明治成功録』なる一帖を製し、帖中に載った三十四名の各家へ一冊ずつ贈呈し、永久の記念としたようだ。『明治成功録』は三十四名士の肖像と、彼らが平生愛誦した詩歌金言の筆蹟を掲げ、安田自身による小伝を付した体のものであったらしい。

選ばれたのは、澁澤榮一、古河市兵衛、大倉喜八郎、淺野總一郎、森村市左衛門、諸戸清六、益田孝、岩崎彌太郎、岩崎彌之助、前川太郎兵衛、薩摩治兵衛、平沼專造、原善三郎、茂木保平、藤田傳三郎、川崎正藏、川崎八右衛門、柴川又右衛門、片倉兼太郎、神野金之助、高田愼藏、若尾逸平、村井吉兵衛に自らを加えたの正員二十四名と、国家に勲績ある三條、岩倉、木戸、伊藤の四公及び山縣公、井上侯、松方侯、桂侯、大山大將、東郷大將の客員十名。選の基準を安田は「一代にして事業を成し之に伴ふて資産も相當に出來、且つ其行動が世の爲國の爲になつて居るものたるに限つた」とするが、あわせて「固より斯樣な事は精密に計算することは出來ぬ、又成功者といふものには毀譽褒貶も多いことであるから、右の標準に依る私の選擇に對しては或は批難があるかも知れぬ」とも述べ、天下に誇るのでなく「老後の清興をお話するまでゝある」と結んでいる。

果たして、安田の予期したように直後の二月十五日刊の『實業之世界』（第七巻第四号）に『實業之世界』社長野依秀一が「安田善次郎氏に與ふるの書」を公開状として掲載し、『明治成功録』の人選を杜撰極まるものと厳しく非難した。野依は、まず、国家に勲績ある客員に大隈重信、板垣退助、大久保利通、西郷隆盛、後藤象次郎、あるいは、乃木希典、大村益次郎、山本権兵衛等の名が選に漏れていることを咎め、また、正員二十四名中の数名には毀と貶をもって『明治成功録』を「戯作」と断じたのである。安田の試みを「現世の権威に阿諛して政府の當路者に阿る」ものと見る野依は、「『成功』の意味を斯くの如く解釋する卑俗淺薄の實業家と、之を推讃する雑誌記者とによりて指導さるゝ日本の青年は不幸」であり「天下青年の爲に其妄を辯ずる」と言い放った。

もちろん、仮に、明治国家に勲績ある人物や実業界における成功者を選定するにしてもその尺度が各様であることは言うまでもない。ここにおいて問題なのは、その際の精密さや正確さの程度ではなく、そのような試みの射程に「日本の青年」や「天下青年」が捉えられていたということなのである。

二

さきの安田の試みを視野に入れながら、これに野依とは異なる角度から考察を加えようとしたのは明治四十三年五月の『實業界』（第一巻第一号）に掲載された横山源之助の「明治富豪の史的解剖」である。「彼等は如何にして富豪となりしか」の副題をもつこの文章は、安田選の二十四名を参照しながら「之を明治富豪史に質し、時代の變遷と人物の形跡に就て、其の致富の原因を讀者の前に示さう」としたものだった。その論述は富豪に対して、

（一）明治維新の變亂に現はれたる者（横濱神戸の開港より、明治初年の殖産興業時代につゝく）。

（二）西南戰役の變亂に現はれたる者

（三）日清戰役後に巨富を致せる者
（四）日露戰役後富豪となりたる者

という「時代の變遷」を縦軸に、

（一）地所の昂騰又は貸金に依つて得たる者
（二）政府の保護又は御用に依つて得たる者
（三）礦山の天福に依つて得たる者
（四）株式に關係し又は持株の暴騰に依つて得たる者
（五）商工業又は貿易或は航海業に依つて得たる者
（六）大會社又は大富豪の使用人として得たる者

からなる「人物の形跡」を横軸に配し、全体の傾向を、

（一）日本の富豪は其の事業多岐に分れて、專問的でない事
（二）純然たる工業に精力を集注せるもの、寡い事
（三）海外に手を延はせる者の寡い事
（四）株式市場を利用する者の寡い事

と結論づける分析的なものである。だが、横山も末尾に「青年者流が富豪者の外形に憧憬れ、渠等の成功談に聽いて、其の經歷を鵜呑にせんとするのは、更に一層の愚である」と記し、「青年者流」を対象に警告を発している。これに、

富豪の現出は、十九世紀下半期より二十世紀初頭の大現象で、其の致富の原因と其の人物を研究するのは、

　貧民勞働者の研究と同じく、一種の社會問題に屬にする。實業雜誌の類が、相率ゐて所謂成功者の經歴又は意見を紹介するのも、富豪者の外形を憧憬する思想の發現であるが、亦た富豪研究の一端に外ならない。

との緒言も合わせ見ると、安田、野依、横山の一連は「富豪者の外形を憧憬する思想」の高まりに要請され、「實業雜誌の類が、相率ゐて所謂成功者の經歴又は意見を紹介」したものの一端であると言うことができるだろう。

　実際、当時の実業雑誌からは、安田善次郎による「千兩を理想として再度家郷を出奔し遂に今日を致したる經驗より讀者諸君に訓ふ」（『實業界』第一巻第三号、明四三・七）や、淺野總一郎「余は毎日三四時間の睡眠で如斯奮闘をなす」（『實業之日本』第一三巻第三号、明四三・二・一）、澁澤榮一「余は如斯精神を以て奮闘的生涯を送れり」（『實業之日本』秋季増刊第一三巻第二一号、明四三・一〇・一〇）などを容易に見出すことができる。一方、『實業之世界』では明治四十二年五月一日号（第六巻第五号）より社説として「現代日本に於ける大富豪の解剖」の連載が開始された。その趣旨は大富豪に対して「痛烈なる論評を加へ」ることにもあったようだが、彼等に対する関心の高まりと表裏をなすものと見做すことができるだろう。また、澤柳政太郎の「此の大本を忘れて枝葉に奔れる今日の修養談」（『實業界』第一巻第一号、明四三・五）の類も、「近時、各雑誌に散見する修養談」を念頭に置いたものであり、成功談や修養談が「今日流行する所」のものであったことを物語っていよう。

　明治四十三年九月には大阪の蜻輝堂より實業力行會著『無資奮闘成功家實歴』が刊行される。「大日本帝國現時の全資産」「大日本現時百萬圓以上資産家一覧」を附録とする本著に成功家として取り上げられたのは澁澤榮一、安田善次郎をはじめ四十三名。目次には成功家の名にキャッチフレーズ的な一文が添えられているが、その多くは「小僧より仕上て天下の糸平と呼る　田中平八」「餅賣の素寒貧より巨萬の富を得し　下郷傳平」「豆腐賣の小僧より銅山王と成りし　古河市兵衛」「ボーイより成功せし貿易店主　三枝與三郎」「倉庫番人より成功せし　山崎繁次郎」というような形で各人の現時に対する往時の姿に焦点を合わせるものであった。つまり『無資奮闘成功家實歴』が強調するのは角書きにも明らかなように、「無資」より出発した成功家の人並外れた「奮闘」の様子なのである。そしてそれは、実業雑誌紙上における前農商務大臣金子堅太郎の「草履取となつて奮勵苦學した予の青年時代(3)」はもとより、山内とう子の「無資本にて成功したる亡夫の活動振り(4)」、あるいは「兄弟三人協力して無資本より大呉服商となりし今井兄弟奮闘實歴(5)」もそうであったように隆盛を極めた成功談や修養談に共通の特徴的な様相にほかならなかったのである。(6)

日露戦後の反動恐慌は中小の会社を窮地に追いやったが、恐慌の処理の過程は国家の援助を受けた財閥が台頭する契機でもあった。明治四十一年七月に誕生した第二次桂内閣が財閥中心の政策をとり、財閥による金融と産業の独占が進む。その背後で慢性的な不況にあえぐ青年たちの中に富豪をはじめとする成功者へ興味と関心を示す者が現れたのも不自然なことではない。かかる青年たちに向けられた成功談、修養談が成功者の困苦欠乏に耐え奮闘した前歴と、その際の精神のあり様に比重をかけた書き振りをしたのもゆえのないことではなかったのである。同時にそれらの論は、「新聞雑誌を字引にて讀み修學したる自助的成功者田野井多吉氏(7)」や、最上屋岸勘次郎の「無一物の予は如何にして炭問屋を開業したるか(8)」、さらには、林田龜太郎による「今の苦學生にも斯くの如き成功者あり(9)」など、とりどりの成功者たちを幅広く視界に入れながら、色調を概ね一様に一つの流れをなしていたのである。(10)

三

以上、成功者をめぐる諸論を大まかに整理してきた。むろん、これまでみてきた実業雑誌における例のほかにも成功者を意識したものは存在するであろうが、比較的限られた範囲の考察から結論を示せば、『一握の砂』序文の一節「所謂当節の成功家」は前述のような状況の中で書かれたものであったということになる。そこで、渋川が「俺等」に対してどのような非凡なる成功家を想定していたかはもはや繰り返すまでもないだろうが、

凡べて人並みの事をやつて居ては、百年河清を待つた所が駄目な話である。そこで、苟も事を成さうと思ふ人は人並以上の苦心と丹誠とを凝らす覺悟がなくては矢張り人に勝ぐれた成績を上げ得る道理がないのである。依つて以上の如き男らしき決心と覺悟があるものは、必ず非凡の邁進を成し得るものではあるまいか。[11]

と言う安田善次郎などは立ち止まってたとえようもない「さびしさ」を感じることなどなかったに違いない。

もちろん「非凡なる人の」の歌に立ち返って言えば、一首の主眼は平凡と非凡、「俺等」と「所謂当節の成功家」という単純な二項対立にあるのではなく、今井が指摘するような「社会的・人間的大小に拘泥する自分をあわれむ気持ち[12]」を含み込んだ「さびしさ」と、それを捉えようとする疼きにあるだろう。その点からすれば渋川の一首への理解はやや図式化されたきらいもなくはないが、「はたらけど」の一首が河上肇の『貧乏物語』（大六・三、弘文堂）に引かれたことなどに思いをいたせば、渋川の残した一節は啄木短歌受容の一つの基本的な構図の原質として見過ごすことのできない意義を有していたと言わねばならない。ただ一方で、啄木短歌を「斯うい ふ種も仕掛も無い誰にも承知の出来る歌[13]」と見る渋川の『一握の砂』理解は必ずしも全円的なものではない。序文と本文とが奏でる協和、不協和の音色については稿を改めて耳を傾けなければならないであろう。

とは言え、はやく原田實が「巻頭にある藪野椋十氏の序文も又思はせる事の多い言葉である」[14]としてから『一握の砂』の性格を的確におさえていると評され続けてきたこの序文が、そのような性質のものであることは疑いを入れないところである。

『一握の砂』の広告文には、

其身動く能はずして其心早く一切の束縛より放たれたる著者の痛苦の聲は是也、著者の歌は從來の青年男女の間に限られたる明治新短歌の領域を擴張して、廣く讀者を中年の人々に求む。[15]

と書かれていたが、渋川が解くところを補助線とするなら、一首に歌われた「さびしさ」を共有する「俺等」は「中年の人々」と響きあう。成功を夢見る青年でも、ましてや功なり名を遂げた者でもない「中年の人々」、渋川は『一握の砂』が求めた読者の一人であった。

〈注〉

(1) 明治四十三年十月十日宮崎大四郎宛書簡
(2) 今井泰子注釈『日本近代文学大系　第23巻　石川啄木集』(昭四四・一二、角川書店)
(3) 『實業界』(第一巻第一号、明四三・五)
(4) 『實業之世界』(第六巻第一四号、明四二・一二・一)
(5) 『實業之日本』(第一三巻第二三号、明四三・一一・一)
(6) 同工のものは、「資本窮乏が藥となつた余の開店前後の奮闘」(『實業之日本』第一二巻二六号、明四二・一二・一五)「非凡なる人物の徑路は皆是れ奮闘の活歴史」(『實業之日本』秋季増刊第一三巻第二一号、明四三・一〇・

一〇）など枚挙にいとまがないが、たとえば大倉粂馬の「平凡の人でも如斯せば必ず一業を大成す」（『實業之日本』第一三巻第三号、明四三・二・一）では、「普通人が一日十時間働く處を、自分は十五時間奮闘した」との養父喜八郎の言が紹介されている。

（7）『實業之日本』（第一二巻第二六号、明四二・一二・一五）

（8）『實業之世界』（第六巻第八号、明四二、八・一）

（9）『實業界』（第一巻第四号、明四三・八）

（10）『實業之日本』（第一三巻第四号、明四三・二・一五）には岩崎徂堂『現代日本富豪名門の家憲』が、また同誌（第一三巻第一八号、明四三・九・一）には『立志成功東京生活』『東京苦學成功案内』『最新成功策』『成功を望む人の手引』『小額資本實業成功法』が広告欄に記載されている。

（11）安田善次郎『富之礎』（明四四・三、昭文堂）

（12）は（2）に同じ。

（13）序文は以下「亦当節新発明に為つて居たかと」と続くが、『無資奮闘成功家實歴』には「覆盆子酒の發明者　間宮勝三郎」「薄命の孤兒より機械の發明者　石川角藏」が取り上げられている。また、実業雑誌には鈴木藤三郎「余は如何なる動機によりて六十六個の發明をなしたるか」（『實業之世界』第六巻第二号、明四二・二・一）、「名古屋に現はれたる世界的發明の天才」（『實業之日本』第一三巻第九号、明四三・四・一五）、「日本人の發明的才能を代表する名古屋共進會の機械館」（『實業之日本』第一三巻第一一号、明四三・五・一五）等の記事を見ることができる。だが、ここで注目すべきは「当節の成功家」「当節新発明」と「当節」に重きを置いた渋川の啄木短歌理解の基本線であろう。

（14）原田實「暗示に富んだ歌集」（『創作』第二巻第三号、明四四・三）

（15）『創作』（第二巻第一号、明四四・一）

『一握の砂』の広告文について、岩城之徳は『定本石川啄木歌集』（昭三九・三、學燈社）において、西村陽吉の「『一握の砂』の廣告文は啄木自ら書いた」（「啄木のこと」『短歌月刊』第二巻第一二号、昭五・一二）という記憶を根拠として、「『スバル』その他の雑誌に掲げられた歌集の新刊広告は、すべて啄木の執筆と考えられる」としている。また、藤沢全は『啄木哀果とその時代』（昭五八・一、桜楓社）に、「広告文の筆者が啄木であると証明する資料は現在ないが」、「鳥影」の広告（予告）文が啄木自身の手によるものであることや、明治四十四年一月十四日の宮崎郁雨宛書簡に『樹木と果実』について　自分で広告文を書くと言っていることから、『一握の砂』の広告文も「啄木が書いたものと考えてよかろう」としている。また、藤沢は、仮にそうでなかったとしても、「その文章に啄木の意向が十分にとり入れられていることは、疑いのないところ」とも述べる。一方、木股知史は「『一握の砂』の詩空間㈠——広告文について——」（『宇部短期大学学術報告』第二二号、一九八五・七）に、『一握の砂』の広告文をこの歌集に対する「最初の批評の萌芽」と捉えて、読者を「世の苦労人や、中年の人々」にもとめる『一握の砂』の広告文は、「〈恋愛〉や〈青春〉を聖化しなければならないという新派和歌にまつわる固定観念から脱却すること、また、歌の表現の場として〈生活〉をえらびとることを示している」と指摘した。それが「固有人《オリジナル》よりも平凡人を表現しようとする同時代の動向にも深くかかわる」と見てのことであるが、きわめて示唆に富む立論であろう。『一握の砂』の広告文には幾つかの型があるが、明治四十三年十一月の『創作』に掲載された「版元は廣くこの歌集を世の苦勞人や、中年の人々にも薦め得る自信を持つてゐるのである」や四十四年一月の「廣く讀者を中年の人々に求む」には、その特徴的な様相が端的に現れているだろう。ただし、ここで注意しておかねばならないことは、明治四十三年七月の『創作』の裏表紙に掲載された岩野泡鳴の『放浪』の広告文に、

この書の如きは青年に讀まるべきものなるのみならず、中年もしくは中年以上の讀者に對しても決して空疎を感ぜしめざるのなり。

と書かれていたことであろう。西村陽吉は『石川啄木詩歌集』（昭二三・一一、文章社）に、明治四十三年十一月の『創作』（第一巻第九号）の裏表紙の広告文は「わたしの書いたもの」と述べているが、もしそうであるなら、ここには読者層を広げようという版元の思惑を見て取ることができるだろう。また、「中年」という括りが、「青年」などに対して、ある年代層を指すだけでなく、一つの世代として年齢以上の意味をもっていたことも想定される。

ただ、陽吉は続けて、「この廣告文では少々なまぬるくて、啄木には氣に入らなかつたと見えて、本が發行され

てからのち、啄木は自分で廣告文の原稿を書いてよこした。この廣告文は、啄木が、自分の歌についてその當時どういう考えをもち、どれだけ氣負つていたかを想像することができるものであるから、参考のためにそれをあげてみよう。今はどうか知らないが、そのころは自著の廣告文というものは著者が書くのが普通のことであつたのである。」とも書いている。そして、啄木が「書いてよこした」とされたのは、ここに引いた『創作』（第二巻第一号、明四四・一）に掲載された広告であった。啄木が『一握の砂』の広告文にどのようにかかわっていたかについては、なお検討の余地があるだろうが、啄木が自分の歌集の性格を見据えて、「廣く讀者を中年の人々に求む」と望んだことは間違いのないところだろう。

3　啄木「おもひ出づる日」の歌

砂山の砂に腹這ひ
初恋の
いたみを遠くおもひ出づる日　(6)

一首は越谷達之助の曲に乗せても歌い継がれてきたが、その曲目「初恋」は適当でなかったかもしれない。すでに指摘されるように、その主題は「初恋の思い出ではなく現在の『日』」にあるからだ。[1]一首の本態をそのようなものとして玩味するとき、そこに込められた思いは、単なる初恋の追憶を越えた広がりをもって開かれてゆくだろう。ここでは、この一首を殊に印象づけていると考えられる結句に焦点を合わせ、「おもひ出づる日」をなす「おもひ出づ」と「日」をめぐり若干の考察を加えてみることにしたい。

一

一首の結句「おもひ出づる日」に見られる「おもひ出づ」という語は、はやく『万葉集』に、

思ひ出でて　音には泣くとも　いちしろく　人の知るべく　嘆かすなゆめ（巻第十一　二六〇四）

思ひ出づる　時はすべなみ　佐保山に　立つ雨霧の　消ぬべく思ほゆ（巻第十二　三〇三六）

のように用いられてのち、和歌の伝統の中に息づいてきた。ただ、古くは過去の出来事や人物を思い出すのではなく、いままさに月に帰ろうとするかぐや姫の、

今はとてあまのは衣きる折ぞ君を哀と思ひ出でける

のような思い起こすという意に用いられていたようだ。近藤みゆきの解義によれば、(2)「思ひ出づ」は『後撰和歌集』のころから「昔の恋人をはじめ、過去の出来事や人について詠んだ例が圧倒的」となり、平安中期頃からは「死者について詠むことも増加」して、以後は「『恋』『昔』『死』といった語感によりつつ」、「さまざまな詠み方がなされて」きたのであった。

明治においても、

星となりて逢はむそれまで思ひ出でな一つふすまに聞きし秋の声（『みだれ髪』）

つかれはてつめたき夜の灯のもとに横はる時君おもひいづ（『収穫』）

遠空のいなづま見ればその宵の玻璃窓の外をおもひ出づといふ（『酒ほがひ』）

に見られるとおり、伝統的な語感を織り込みながら詠み継がれている。そして、尾上柴舟『永日』の中の一首、

ゆたかなる土のしめりに去年蒔きし花の種まで思ひ出でにけり

のように対象を広くしながら変奏されてもいくのだった。その中には、若山牧水『別離』の、

まれまれに云ひし怨言のはしばしのあはれなりしを思ひ出づる日

や、土岐哀果「書斎と市街」(『創作』第一巻第九号、明四三・一一)の、

一束に束ねたるまゝしまひ失くせし手か
みのことを
思ひ出づるころ、

のように、啄木の「おもひ出づる日」の歌と表現上きわめて近接したものを見ることもできるのであるが、ここで看過できないのは、これらの歌が思い出される内容だけでなく、ときに思い出す行為や主体等に比重を置こうとしていることであろう。

たとえば、

投げいだせし手につたひくる冬の夜の冷たさにふと君おもひいづ（前田夕暮『收穫』）

そのむかし怖しと海を教へたる讀本の畫をふと思ひいづ（尾上柴舟「故郷と海と」）(3)

のような詠まれ方には、その特徴的な様相がよく現れている。ここでは「おもひいづ（思ひいづ）」に「ふと」が冠せられることで、思い出す行為自体、あるいはふと思い出したその一場面が、思い出した「君」や「讀本の畫」より前面に出ている。つまり、思い出す行為とその一場面が前景化され、思い出は思い出としてより遠くに設定されるのだ。そして、思い出した過去の何かといまちょっとしたひょうしに思い出したこととに奥行きが与えられ、思い出の情景とそれを思い出した場面とが陰影をもって紡ぎだされていくのである。さらに、思い出す行為自体に過度の比重をかければ、『NAKIWARAI』の巻頭歌、

Ishidatami, koborete utsuru Mizakura wo,
Hirou ga gotoshi !—
Omoiizuru wa.

のような詠作になるだろうが、「思ひ出づ」によってその一場面を写し取ろうとするようなかかる手法に、「一利己主義者と友人との対話」において「いのちの一秒」を、「歌のいろ〳〵」において「刹那々々の感じを愛惜す

る心」を述べた啄木も無関心ではなかったに違いない。

しかし、「ふと」したひょうしと思い出との遠近法を辿れば、『一握の砂』の読者は「おもひ出づる日」の歌より、

手套を脱ぐ手ふと休む
何やらむ
こころかすめし思ひ出のあり　(437)

に行き着くだろう。一首に「空白の瞬間とでもいうべき時間」が表現されているとする木股知史は「ここには『こころかすめし思ひ出』の内実に到達できないという遅れがとらえられている」(4)とした。重んじられなければならない指摘である。それは、一首において何か「思ひ出」がこころをかすめたことや、その捉え難い「思ひ出」の内実が、「ふと」の響きにより遠いところに押しやられ、「手套を脱ぐ手」を「休む」行為やその場面が前景化したことによると思われる。だが、「手套を脱ぐ手」の一首にも重ね合わせることができる前述のような「思ひ出づ」がときに含み込もうとした表現上の特質は、「おもひ出づる日」の歌の趣とは全円的に合致するものではない。試みに、

砂山の砂に腹這ひ
初恋の
いたみを遠くおもひ出づる日　(6)

を吉井勇『酒ほがひ』の連作「夏のおもひで」の最終歌、

焼砂に身を投げ伏して涙しぬ胸の痛みを思ひ知る時

と併置してみよう。「砂」「いたみ（痛み）」の用語はもとより、歌われている場面や込められた思いまでもが相似であるかに感じられる二首には、「おもひ出づる日」と「思ひ知る時」という結び方において懸隔が生じている。「日」と「時」という時間の持続性の差は歴然としており、いささか恣意的な比較とはいえ、「ふと」と「思ひ出づ」の接合によってある場面を写し取ろうとするような技法は「思ひ知る時」の方に近いだろう。つまり、「砂山の砂に」歌の結句の妙は「ふとおもい出づ」でも「おもひ出づる時」でもない「おもひ出づる日」という手法の内質、言い換えれば、「おもひ出づ」と「日」の微妙な繋がりにあると見るべきなのである。

二

「砂山の砂に」の歌の結句「おもひ出づる日」は言うまでもなく体言止めであるが、漠然とそのような修辞法の名称に一括しては問題の所在がはっきりしないかもしれない。たとえば、歌末に体言を据え、そこに収斂する

同型の構造をもつ歌(5)として、

誰が見ても
われをなつかしくなるごとき
長き手紙を書きたき夕　(123)

水のごと
身体をひたすかなしみに
葱の香などのまじれる夕　(519)

などを挙げることができる。これらは「砂山の砂に」の類歌と位置づけることもできようが、より厳密に言えば同工ながら異曲と見るべきであろう。「夕」についてはすでに平岡敏夫にすぐれた分析があるので詳細はそれにゆずるが、(6)三夕の歌を挙げるまでもなく、伝統的な情緒が染み入った語であると言うことができるだろう。時間の様態の相違は自明の前提であるが、「誰が見ても」「水のごと」の二首は「夕」ととどめ置かれることで、醸し出された情感が、その歌を超えて、余情や連想の広がりに委ねられていく。

では、歌末に「日」と提示された場合はどうであろうか。「日」は「夕」とは異なり、よるべき伝統的なイメージをもたない。譬えて言うなら透明な空の器であろう。このような歌は窪田空穂『まひる野』の、

うたてわが激しかりける怨みをもわすれて泣くよ別れといふ日

や、柴舟『永日』の、

ほのあかり残れるながら黄昏のくらきにありぬ君のあらぬ日

のほか『收穫』や『別離』に散見する。しかし、『收穫』においても、

胸あかう血ぬりて君を追ふ夢の來たれあまりに心足らふ日
いひしれぬ醜きうちに美くしきひとつをみいで君を戀ふる日

と歌われているように、最後の「日」の理解の方向性は恋の情感によって示されているのだ。『收穫』『別離』には、

人妻となりける人のおとろへし瞳の色を思ふ秋の日
妻つれてうまれし國の上野に友はかへりぬ秋風吹く日

のような詠作もあるのだが、ここでも歌われた「日」の気分は「秋」「秋風」の語感によって補完されていると

言うことができる。むろんほかにも見るべき歌は多いであろうが、いずれにしても『一握の砂』において歌われた、

人間のつかはぬ言葉
ひよつとして
われのみ知れるごとく思ふ日 (126)

田も畑も売りて酒のみ
ほろびゆくふるさと人に
心寄する日 (211)

今日逢ひし町の女の
どれもどれも
恋にやぶれて帰るごとき日 (494)

赤紙の表紙手擦れし
国禁の
書を行李の底にさがす日 (507)

の諸歌はそれらとは明らかに趣を違えていると見做すことができよう。ここに歌われた「日」は恋や伝統的な季節の情感に回収されることなく、打ち捨てられ示されている。「日」に至る歌句は確かにそこに係りゆくが、そのなかには余情や連想の広がりに繋がる波紋のゆらぎをにわかに見出し難い。

歌句を追いつつ「ふるさと人」を画像化し、それを鮮明にしようと縁取れば縁取るほど眼目たる「心寄する日」からは、かえって離れてゆくだろう。もちろん、おそらくは浮かぬ顔して家路につく町の女たちの姿が取り分け印象に残った日として読むのは不自然なことではない。しかし、紋切り型の「日であることよ」という理解で飽き足らぬなら、読者はまず倍率を上げて何かを捜している男、行李の底にある書、赤く手擦れした表紙まで描き出しながら、続いては倍率を緩め国禁の書が存在する社会背景、その表紙が赤紙で手擦れしていることや、それを行李の底に置かねばならないことの意味と、なによりその書を捜し出そうとする男の意図を掬い取り、それに代表される一日の様態を感じ取ることになるのだろう。それでも、その「さがす日」の内実を言い当てるのは容易なことではない。「そうした本を読まずにいられぬ社会への怒りが胸にわく日[7]」と「国禁の書を改めて読みなおす大切な日[8]」という二つの解釈の温度差はそのことを物語っていよう。結局、これらの歌における体言止めは余情や余韻、連想の広がりよりも、「日」に一首を言い閉じるような非叙述的な手法を際立たせているのだ。

『一握の砂』では「おもひ（思ひ）出づ」と「日」を接合させた歌が、ほかに二首存在し、

わが恋を
はじめて友にうち明けし夜のことなど
思ひ出づる日

（197）

わが室に女泣きしを
小説のなかの事かと
おもひ出づる日

（413）

と歌われている。そして、これらも「日」の非叙述的にして一種の曖昧さを孕んだ表現を積極的に活用するような手法を擁した詠作と言うことができるだろう。しかし、その「日」の持続的な時間のひろがりの裡に「おもひ（思ひ）出づ」という意識の断面を示そうとしている点では、前掲の「日」の歌四首より少しく複雑な体をなしているように見える。ここにおいて、「わが恋を／はじめて友にうち明けし夜」や「わが室に女泣きし」情景は「おもひ（思ひ）出づる日」のことではない。読者は一旦はその情景を想起しつつも、「夜のことなど」や「小説のなかの事かと」によってあたかもそこに居合わせたような臨場感は求められていないと気付く。求められているのは「おもひ（思ひ）出づる」視点から「など」に重点を置いて極力濃淡の差を抑えた残像のように再生するか、「小説のなかの事」として配色を施し直すことなのだ。

「おもひ（思ひ）出づる日」という結句については、現在へかえってくるという手法が繰り返し指摘されてきたが、そのような視点の在処を映し出すなら、思い出を描き出す瞬間的な場面や意識の現前性を打ち出す「ふと」

を冠した方がより効果的であったのではないか。つまり、ここにおいて問題とすべきは、単に現在の視点に立ち戻ることにもまして、最後の「日」と連関する現在の視点への立ち戻り方のように思われる。瞬間的な場面や瞬時の思いへ収束させず、「おもひ（思ひ）出づる日」の形への定着が試みられることで、思い出の世界は束の間に生起し消失する一回的なものとしてではなく、「おもひ（思ひ）出づる」こととの相関関係で結ぼれ溶け合い、一首にその「日」の様態として揺曳し続けることになった。「おもひ（思ひ）出づる日」の歌は、とりどりに歌われた「日」の歌と同じく、結句に収束し完結性を強めつつも、昔日を包み込んだある「日」の生の様態を表徴させていたのである。

ただ、注意すべきはその完結性のゆえに自立してそれぞれの歌が『一握の砂』の中に特別な一日として不連続に点在するのでは決してないということであろう。周知のように、『一握の砂』の「一首一首は、その内容・主題・イメージによって、鎖がつながるようにからみあって配列されている」[9]が、歌末が「日」の歌もやはり連鎖しつつ、共鳴し個性的な詩的世界の形成を果たしていると見るべきなのである。そして、その連鎖に大きく作用するもの、譬えて言えば、これまで示してきた「日」の歌を輻とする動輪の轂、それがほかならぬ「砂山の砂に」の結句「おもひ出づる日」なのである。

三

木股知史は、時間軸を往還し現在に立ち戻る「砂山の砂に」の一首の手法に留意しつつその時間軸上に発語の現在をとることによって、その結句「『おもひ出づる日』という時点そのものが、歌の言葉が歌いだされる現在からみて過去であるととることも可能である」[10]とした。木股は「歌われている素材の時間と、歌の声が喚起する現在という時間を区別することができる」のであり、「どんな記憶も、歌の言葉が発語されるときの脈動する現在という時間を刻まれる」と見て、「しみじみと思い浮かべる日であることよ」[11]のほかに、「しみじみと思い浮かべる日も（が）あったことだ」というような解釈も成り立つことを指摘したのである。もちろん、木股はここに二つの解釈の精度を競おうとしているのではなく、『一握の砂』の「複雑な時間感覚」、「現在と追憶の区別」の「微妙な揺れ」を示したのであり、「〈私〉性を明確に浮かび上がらせる近代短歌の特性は、発語される歌の声につねに脈打つ現在という時間を刻むことを可能にする」ことを主張したのであるが、優れて、示唆に富む論述と言わねばならないだろう。

木股は、「体言止めの表現が、そうした理解を許す[12]」とも述べているが、同じ結句をもつ「わが恋を」「わが室に」の二首と見比べるとき、その根拠は必ずしも体言止めによるものだけではないように思われる。「発語される歌の声につねに脈打つ現在という時間を刻む」ことは三首に共通なのであろうが、三行書きにおける行分けの形態の違いにより、それぞれの脈の上がり方が微妙に異なっていると感じられるからである。「わが恋を」「わが室に」の歌では、「夜のことなど」「なかの事かと」で行がかわり小休止を挟みながら「思ひ（おもひ）出づる日」を迎えるが、「砂山の砂に」の一首は「初恋の」で行が分かたれ、「いたみを遠くおもひ出づる日」と提示される。つまり、「わが恋を」「わが室に」の歌が「思ひ（おもひ）出づる日」を浮かび上がらせているのに対して、「砂山の砂に」の一首は「おもひ出づる日」直前に「遠く」を置くことによって、「砂に腹這」うことと、「初恋」、そしてその「いたみ」が累層的に接ぎ合わされ、一首の時間構成がより複雑なものとなったのだ[13]。

「砂山の砂に腹這ひ」と歌い起こされる一首は、そのあまりに印象的な情景が「初恋の／いたみを遠くおもひ出づる」行為を絶妙に導き出すため、解釈はその一場面に収縮されることもしばしばである。しかし、「初恋」

とその「いたみ」を「砂山の砂に腹這」う視点で思い出されたものとして塗り替えつつも、最後の「日」が全体の配置に働きかけることを思えば、「初恋の／いたみ」は「砂山の砂に腹這」うことに生じた一過性のものとは見做し難い。一首に歌われた「日」はそれらの相関性の織りなす文様であり、「遠く」時間や空間を移ろいここに至ったのであろう男の来し方に根を下ろしていることは言うまでもないだろう。それでも、繰り返して言えば、一首からその「日」の内実を鮮明にすることはたやすいことではない。何故「おもひ出づる」のか、あるいはどういう心持ちで「おもい出づる」に至ったかなどに相応する文脈が結ばれることはないからである。

「砂山の砂に」の歌においては、一目でアクセントの置かれた一首の中心となる部分を見定めることができるものの、その核心は空洞化されており、追えば姿をくらます逃げ水のようである。だが、「わが恋を」「わが室に」の歌とは異なり、過去と現在の往還の構造をあらわにする一首は、「遠く」の語の機能も相俟って『一握の砂』の全体像へと続く回路を開いていると見るべきなのであろう。読者は「おもひ出づる日」をつかみ取ろうと、「砂山」「砂」を手がかりに冒頭十首の世界により深く分け入っていくと同時に、点在する「日」の歌との響き合いに『一握の砂』の失意の男の日常を紡ぎあげていく。「『一握の砂』のためにあらたに作られた『砂山の砂に』の一首は、絶妙な劇的効果を歌集全体にもたらした(14)」と看破したのは太田登であるが、「絶妙な劇的効果」は現在と過去を往還する時間の流れにより生動性を帯びた一首の裡に生じた、「おもひ出づ」という瞬間的な意識の断面への志向と、持続的な時間の様態を示しながらもそこに深い意味を探らせない「日」の非叙述性との振幅に思いをいたし、その作用が回想歌と非回想歌までにも及んで、『一握の砂』の世界を生成する重要な梃子として作用するとき特徴的に発揮されるように思われる。

「おもひ（思ひ）出づる日」の歌は「おもひ（思ひ）出づ」という語が同時代に含み込もうとした瞬間的な場面

や意識の現前性に端を発しつつも、「日」に着地することで、「おもひ（思ひ）出づる」追憶を包摂したある「日」の様相を映し出すとともに、一般に言われる体言止めの余情、余韻を伝統的な和歌の文脈に響かせるのではなく、容赦なく「日」と言いさすことによって非叙述性と完結性を齎し、それを架橋として失意の男の総体としての生の様態を開示する試みだったのである。

四

以上、啄木「おもひ（思ひ）出づる日」の歌を読むための糸口を尋ねてみたが、再び「一利己主義者と友人との対話」の、

一時間は六十分で、一分は六十秒だよ。連続はしてゐるが初めから全体になつてゐるのではない。きれぎれに頭に浮んで来る感じを後から後からときれぎれに歌つたつて何も差支へがないぢやないか。

という一節を思い返すなら、これまで述べてきたような「おもひ（思ひ）出づる日」の歌の形相はこれといささか齟齬をきたしていると言えなくはない。「きれぎれに頭に浮んで来る感じ」を歌うなら、瞬間的な場面や意識の現前性が前面に出てくるような行き方をすべきだったように思われるからだ。しかし、啄木は「A」をとおして「一分は六十秒」ではあるが「一生に二度とは帰つて来ないいのちの一秒」であると言う。「歌のいろ〳〵」の「忙しい生活の間に心に浮んでは消えてゆく刹那々々の感じを愛惜する」に連なるものであるが、ともにただの「一秒」や「刹那」ではないことに注意したい。それらは「いのちの一秒」であり、「忙しい生活の間に心に浮んでは消えてゆく」ものなのだ。つまり、瞬時の場面や思いは「いのち」や「忙しい生活」の自覚に裏打ちされて短歌という器に掬い取られるのである。そのことからすれば、「おもひ（思ひ）出づる日」の歌はまさに「い

のちを愛する」者によって息吹を与えられたと言ってもあながち言い過ぎではないだろう。その「日」は「一秒」「刹那」のいわば持続や延長として、「いのち」や「忙しい生活」を忘失した日常から抜け出した特別な一日という含意をもつのだろう。

だが、問題はもう少し先にあるのかもしれない。「一利己主義者と友人との対話」において最後に「A」は、

おれは初めから歌に全生命を託さうと思つたことなんかない。（間）何にだつて全生命を託することが出来るもんか。（間）おれはおれを愛してはゐるが、其のおれ自身だつてあまり信用してはゐない。

と述べる。「B」の「歌のやうな小さいものに全生命を託することが出来ないといふのか」を受けての発言であるが、「B」の問うた短歌の器としての強度の問題は素通りされ、「A」は「其のおれ自身だつてあまり信用してはゐない」と言いおさめる。そこには、対象化された「其のおれ自身」と親密な一体感を得ることができない違和の意識の表白を見て取ることができるだろう。同様の事態を歌に引きつけて考えるなら、いかに「いのち」を愛し歌おうとも、不可避的に仮構された生の様相が生み出されていくことになる。そしてそれは、「如何なる作物でも、その一篇のみからでは、作者は見えない」、「猶多くを聯ねて作者その人を見るが得策であり、且つ正當である」とした尾上柴舟の「短歌滅亡私論」と決定的な不和を示しているだろう。

「いのち」を愛しその一秒をいとおしんで歌うこと、その歌が対象化された「我」の物語を作りだそうとすること。(15) その美しい調べに反して、異なる二つのベクトルの緊張を「おもひ（思ひ）出づる日」の歌は包み込んでいるのではないか。「おもひ（思ひ）出づる日」に残る響きはそんなことも思わせせないでもない。

〈注〉

（1）今井泰子注釈『日本近代文学大系　第23巻　石川啄木集』（昭四四・一二、角川書店）

（2）久保田淳　馬場あき子編『歌ことば歌枕大辞典』（平一一・五、角川書店）

（3）『創作』（第一巻第八号、明四三・一〇）

（4）木股知史「『一握の砂』の時間表現」（村上悦也　上田博　太田登編『一握の砂―啄木短歌の世界―』（一九九四・四、世界思想社）

（5）桂孝二は「『一握の砂』私論――哀果と啄木その二――」（『香川大学学芸学部研究報告』第一部第一六号、昭三八・一）において、「歌末に体言をおき、（『かな』等の助詞がその体言に添えられている場合もあるが）歌のはじめから、その体言に至るまでの語はすべてその体言の修飾になっているという構成」の歌を「喚体歌」とし、「喚体歌の多いことを、啄木短歌の特色の一と見なければならぬ」と指摘している。引用は、『日本文学研究資料叢書　石川啄木』（昭四五・七、有精堂）によった。

（6）平岡敏夫『石川啄木論』（一九九八・九、おうふう）

（7）は（1）に同じ。

（8）岩城之徳編『石川啄木必携』（昭五六・九、学燈社）

（9）は（1）に同じ。

（10）は（4）に同じ。

（11）は（8）に同じ。

（12）木股知史『風呂で読む　啄木』（一九九七・一〇、世界思想社）

（13）昆豊は「歌集『一握の砂』評釈ノート（三）――啄木歌再評価試論・続編――」（『苫小牧駒沢短期大学紀要』第八号、昭五〇・三）において、一首の「主題への導入の見事さが『遠く』にあった」と指摘し、「時空を超えた背景の下で流れ去った時と心情との落差が、現在に至り着いた道程を無言のうちに語」ると的確に読み解いている。

（14）太田登「『砂山十首』をどう読むか――かれはなぜ泣きぬれるのか――」（村上悦也　上田博　太田登編『一握の

砂—啄木短歌の世界—』(一九九四・四、世界思想社)

(15) 木股知史は(4)において、「瞬間の感覚の表現と、人生の断片の報告という矛盾する二つの方向が、啄木の詩歌論には含まれている」とし、「短歌の連鎖がつくる物語の有意味性と、瞬間の空虚への志向の矛盾が、『一握の砂』の複雑な時間感覚を生むことにもなった」と指摘している。従うべき見解であろう。

4　啄木の耳

ふるさとの訛なつかし
停車場の人ごみの中に
そを聴きにゆく
(199)

やまひある獣のごとき
わがこころ
ふるさとのこと聞けばおとなし
(200)

ふと思う
ふるさとにゐて日毎聴きし雀の鳴くを
三年聴かざり
(201)

渋民村で過ごした幼少のころへの思いを歌う『一握の砂』の第二章「煙　二」は、耳にする歌によって幕が開く。はやく、

> 啄木の故郷への姿勢は、まるで耳目をそばだてながら長らく絶えていた故郷からの音信を待ちわびるようなところに特色がある。[1]

として、その精神的構図の原質を明らかにした太田登は、「啄木短歌におけるきくことのモチーフは、いわゆる思郷歌においてその機能があまねく発揮される」とも述べて、「故郷につながる回想のいとぐちはきくことの設定によって開かれる」ことを看破した。[2] 重んじられなければならない指摘であろう。太田は思郷歌の調べにそれこそ耳をそばだてていたに違いない。あえて仮名書きにされた「きく」という表記がそれを物語っている。「煙　二」冒頭三首における「きくこと」は、「そを聴きにゆく」「聞けばおとなし」「日毎聴きし」「三年聴かざり」というように、「聴」と「聞」を使い分けることで、外からくる音や声とそれに対する受け手の態度の違いを映し出しているからだ。[3] 本節では、その相違に焦点を据えながら、特にそれが思郷歌に齎す陰影について若干の考察を加えてみることにしよう。

一

ふるく「大学」に「聴而不レ聞」[4]の一節があって、古来より「聞」と「聴」が書き分けられていたことは周知のとおりである。広く耳に入ること一般を「聞く」とすれば、「聴く」は注意深く耳を傾けることとすればよいだろうか。「耳受聲」と「耳待聲」、明治二十五年の『同訓漢字異同辨』（一月、古川吐玉堂）ではそう紹介して、「聞」と「聴」を「サラリト聞クダケ」「ヨクキ、トヾクル」のように分別している。また、明治三十四年の『異

字同訓辨　巻上』（八月、柏尾輝喜）も、これに「物ノ聲音、自然ニ我耳ニキコユル」と「此方ヨリ氣ヲトメテ、キカント思ヒテ、タシカニキクコト」との説明を付した。明治四十二年の『机上便覧』（三月、敬文館）や『明治作文大鑑』（一二月、隆文館）も同様で、『明治作文大鑑』においては「聞」は「たゞ聲の耳の中へきこゆること」、「聴」は「きかうと思うてきくこと」とされている。「聞く」ことと「聴く」ことの別は今日まで大きく変わっていないと考えてよいだろう。また、明治時代にあっては、「聞く」と「聴く」がそれぞれ hear や listen の訳語としても区別して用いられはじめていたのではないかと思われる。(5)

しかしながら、このような使い分けは和歌の歴史には無縁のことだった。

あか月とつげの枕をそばだてて聞くもかなしき鐘のおとかな

（『新古今和歌集』雑歌下・一八〇九　皇太后宮大夫俊成）

のような例もあり、歌題にも「聞郭公」「聞擣衣」「聞恋」等があったものの、諸本による異同は当然あるにせよ、(6)のように仮名で書かれることの方が多かったのである。そして、なにより「聴」の字が当てられることはほとんどなかった。いにしえの歌人たちにとって、きくことはすなわち感じることであり、聴覚で景物や季節、心象を捉えるものだったのではないか。だから、きくという行為自体をあえて書き分ける必要などなかったのかもしれ

おく山に紅葉ふみわけなく鹿のこゑきく時ぞ秋は悲しき

（『古今和歌集』秋歌上・二一五　よみ人しらず）

ない。逆に言えば、そういった必要性は雑多な音が溢れ返る近代社会の産物でもあったのだ。

『一握の砂』はこの「聞く」と「聴く」を使い分けようとした歌集だった。「そを聴きにゆく」が、最初「そを聞きに行く」とされていたこともその証左であろう。この結句は、明治四十三年三月二十八日の「東京毎日新聞」に「そを聞きに行く」と発表され、五月号の『学生』にもそう書かれていたが、七月の『創作』「自選歌」にとられるにあたって「そを聴きに行く」と改められた。[7] そのことで、「訛」を求めて駅へ出かけようとする人物の「ふるさと」への思いが強められ、一首には都市における地方出身者の孤影が溶け入ったのである。『一握の砂』を編む啄木はそのような歌の生い立ちから、一字の違いによって一首の色調が異なることを知っていただろう。となれば、続く「やまひある獣のごとき」の歌の結句が「聞けばおとなし」と「聞」の字を使っていることも、その次の「ふと思う」の歌が再び「聴」を二度用いていることも承知していたに違いない。それには相応の理由があってのことだったろう。

二

『一握の砂』の中では「きく」「聞く」「聴く」は、左のとおり十九首に二十二回使用されている。

きく　17　502
聞く　52　200　239　404　*427
聴く　32　199　*201　207　249　256　287　289　291　*415　417　429

（*は一首のうちに二度使用されている歌）

ここで「煙　二」と同様に注目すべきは「忘れがたき人人　二」であろう。橘智恵子への思いを結晶させたこの二十二首のうちには、「聞く」「聴く」を含む歌が四首も見られるからである。

いつなりけむ
夢にふと聴きてうれしかりし
その声もあはれ長く聴かざり　(415)

さりげなく言ひし言葉は
さりげなく君も聴きつらむ
それだけのこと　(417)

病むと聞き
癒えしと聞きて
四百里のこなたに我はうつつなかりし　(427)

かの声を最一度聴かば
すつきりと
胸や霽れむと今朝も思へる　(429)

これらがその四首であるが、「忘れがたき人人　二」の冒頭に配された四一五番歌は、「煙　二」のそれと同じように、初出時の「東京毎日新聞」五月八日には「ふと聞きて」「聞かざり」とされていたのを、これも同じく七月の『創作』「自選歌」において「聴きて」「聴かざり」と改められたものだった(8)。その声に思いを馳せているとき、夢で聴いたとき、実際に聴いていたときという重層的な時間構成を取る一首は、彼女の声が胸の奥底に沈殿しているかのごとくに歌い上げる。幕が上がるとともに、容姿でなく「声」が思い出されることによってもこの恋のあり方は縁取られているだろう。言うまでもなく、その声は「聴」くものでなければならなかった。

実はその次に引いた四一七番歌も、はじめは「君も聞きつらむ」と詠まれていたものが、のちに「聴きつらむ」と改作されたものなのだが、この歌の場合は「聞」くにせよ「聴」くにせよ、そうするのは「君」の側で決めることであるばかりか、「さりげなく」と「聴」くという呼応も不自然に見える。おそらく「君」の心の内への期待が「聴」の字に紛れ込んでしまったのだろう。『一握の砂』において「聴く」こととは、自ら声や音を受け入れようとする意志的行為であった。そのため、「我」が織りなす「君」との歌物語では「さりげない言葉」も「聞」くものとはならなかったのだと思われる。

一方、

病むと聞き
癒えしと聞きて
四百里のこなたに我はうつつなかりし　(427)

のような、思いがけず耳に入ってきた噂の類は「聞く」ものとして歌われた。

今日聞けば
かの幸うすきやもめ人
きたなき恋に身を入るるてふ　(239)

死にしかとこのごろ聞きぬ
恋がたき
才あまりある男なりしが　(404)

という「幸うすきやもめ人」や「恋がたき」の消息も、

へつらひを聞けば
腹立つわがこころ
あまりに我を知るがかなしき　(52)

の「へつらひ」も、積極的にその耳がさがし求めたものではなかったのだ。

やまひある獣のごとき
わがこころ
ふるさとのこと聞けばおとなし
(200)

の一首に立ち戻って言えば、この「ふるさとのこと」もまた、たまたま耳にしたことと解すべきなのであろう。今井泰子はこの「やまひある獣のごとき」の歌について、「前歌の『聴きにゆく』ことの意味、それを聞く時の心を補足して歌う(9)」と解しているが、あえて不要な注を付すなら、この二首が時間的な前後関係や直線的な因果関係によって結びついているとの言ではない。そもそも、「ふるさとの訛なつかし」の歌の舞台は必ずしも「停車場の人ごみ」ではないのだから。ここでいう「停車場」は上野駅だが、ふるさとの訛をさがして上野駅にゆくのだとしたら、いまは上野駅以外のどこかでそこに思い当たっていると読むのがよいだろう。一首の妙は、誰もが容易に思い浮かべることができる駅の雑踏のような情景を背後に用意しながら、都会の片隅での地方出身者の孤独な姿を二重写しにしたところにある。もちろん、「ふるさとの訛なつかし」の歌と「やまひある獣のごとき」の歌の響きは重なり合うものだ。木股知史が言うように「前歌の行為の内面的な意味をたどった歌とも見える(10)」からである。だが、その共鳴を耳にする者は、「聞く」と「聴く」の使い分けが生み出した陰影にも思いをいたさねばならないのではないだろうか。

三

『一握の砂』において「聴く」のは、つまり、聞き耳を立てたのは、「煙　二」におけるふるさとの訛やふるさとへの思いと結ぼれる雀(201)、蛙(249)、虫(289)、雁(291)の声のほか郷愁を呼び起こす飴売のチャルメラ(207)であり、「忘れがたき人人　二」に歌われた恋しき女の声やその女にかけた言葉であった。では、他の章ではどうだろうか。「我を愛する歌」の、

まれにある
この平なる心には
時計の鳴るもおもしろく聴く　(32)

で聴いているのは時計の音だが、それを平穏な心が「おもしろく」聴いている。「秋風のこころよさに」の、

長く長く忘れし友に
会ふごとき
よろこびをもて水の音聴く　(287)

の場合も、「水の音」は「よろこびをもて」聴くものとされ、特別な声でなくても特別の状況で感じる音であることが印象づけられている。同じく「秋風のこころよさに」の、

青に透く
かなしみの玉に枕して
松のひびきを夜もすがら聴く　(256)

秋来れば
恋ふる心のいとまなさよ
夜もい寝がてに雁多く聴く　(291)

の二首は「松」「雁」のような伝統的な音によって夜のうちに寂寥感を漂わせた。「青に透く」の一首には「かなしみ」の語があるとはいえ、和歌的抒情をたたえたこれらの歌で聴いたものと、以下のような歌に聞いたものとの色調の違いは歴然としていよう。

この歌集において聞くことは、噂にせよ世辞にせよ、期せずして耳に入ってきたことであったが、その内容はというと、「へつらひ」(52)や幸うすきやもめ人の「きたなき恋」(239)、恋がたきであった才ある男の「死」(404)に遠く離れている恋しい女の「病」(427)である。どうも、この耳は心地よいとは言い難いところを聞くらしい。であれば、「やまひある獣のごとき」の一首に聞いた「ふるさとのこと」もなにも明るい話題ばかりではなかったであろう。

ふるさとの山に向ひて
言ふことなし
ふるさとの山はありがたきかな　(252)

に代表されるようなふるさとへの思いだが、「渋民村は恋しかり／おもひでの山／おもひでの川」と歌うときも「かにかくに」と前置きしなければならなかった暗影を思郷歌はいつもどこかに抱え込んでいるように思われる。ふるさとへの思いそのものは、

あはれ我がノスタルジヤは
金のごと
心に照れり清くしみらに　(235)

のごとく心の中にあったのだろう。けれども、郷愁が輝けば輝くほど影もまた濃くなったに違いない。思郷歌の中でも特に人事詠と呼ぶべき詠作にはその陰影が濃くあらわれているのではないだろうか。

四

「煙　二」の人事詠にはふるさとの人々の姿を折り重ねていく手法がとられた。

ふるさとの
村医の妻のつつましき櫛巻なども
なつかしきかな
(216)

かの村の登記所に来て
肺病みて
間もなく死にし男もありき
(217)

などから続く一連の詠作がそうだが、木股知史はこれらの一首一首が「ジグソーパズルの一片」のように機能して「物語の流れを作っている」との重要な指摘をおこなっている。[11]「櫛巻なども」や「男もありき」に加えて、二一九番歌の「千代治等も」や二二五番歌の「大工の子なども」、あるいは、二三一番歌の「教師もありき」などからわかるように、これらの歌は個々の独立した場面ではなく、接ぎ合わされて大きく集合体の姿を描き出すものだ。今井泰子はそれを「うらぶれた寒村のイメージ」や「貧しい故郷のイメージをこの章全体に構築しようとしたため[12]」だと考えたが、確かに、映し出された村には暗い配色が施されていると言えるだろう。ただ、ここで留意しておかねばならないのは、そうした色合いを選んでいるのは詠作の現在であるということだ。

よく知られるように、「煙　二」末尾の八首は空想上の帰省を詠んだものである。この空想上の帰省は、回想された昔日の対極に位置するものとして読まれることが多いようだが、両者の違いは根本的なものではなく程度の差に過ぎないであろう。たとえば、目の前に置かれた果物を見てデッサンしているかのように、回想された人々は過去にあった実物を下絵として描かれた像だと考えてみよう。しかし、引き写すと言っても本物はそこにないのだから、このような想定はほとんど意味をもたない。

そこで、こんどは過去にあった実物が再現されているとしてみる。その再現は不可避的に詠作の現在というスクリーンの特性に影響されることになるだろう。水面に映った湖畔の景色をさざ波が揺らすように。

石をもて追はるるごとく
ふるさとを出でしかなしみ
消ゆる時なし

(214)

と歌われた思い出すたびに胸をしめつける「かなしみ」も、何かの拍子に思い出したそのときそのときの「かなしみ」であって、ふるさとを追われたときのあの「かなしみ」が繰り返し忠実に再生されているわけではないはずだ。だから、今日の私が想起するふるさとという点で空想の帰省詠と回想歌との差異は本質的なものではないと思われる。回想歌中の人事詠に見られるような翳りは、人びとの姿が投射されたスクリーンの翳りにほかならないと見るべきであろう。

「煙　一」には、

今日聞けば
かの幸うすきやもめ人
きたなき恋に身を入るるてふ
(239)

という歌も収められているが、一首における「きたなき恋」と「かの幸うすきやもめ人」の関係性は、いまのふるさとで起きていることと、かつてのふるさとで起きていたことが、「今日聞けば」という行為によって連接されることを示している。(13)「聞」という字の連鎖を辿っていけば、「やまひある獣のごとき」の歌に言われた「ふるさとのこと」には、「きたなき恋」のような話題も含まれてしまうかもしれない。「やまひある獣のごとき」の歌を理解する基本線としては、都市での生活に喘ぐ心にふるさとの話題が安息をはこぶという見方で問題はないのだが、当時から幸せとは言いがたかったあの人物がいまは「きたなき恋」をしているという噂にさえ慰められる「わがこころ」のあり様はいかばかりであったろうか。「やまひある獣のごとき」の一首に見られる「聞」の字はそういった胸裡に抱え込んだ屈折をそっと告げるものだった。

そして、「煙　一」の冒頭における「聴」と「聞」の使い分けは、レンズの歪みやスクリーンの翳りが投影される像に作用していることを語り出している。幕が開いたところに配された一文字の違いはこれから歌われる諸歌の性格を根底で規定していたのである。

〈注〉

（1）井上宗雄編『和歌の解釈と鑑賞事典』（一九七九・四、旺文社）

（2）太田登『啄木短歌論考　抒情の軌跡』（平三・三、八木書店）

（3）今井泰子は『石川啄木論』（一九七四・四、塙書房）において、『悲しき玩具』の一三一番歌「いま、夢に閑古鳥を聞けり。／　閑古鳥を忘れざりしが／　かなしくあるかな。」に対し、「『聞けり』という。啄木は『聞（きこえる）』と『聴（耳傾けてきく）』を正確に区別しているのだから、格別聞こうと願わなかったのに聞こえてきたのである」と指摘している。

（4）引用は、『新釈漢文大系　第2巻　大学・中庸』（昭四二・五、明治書院）によった。

（5）たとえば、明治三十五年の『中等和文英譯　第四巻』（五月、普及舎）は「聞ク（人ノ噂サノ如ク間接ニ）」を「to hearof」、「謹聽（又ハ傾聽）スル」を「to listen to」、「聽キ取ラントスル」を「to listen for」としている。

（6）底本が同じでも表記の異なる場合がある。たとえば、『新編国歌大観』と新日本古典文学大系『拾遺和歌集』はともに中院通茂本を底本としているが、四四九番歌では表記が異なっている。これは校注者の配慮を反映してのことであろう。

（7）「やまひある獣のごとき」の一首は、「秋のなかばに歌へる」（『スバル』明四三・一一）が初出で、「聞」の表記に異同はない。続く「ふと思ふ」の歌は、「明治四十三年歌稿ノート」の「八月三日夜―四日夜」には「日毎きゝし」「三年きかざり」と記されているが、「手帳の中より」（「東京朝日新聞」明四三・八・一四）と「秋のなかばに歌へる」には「聴」の字が当てられている。

（8）「路問ふほどのこと」（『文章世界』第五巻第一四号、明四三・一一）では「聞きて」「聞かざり」と表記されている。

（9）今井泰子注釈『日本近代文学大系　第23巻　石川啄木集』（昭四四・一二、角川書店）

（10）『和歌文学大系77　一握の砂・黄昏に・収穫』（平一六・四、明治書院）

（11）は（9）に同じ。

(12)は(9)に同じ。
(13)ここで二三九番歌の前の歌、
わが思ふこと
おほかたは正しかり
ふるさとのたより着ける朝は　(238)
についてふれておきたい。
岩城之徳は『近代文学注釈大系　石川啄木』(昭四一・一一、有精堂)で一首を、「故郷からの便りが着いた朝は、私の心もなごみ考えることは大体において中正穏健なのである」と解している。これに対して今井泰子は『日本近代文学大系　第23巻　石川啄木集』(昭四四・一二、角川書店)において、「わが思ふこと」を「故郷に関して自分が思うこと」であると見て、「平常自分が故郷に関して思う悲しい推測が『おほかたは正し』いことを確かめ心を暗くする」との読みを示した。今井は、「岩城の解釈のほうが自然」だと認めながらも、「この章の故郷のイメージからみて、その便りを受け取った朝の作者の心境が穏やかさ、なごやかさばかりとは考えられない」と述べている。このような解釈の相違にも、「煙　二」におけるふるさとへの屈折した心裡が見受けられ興味深いところだ。しかしながら、岩城と今井の見方を図式的に対照させて読みの精度を競う必要はないように思われる。
一首の主眼は「おほかたは正しかり」というところにあるのではないだろうか。「おほかたは正しかり」という言い回しは、岩城の場合なら、なごんだ心でも中正穏健に考えることができない何かを、今井の場合なら、自分にはわからなかった故郷の何かを想起させるだろう。「おほかた」の語は「わが思ふこと」を限定的にせず含みをもたせるとともに、いまの自分にはいかんともしがたい何か、こぼれ落ちてしまう何かの存在を知らせることによって一首に翳りを纏わせている。

5　忘れがたき独歩

相馬御風は「眞の文藝家」（『文章世界』第四巻第八号、明四二・六）に、「眞に生命あるわが明治の文藝の建設を成したものは、二葉亭、透谷、獨歩」だと書いている。「此の三家の生涯」には「何等か共通した生命の流がある」と見てのことだった。御風は、「明治時代の人としての生活を、最も代表的に、最も眞率に、最も痛切に經驗した」彼らこそ、「明治時代に於ける代表的人格である」と評し、「過去の明治時代に於ける日本の社會そのものを、人格化して見れば、三家の生涯に最も近い類型を求めなければならぬ」と続けたが、そこから末年までの明治時代の晩年を考えれば、中野重治がそうしたように、この系統に啄木を配することができるかもしれない。[1] ある系統づけが一時代を映し出すという点で、このような見方は一つの指針ではあろうが、相互の関係性が「共通した生命の流」や「人格」に傾きがちな憾みもあるように思われる。

独歩と啄木に関しても、よく知られる、

　独歩集を読んだ。ああ〝牛肉と馬鈴薯〟！
　読んでは目を瞑り、目をつぶつては読みした。何とも云へず悲しかつた。明治の文人で一番予に似た人は独歩だ！[2]

があってのことか、「似た人」として注目されてきた。しかし、二人が似通っているという所以は、その境遇の重なりにのみ閉じられるべきではないだろう。すでに、木股知史は「啄木と独歩」（『短歌』第四二巻第四号、平七・四）において「『意識の生活』の表現者として、石川啄木は、独歩の最良の後継者である」ことを論じているが、作品や表現の上で二人の交わりは捉えかえされなければならないだろう。(3)

一

啄木は独歩を「一番予に似た人」と評したとき、「富岡先生」ほか九編を収めた『独歩集』の中から、特に「牛肉と馬鈴薯」を掲げている。「余自身の實歴」として描かれた「北海道熱」（「予が作品と事實」）、若かりし日に詩人であったと白状する面々。理想と現実を牛肉と馬鈴薯になぞらえるこの話を啄木がどのように受け止めたかは多言を要するまでもないだろう。だが、啄木の「實歴」がそれらのことと共鳴したという点に過度の比重をかければ問題の所在を見過ごすかもしれない。

「牛肉と馬鈴薯」に語られた岡本誠夫の「願」は、のちに発表された「岡本の手帳」にも繰り返されるが、その内容に大差がなくとも、「牛肉と馬鈴薯」は「岡本の手帳」(4)とまったく異なる世界を開示している。言うまでもなくそれは「手帳より抜き書きせし」と「半ば演說體を以てしたる」（『病牀錄』）(5)という手法の違いに由来する。「牛肉と馬鈴薯」は登場人物七人の「演說」が切り結ぶことで「岡本の手帳」にはない膨らみを獲得しているが、留意すべきは各人の「演說」相互のかかわりに加えて、その声の発せられ方であろう。

和田圭樹は「国木田独歩『牛肉と馬鈴薯』論」（『解釈』第四六巻第一・二号、平一二・二）において、「本作品は笑いを一つの節目として、場面が新たに展開する」と指摘している。確かに「牛肉と馬鈴薯」は末尾がそうであるように笑い声が所々で起きることによって「演説體」がより効果的に演出されていると言えよう。一坐に最初の笑い声が起きるのは「オムレツかね！」という松木の発言を受けてのことだが、それが「眞面目で言つた」とされていることに注意しなければならない。「牛肉と馬鈴薯」では「岡本は眞面目で促がした」「井山が負けぬ氣になつて眞面目で言つた」「綿貫が眞面目で訊ねた」「上村も亦た眞面目で註解を加へた」のように「眞面目」な口調が随所に配置されているからである。とりわけ、

それで神聖なる戀が最後になつた、さうでしょう？』と近藤も何故か眞面目で言つた。

『ハツハツ、、、、』と二三人が噴飯して了つた。

や、あるいは、

とまでは頗る眞面目であつたが、自分でも少し可笑しくなつて來たか急に調子を變へ、聲を低うし笑味を含ませて、

では、「眞面目」に対するものとして「笑い」が位置している。性急に言えば、「演說體」としての「牛肉と馬鈴薯」は「眞面目」と「笑い」が交錯することで展開し、理想（馬鈴薯）と現実（牛肉）の対立構図を縁取っているのであるが、論議の過程で素通りされる「眞面目」は、「習慣」や「遊戯」と対置する「心靈の眞面目なる聲」の発し難さとも連接しているのだ。

独歩の死に向き合った当時から啄木が「真面目」ということに行き当たっていたことは周知の如くであるが、「自分は、真の真面目になれぬ」（明四一・七・二三日誌）というような状況下に、かかる「牛肉と馬鈴薯」が痛切な問いかけをなしたことは想像に難くない。独歩と啄木の交渉は来し方の類縁性にとどまらずさまざまに掘り起こすことが可能であることは繰り返すまでもないだろう。

二

大正期に入って例の杉浦翠子と西村陽吉の論争が起きたとき、ブルジョアとプロレタリアの対立に論議が集中する中にあって尾山篤二郎「石川啄木と彼の歌」(『短歌雑誌』第六巻第七号、大一二・七)は異彩を放っている。『一握の砂』の「第二章の『煙』といふ題はツルゲーネフのスモークからでもヒントを得たもの」と指摘するなど、初期の啄木短歌論としてはまことに示唆に富む内容となっているからである。尾山はそこで第四章の、「忘れがたき人々」はハアプトマンの影響といふよりも獨歩の影響があるであらう。卽ち記憶に殘つてゐる人々を詠つた非常に散文的な歌である。

と述べている。限定的に解すれば「忘れがたき人人」という章題は「寂しき人々」ではなく「忘れえぬ人々」から来ているということであろう。

多摩川の二子の渡をわたった近くの溝口という宿場の中程、龜屋という旅人宿に無名の文学者大津と同じく無名の画家秋山が居合わせた。意気投合した二人の話はやがて、大津の原稿「忘れ得ぬ人々」へ及ぶ。大津は秋山に「周圍の光景の裡に立つ」瀬戸内の島かげの小さな磯を漁っている男、阿蘇で馬子唄を流して歩く壯漢、四国の港町に立つ琵琶僧のことを語り聞かせた。大津は「此生の孤立を感じて堪え難いほどの哀情を催ふして來る」とき「主我の角がぼきり折れて了つて」、彼らを「懷かしく」「憶ひ起す」のだと言う。それから二年、東北の或地方で大津は一人机に向かい瞑想に沈んでいる。

机の上には二年前秋山に示した原稿と同じの『忘れ得ぬ人々』が置いてあつて、其最後に書き加へてあつたのは『龜屋の主人』であつた。

『秋山』では無かつた。

という意外な結末に「忘れえぬ人々」は閉じられる。

秋山が「忘れ得ぬ人々」に書き加えられなかったことについて山田博光は「秋山は大津に近い人間である(6)」とした。重んじられなければならない見解であろう。木股知史も「この結末は、大津も秋山と同じく風景の外に立つ人であり、大津自身も、無名の生活民の暮らす懐かしい風景の中に、溶け込むことはできないということを、あらわにしているのである(7)」と述べるが、そのように考えれば、付け加えられたのが秋山ではなく龜屋の主人であったことはむしろ自然な幕切れなのである。にもかかわらず、この幕の下ろされ方は如何にも短編小説らしい技巧を感じさせる。それは、冒頭に二年前の出来事であるとことわって語り起こされるのではなく、最後に急転「其後二年經過つた」とされることに起因しているのではないだろうか。大津は「僕はどうにかして此題目で僕の思ふ存分に書いて見たいと思ふてゐる。僕は天下必ず同感の士あること、信ずる」と言うが、二年後も同じ原稿が手元にあり最後が龜屋の主人である現実は大津の孤立の様相を強く後付けるものだろう。だが、この短編小説の終幕は単なる念押しとしてのみあるのではない。

秋山ではないにしても龜屋の主人であったことに違和感を覚えた読者が冒頭に立返る「忘れえぬ人々」の構造はこれまでも論じられてきたが、問題はそのとき溝口の宿場の光景が二年前のことであると意識されつつ読まれる点にある。大津が語った過去は、過去の過去として、あたかも望遠鏡を逆さまに覗き込んだかのように彼方に見えるだろう。大津の遠い過去は追憶としての色合いを帯びるだろうが、最後に一篇全体の時間の再構築を促す後日談は、過去がどのように語られたかの問い直しとして働くように思われる。関肇は内側の物語の語り手も外側の物語の語り手も「過去の出来事を再構成(8)」していると指摘したが、過去を語る行為自身の物語としての「忘れえぬ人々」の性格は、大津の語る「忘れ得ぬ人々」と一人瞑想に沈む大津が向かう机上の語られぬ「忘れ得ぬ人々」との対比によって鮮明なものとなっている。

「忘れえぬ人々」は「忘れ得ぬ人々」を挟み込む入れ子構造をもつものとされるが、挿し込まれた「忘れ得ぬ人々」は朗読されたものでも書き写されたものでもない。秋山という聞き手を得て、一回的に生成されたものである。大津の自在な語り口は「スケッチ」としての「忘れ得ぬ人々」に多彩な配色を施せば一つの物語が立ち現れることを示していよう。対する、聞き手をもたない二年後の「忘れ得ぬ人々」は過去の「スケッチ」のまま机の上に置かれている。その固定的な様態は「憶ひ起」こされる大津の内なる物語とも対峙するだろう。「其後二年經過つた」に始まる後日談は、過去を持ち歩き「自己將來の大望に壓せられて自分で苦しんでゐる不幸な男」に流れる線条的な時間と、過去を物語る行為が抱え込む固有の時間のあり方を告げているように思われる。

独歩は「少年の悲哀」の「此夜の光景を明白と憶えて居て忘れやうとしても忘るることが出來ない」や、「空知川の岸邊」の「かゝる時、はからず目に入つた光景は深く腦底に彫り込まれて多年これを忘れないものである」でも忘れえぬ光景を語っているが、特に「幾層もの時間構成(9)」を妙味とする「忘れえぬ人々」は素材としての記憶に限らず「忘れがたき人人」の成立を手引きしたであろう。

三

『一握の砂』「忘れがたき人人」に収められた諸歌は一般に回想歌と呼ばれるが、一人称の発語としての短歌にとって作歌の現在から過去を振り返ることは不得手なことではない。過去の助動詞に凭れ掛かれば何事も昔日のこととして容易に歌いおおせそうだ。しかし、「歌集編集時に意識的に作られた(10)」回想歌群としての「忘れがた

めには周到な時間構成が要請されたと考えられよう。

『一握の砂』において、「今（いま）」の語を用いた歌は二十一首見られるが、それが「煙」（八首）と「忘れがたき人人」（九首）に集中していることはきわめて興味深いところである。たとえば、「椅子をもて我を撃たむと身構へし／かの友の酔ひも／今は醒めつらむ」(348)では、「らむ」を伴い過去の出来事のみに傾斜せず、作歌の時点に時間が引き戻されている。緊迫した場面を提示しながら、転じて、「かの友の酔ひも／今は醒めつらむ」によって昂ぶりから覚めた現在の我のあり様を掬い取る一首は回想される過去が無前提にあるのではなく、回想する現在の中に過去が息づくことをよく示している。歌われた人人が当初から忘れがたくあったのではなく、回想され歌われることで忘れがたき人人になったことに思いをいたさねばなるまい。回想する方の時間により重心を置く、橘智恵子に捧げられた「二」の冒頭の一首には重層的な時間と塗り直される過去の性質が特徴的に現れていよう。

一方で、「遠くより／笛ながながとひびかせて／汽車今とある森林に入る」(381)の「今」は章の首尾で回想の枠組みが予め設定されてはいるが、迫真的な光景を現前化させている。森林を抜け、さいはての駅に下り立ったとき回想する時間と回想された時間の関係は再び整然さを取り戻すが、歌われた「今」がかつての「今」であるという真相は「忘れがたき人人」の時間的構図に揺らぎを与えるだろう。「忘れがたき人人」はその「一」が函館から釧路までを順次に歌ったように伝記的事実に寄り添っているようだが、その時間的構図が繰り返し築き直されることで、歌人の過去の例証としてではなく、「我を愛する歌」や「手套を脱ぐ時」の男の、語り直された流離の記憶として一つの物語をなしていると見るべきであろう。

真白なるラムプの笠の
瑕のごと
流離の記憶消しがたきかな　(421)

と歌われ、「真白なるラムプの笠の瑕」にも譬えられるその記憶は、「主我の角がぼきり折れ」た岡本の「人懐かし」さとは異なる疼きではあっただろうが、来し方への思いは時間に対する鋭敏な感覚を不可避的に意識させたに違いない。「忘れえぬ人々」は流離の風景とそこに出会った人々の点景という共通項のみならず、記憶と時間の物語として「忘れがたき人人」の前を歩いていた。

同じ道を行ったとされた二葉亭は「平凡」に、

長火鉢の側で徒然としてゐると、半生の悔しかつた事、悲しかつた事、乃至嬉しかつた事が、玩具のカレードスコープを見るやうに、紛々と目まぐるしく心の上面を過ぎて行く。(11)

と記しているが、「玩具のカレードスコープ」を覗き込む者たちは、筒の中のとりどりの美しい模様にもまして筒の回し方に腐心しなければならなかったのである。

〈注〉

(1) 中野重治は「啄木に関する断片」(『驢馬』大一五・一一)に、「明治の詩人ちゆう私の胸に特にしばしば往来する一系列の詩人がある。北村透谷、長谷川二葉亭、国木田独歩、石川啄木。」と述べている。引用は、『中野重治全集第十六巻』（一九七七・七、筑摩書房）によった。

（2）明治四十一年日誌七月十七日

（3）田口道昭は「啄木と独歩――啄木のワーズワース受容を中心に――」（『山手国文論攷』第一七号、平八・五〈『石川啄木論攷　青年・国家・自然主義』（二〇一七・一、和泉書院）〉）において、「啄木と独歩を介在」したものとしてワーズワースの存在を指摘している。

（4）『中央公論』（第二一年第六号、明三九・六）

引用は、『定本　國木田獨歩全集　第一巻』（昭四〇・三〈昭五三・三増訂版發行〉、学習研究社）によった。

（5）『病牀録』（明四一・七、新潮社）の引用は、『定本　國木田獨歩全集　第九巻』（昭四一・一〇〈昭五三・三増訂版發行〉、学習研究社）に、「予が作品と事實」は『定本　國木田獨歩全集　第一巻』（昭四〇・三〈昭五三・三増訂版發行〉、学習研究社）によった。また、「牛肉と馬鈴薯」「忘れえぬ人々」「少年の悲哀」は『定本　國木田獨歩全集　第二巻』（昭三九・七〈昭五三・三増訂版發行〉、学習研究社）に、「空知川の岸邊」は『定本　國木田獨歩全集　第三巻』（昭三九・一〇〈昭五三・三増訂版發行〉、学習研究社）によった。

（6）山田博光注釈『日本近代文学大系　第10巻　国木田独歩集』（昭四五・六、角川書店）

（7）木股知史『〈イメージ〉の近代日本文学誌』（一九八八・五、双文社）

（8）関肇「記憶を語る言葉――国木田独歩『忘れえぬ人々』論――」（『光華女子大学研究紀要』第三五巻、一九九七・一二）

（9）中島礼子『国木田独歩―短編小説の魅力―』（二〇〇〇・七、おうふう）

（10）今井泰子注釈『日本近代文学大系　第23巻　石川啄木集』（昭四四・一二、角川書店）

（11）引用は、『二葉亭全集第一巻』（明四三・五、博文館）によった。

6 亡児追悼──『一握の砂』の終幕

かなしくも
夜明くるまでは残りゐぬ
息きれし児の肌のぬくもり (551)

『一握の砂』五百五十一首はこのように歌いおさめられる。だが、こうして歌集が閉じられることは啄木の本意ではなかっただろう。

夜おそく
つとめ先よりかへり来て
今死にしてふ児を抱けるかな (544)

にはじまる八首の歌は、生後わずか二十四日でこの世を去ったわが子を追慕して歌集の末尾に添えられた歌群だったからである。
啄木は『一握の砂』の自序に、

また一本をとりて亡児真一に手向く。この集の稿本を書肆の手に渡したるは汝の生れたる朝なりき。この集の稿料は汝の薬餌となりたり。而してこの集の見本刷を予の閲したるは汝の火葬の夜なりき。

と記した。歌集の契約が成ったのはその子が生まれた日、見本刷が届けられたのは葬儀の夜だったのだ。

二

これまで啄木が『一握の砂』の編集を終えたのは、明治四十三年の十月末であろうと考えられてきた。啄木は十月二十二日付吉野章三宛書簡で『一握の砂』について、

歌数五百四十三首（三分の二は今年に入りての作）頁数は二百八十六頁にて恰も『あこがれ』と同じになり候も一奇と申さば申すべきか

と述べているが、この段階で五百四十三首が固まっているのであれば、長男真一が亡くなった十月二十七日以降に八首の挽歌が追加されて、全五百五十一首が完成するのは、その月の終わりのころだろうと漠然と推察されてきたからだ。

しかし、これに疑義を呈し、綿密な考証によって『一握の砂』編集の最終過程を照らし出したのが大室精一である。(1) 大室は啄木が西村陽吉に宛てた書簡に注目し、「『一握の砂』編集完了の時期は、従来の『定説』よりも大幅に遅れた日時ということになる」ことを看破した。

表紙画同封いたし候、これは木版で石版でもよろしく、色の校正刷は必ず一応名取氏（南品川海晏寺前）へお

廻し被下度候
背は貼りつけるよりも表紙の紙へ黒で印刷した方よからんとの名取氏の意見に候、
二号ゴチック 一握の砂　四号 石川啄木著
と下の方をあけて印刷させ被下度候
それから序文及び本文終りの方再校至急送る様活版所へ電話おかけ被下度、その校正と共に順序送るべく候、
右当用まで　艸々

石川啄木

尚藪野椋十氏の序文は変更又は除くかも知れず、今夜逢ふ筈になり居り候。

西村兄　侍史

これがその書簡であるが、日付がないためいつ書かれたかは推し量るしかない。しかし、同じく西村陽吉に宛てた十月二十九日の書簡に、「表紙に貼りつける絵は名取氏の方にて出来次第お送り致すべく」と書かれていることから、「表紙画同封いたし候」という書き出しはそれ以降のものであるとは言いうるだろう。また、十月二十九日付の書簡には「お送り下され候ふ見本組、矢張四六版に願ひたく、体裁の儀は朱書いたし置候」とも書かれており、近藤典彦が指摘したように(2)、これが初校でなく文字の組み方の見本であれば、十月二十九日以降に初校が出て、それを受けての「再校至急送る様活版所へ電話おかけ被下度」であろうから、十月末までに『一握の砂』の編集作業が終了していたとは見做し難い。この日付のない書簡を「一一月上旬~中旬」のものと考える大室の立論はきわめて説得的だと言えるだろう。もちろん、ここにおいて重要なのは『一握の砂』の編集完了時期の遅速にもまして、最後の最後まで啄木がこの歌集の姿に思いをめぐらせ、腐心し続けていたということである。

なかでも、思いもしなかった末尾八首の増補が歌集の終幕にあたえた影響は小さくはなかったと思われる。たとえば、大室は八首の中の、

真白なる大根の根の肥ゆる頃
うまれて
やがて死にし児のあり　(546)

が、そもそもはわが子の誕生を祝う、

真白なる大根の根のこゝろよく肥ゆる頃なり男生れぬ

であったことから、挽歌の増補以前は「『誕生歌』として『一握の砂』に入集していた」だけでなく、もともとは序文にも「真一誕生の喜びの文言が含まれていた」であろうと推測している。先の書簡で「序文及び本文終りの方再校」を要求したのはそういう事情あってのことだったというわけだ。また、近藤典彦は挽歌が増補されるにあたって、その直前の歌の配列が増補される挽歌に合わせて変更されたと考えている。(3) 五四一番歌「マチ擦れば／二尺ばかりの明るさの／中をよぎれる白き蛾のあり」が最終歌として五四三番に置かれていたかどうかの当否は置くとしても、「二三こゑ口笛かすかに吹きてみぬ眠られぬ夜の窓にもたれて」と発表された歌の初句が『一握の砂』においては「目をとぢて」と改作されたのは、「二三こゑ／いまはのきはに微かにも泣きしといふに

／なみだ誘はる」(545)が加えられたためであるという指摘は重んじられなければならないだろう。

『一握の砂』の末尾八首は、ただ追加されただけではなかった。その増補は最終部分の配列や歌句に作用を及ぼすものだったのである。その作用もすでに幹を太くした木の先端に竹を接ぐための微妙な調整などではなかっただろう。木股知史はかかる編集作業は「啄木が最後まで編集の意図にこだわって改訂の手を休めなかったことと、同時にその編集意図はある種の流動性をかかえこんでいたということを示している(4)」と指摘したが、啄木は歌の入れ替えや推敲を繰り返しながら、この歌集のとるべき姿を思い描き続けていたのである。その行程が最後の段階を迎えても、啄木の視野は改変が施される部分にだけ限定されてはいなかっただろう。歌集の構成を見渡しながら、必ずその全体像に思いをいたしたはずだ。だから、この第五章の終幕について考えようとするときには、第一章「我を愛する歌」の幕の下ろされ方も補助線の一つとなるように思われる。

はやく今井泰子は『一握の砂』の「一・二章と四・五章とが、三章を包みこむ形で、その内容とおよその量によってパラレルに配置されている」と述べて、「この歌集の基礎、啄木自身の意図するところは、一・五章にあったようである(5)」と指摘した。一・五章を「啄木の現在の意識・感覚をもろもろの題材の中で定着させた作品群」と見てのことであるが、それぞれの章末部に焦点を合わせて見比べれば、ともに「九月の夜の不平」(『創作』明四三・九)に掲載された歌を多く配していることがわかる。一章と五章は作風が重なり合うだけではなく、その幕の下ろし方も響き合うところがあるのではないだろうか。そこで、まずは二人の総理大臣にご登場願うこととしよう。

◆二◆

誰そ我に
ピストルにても撃てよかし
伊藤のごとく死にて見せなむ　(150)

やとばかり
桂首相に手とられし夢みて覚めぬ
秋の夜の二時　(151)

この二首を最後に『一握の砂』の第一章「我を愛する歌」の幕は下ろされる。伊藤とは伊藤博文。初代内閣総理大臣にして、日露戦争後に韓国総監府の初代総監として併合への地ならしをおこなった伊藤は、総監辞任後、韓国問題を含む極東の情勢についてロシアと協議すべく満州視察の途につき、そこで凶弾に倒れた。明治四十二年十月二十六日、ココツエフ蔵相との会談のために訪れたハルビン駅頭において韓国人青年安重根によって狙撃暗殺されたのである。

伊藤の死はセンセーショナルに報道された。淺田江村は十二月の『太陽』(第一五巻第一六号)に「伊藤公の生死」を掲げたが、そこで淺田は「公の死の魔力は、其瞬間に於て實に驚くべき不思議の變化を人心に起さしめた」と書いている。漱石『門』の「何故つて伊藤さんは殺されたから、歴史的に偉い人になれるのさ。」という台詞はよく知られるが、伊藤の死はあまりにも衝撃的だったのだ。直後の落ち着きを失った伊藤評は、その「魔力」の磁場から抜け出せないでいるようにさえ見える(6)。

島村抱月は伊藤の死に対した自身の心の動きを「廿七日の朝あの新聞を手にした時は妙に不安な、一種のエキサイトメントを感じた。そして非常な好奇心で讀み續けた。あとまでも何となくソワ〳〵してならぬ。そこで書齋に上つてしばらく、じつとして自分の其心理を省察し始めたのだが、あの氣持の中には、一揆的本能《モッブインスチンクト》ともいふべき人間通有の一種の動機が餘程強く作用して居る。變を喜び、興奮を喜び、日常生活の單調を破るやうな刺戟を喜ぶ氣持が動搖を始めるのである(7)。」と分析して見せたが、ここには伊藤の死が人々に齎した高ぶりがよく語られているだろう。さらに、抱月は「國木田獨歩に『號外』といふ小説のあつたことを想ひ出す」とも述べているが、ここでそれが想起されたことは大変に興味深いところと言わねばなるまい。

独歩の「號外(8)」には、銀座の正宗ホールで、日露戦中の充実した日々を思い返す「加ト男」こと加藤男爵が描き出されている。「加ト男」が戦中の高揚感を忘れられぬのは、彼が「國家の大難に當りて、これを擧國一致で喜憂する事に於て其生活の題目を得た」のに「ポーツマウス以後、それが無くなつた」からだった。自らの肖像を造るなら、それを「號外」と題したいとまで考える「加ト男」は、ポケットから幾多の号外を取り出し、朗読しては、感慨にふける。しかし、考えてみれば号外がなくなった生活に張り合いをなくしているのは彼ひとりではなさそうだ。物語は、

銀座は銀座に違ないが、成程我が「號外」君も無理はない、市街まで落膽して居るやうにも見える。三十七年から八年の中頃までは、通りがゝりの赤の他人にさへ言葉をかけて見たいやうであつたのが、今では亦た以前の赤の他人同志の往來になつて了つた。

其處で自分は戰爭でなく、外に何か、戰爭の時のやうな心持に萬人がなつて暮す方法は無いものか知らんと考へた。考へながら歩るいた。

と結ばれている。抱月は「日常生活の單調を破るやうな刺戟を喜ぶ氣持」と「號外」が言う「戰爭の時のやうな心持」を重ねて見たのであろう。「百回通信」に「日漸く暮れんとする頃には、『号外』の呼声異常の響を帯びて満都に充ち、人心忽ち騒然、百潮の一時に湧くが如く」と伝え、「東京朝日新聞」に「十一月四日の歌九首」を詠んだ啄木の胸中も抱月が推察したところとそれほど遠いものではなかったに相違ない。

しかし、「十一月四日の歌九首」の最後の一首、

しかはあれ君のごとくに死ぬことは我が年ごろの願ひなりしかな

と、伊藤の死から約一年後の明治四十三年の九月九日の夜に作られ、『一握の砂』の一五〇番目に配された、

誰そ我に
ピストルにても撃てよかし
伊藤のごとく死にて見せなむ　(150)

を同列に比してはならないだろう。詠作の夜にまで、直後の興奮がそのまま維持されているとは考えにくい。一首にそのときと変わらぬ壮絶な死に対する渇望のみを読もうとするのは早計に過ぎよう。ここに歌われた、一瞬

間のうちにこの世から立ち消えてしまうような最期への期待は、そうなることなく今日まで続いている鬱積した自らの生に対する思いとうらはらなものであるように感じられる。そして、終える術もなく「日常生活の單調」を繰り返している姿は、直後に、

やとばかり
桂首相に手とられし夢みて覚めぬ
秋の夜の二時 (151)

が置かれることによっていっそう際立つ。伊藤のように死んでみせると意気込んだところで、時の総理大臣桂太郎に手をとられた夢をみて深夜に目を覚ましているのだ。紙面を飾った伊藤博文追悼歌の中には、

いちじるきその死にざまを思ふごと若き心の躍りて悲し (9)

という歌も見られるが、章の末尾に並べられた二首の懸隔には、そういった「若き心」を相対化するような視座があるように思われる。

「號外」の「加ト男」は、

「けれども、だめだ、最早だめだ、最早戰爭は止んぢやつた、古い號外を讀むと、何だか急に歳をとつて了つて、生涯がお終結になつたやうな氣がする、……」

と嘆じていたが、時を経てから伊藤の死と再び向き合った啄木もまた、古い號外を読むような心持ちで、当時の胸の高鳴りを思い返していたのではないか。そこには、時の移ろいへの自覚があっただろう。時間的な移ろいの中の「我」を「愛する」ところに第一章の志向するところがあるのだろうが、一方で、果ては夢からさめるような時の移ろいへの自覚は第五章の基底にも染み入っているように思われる。

三

『一握の砂』の第五章「手套を脱ぐ時」の時間感覚は、

手套を脱ぐ手ふと休む
何やらむ
こころかすめし思ひ出のあり (437)

という章頭の一首に特徴的であると考えられている。ここには「空白の瞬間とでもいうべき時間」が表現されていると指摘した木股知史は、「短歌の連鎖がつくる物語の有意味性と、瞬間の空虚への志向の矛盾が、『一握の砂』の複雑な時間感覚を生むことにもなった[10]」と言う。木股はこの第五章に「さまざまな事象における〈我〉の意識の変幻の瞬間をとらえるという特性を見出すことができるのではないか[11]」とも述べているが、この章においては、そういった「意識の変幻の瞬間」が「短歌の連鎖がつくる」大きな時間の経過のうちに刻まれていることに留意せねばならないだろう。

「手套を脱ぐ時」という章では、「我を愛する歌」とは違って、季節の情感がしばしば歌われている。単純に用語の数だけを比較しても、「春」「夏」「冬」の語が「手套を脱ぐ時」ではそれぞれ、八首、四首、四首に用いられているが、「我を愛する歌」には一首も見られない。「我を愛する歌」の一四二番歌からは秋の歌群が置かれているが、他の季節を歌うことでその推移を思わせるような構成は取られていないのである。それに対して、「手套を脱ぐ時」には四五一番歌、

こころよく
春のねむりをむさぼれる
目にやはらかき庭の草かな (451)

から四五七番歌までの春の歌群があり、

するどくも
夏の来るを感じつつ
雨後の小庭の土の香を嗅ぐ (475)

すずしげに飾り立てたる
硝子屋の前にながめし
夏の夜の月　（476）

を過ぎて、五〇二番歌の、

壁ごしに
若き女の泣くをきく
旅の宿屋の秋の蚊帳かな　（502）

からは秋の一連が配されている。章の中の季節は大きく見れば、春から秋へと推移していると言えそうだ。だが、章がはじまってすぐ、春の歌群よりはやく「夏来れば」（四四〇）があり、春と夏の間には「乾きたる冬の大路の」（四六三）が、また、夏と秋の間で「雪ふりいでぬ」（四七九）と歌われていたり、季節の移り変わりは厳密なものとはなっていない。その箍は緩く、秩序立った季節の運行を詠むこと自体が目的ではなく、その存在とゆるやかな変化が意識されるようになっていると言えばいいだろうか。

しかし、ここでより重要なことは、この章ではそういった季節の変化を背景に、時間の経過が朝や夜といった一日を分割した時間によっても繰り返し表されているということだろう。暮れ方から夜の様子が多く描かれているようにも感じられるが、

朝朝の
うがひの料の水薬の
罎がつめたき秋となりにけり
（483）

あさ風が電車のなかに吹き入れし
柳のひと葉
手にとりて見る
（491）

のような朝の光景を詠み込んだ歌によって、章内にはときおり光が射し込み、日が過ぎゆく印象が巧みに演出されている。

つまり、「図」と「地」になぞらえれば、「手套を脱ぐ時」に歌われる瞬時性の場やそこに掬い取られる意識は、背景を必要としない特権的な「図」ではなく、日常的な時間相を「地」としているのである。さらに、その日常的な時間相の向こうには、より大きくゆるやかな時間の流れも用意されているのだ。章頭歌に引きつけて言えば、一首には「手套を脱ぐ手」を「休む」ちょっとしたひょうしに定かならぬ捉え難い思い出が湧出した瞬時の様子が歌われているが、「手套を脱ぐ」という表現は家に帰ったそのときを思わせる。瞬時の様子は、たとえば、仕事を終えて帰宅した頃合いのような日常的な時間性のうちに見出されているのだ。同時に、「手套」の語は冬を連想させもするだろう。「図」と「地」が渾然となった一首には、この「手套を脱ぐ時」という章の時間の様態が含み込まれてもいるのである。第五章の特色の一つをそのような「地」の機能に求めるなら、末尾の亡児追悼挽歌八首は特別な事情により思いがけず付加された配色の異なる小世界と評すべきでないことは言うまでもないだろう。夜が明けるまでの一夜、終幕が繰り延べられたと見るべきなのである。

四

亡児追悼挽歌の冒頭の一首、

夜おそく
つとめ先よりかへり来て
今死にしてふ児を抱けるかな (544)

は、帰宅後のことである点において章頭歌を思い起こさせるが[12]、初句に「夜おそく」と歌いおこされていることに注目しておかねばならないだろう。「夜明くるまで」と最終歌を歌いおさめるまでの歌群内に設定された時間は、ここに至るまでの時間の経過と呼応しているかのようであるからだ。五二一番歌から順に目を移していけば、深夜の街から帰宅し、夜が明け、出産の朝となる。そして、午後の公園から寝られぬ夜へと続くのだが、それぞれの歌群は不連続的に継起した個々の場面でなく、一日を区分する時間相に分かたれることによって日常の時間の連続性を感じさせる。その先で歌集は「夜おそく」から「夜明くるまで」の一夜を歌い幕を下ろしているのだ。昼夜を繰り返してきた歌は、季節の存在も背景として、終幕に向かい累層的に接ぎ合わされ、この歌集における時間が流れ去ってしまうのでなく、折り重なっていくことを告げているように思われる。
そういった時間の人間への作用は、たとえば、

晴れし日の公園に来て
あゆみつつ
わがこのごろの衰へを知る (535)

の一首に看取することができよう。また、啄木自身が書き送った、「年をとつた所為か子供が可愛くてしやうがない[13]」を典型的な述懐として引かずとも、わが子の誕生と歳月の経過を感じることとがまったく無縁のものであろうはずがない。「手套を脱ぐ時」が最後に印象づけるのは、身のうちに堆積されてきた月日の自覚ということだったのではないか。

本来ならば誕生したばかりの男児は、自らの衰えとは対照的な未来への可能性を付与された存在となるはずだった。だが、わが子は老いることはもちろん、日常的に持続する時間を知ることもなくこの世に別れを告げてしまった。その親は「底知れぬ謎」と嘆くほかなかったであろう。心のうちに悲しみさえ探り当てられないという「さびしさ」はかえって悲傷の深淵をのぞかせる。亡児のために用意された『一握の砂』最後の一夜は、老いの果てのことではない死を、自らのうちに積み重なった時間と向き合いつつ悼むものだった。

かなしくも
夜明くるまでは残りゐぬ
息きれし児の肌のぬくもり

(551)

と最終歌が歌う、徐々に失われていく息の途絶えた子の肌のぬくもりは、二度とはもとに戻らぬ時間の性質を物語っているようにさえ思われなくもない。

だが、最終歌は「夜明くるまでは残りゐぬ」と歌う。「夜が明けるまでは残っていた」という言い方は夜が明けてからも経過していった時間の存在を不可避的に引き寄せるだろう。わが子のぬくもりは失われたが、「夜明くるまで」の時間は流れ去ってしまわずに詠作の現在までをその上に積み重ねていた。現在の「我」の発語としての短歌は、肌のぬくもりよろしく、「かつてあった」ものを歌うに、それが「いまはない」ことを同時に縫い合わせてしまう。けれども、「かつて」から「いま」に至るまで積み重ねてきた時間の層こそ『一握の砂』の詩的時空を支えているように思われる。末尾の亡児追悼挽歌はそうした層の上に降り積もっていたのである。

〈注〉

(1) 大室精一「『一握の砂』編集の最終過程」(『解釈と鑑賞』第六九巻二号、平一六・二)
大室精一「『真一挽歌』の形成」(『論集 石川啄木Ⅱ』平一六・四、おうふう)
大室精一「『真一挽歌』の形成」補論――誕生歌から挽歌への推敲について――」(『佐野短期大学研究紀要』第

一六号、平一七・三）
大室精一『『一握の砂』『悲しき玩具』――編集による表現――』（平二八・一二、おうふう）

（2）近藤典彦『『一握の砂』の研究』（二〇〇四・二、おうふう）

（3）は（2）に同じ。

（4）『和歌文学大系77　一握の砂・黄昏に・収穫』（平一六・四、明治書院）

（5）今井泰子注釈『日本近代文学大系　第23巻　石川啄木集』（昭四四・一二、角川書店）

（6）「万朝報」は十月二十九日に「小説的なる伊藤公の死」、十一月五日には「一人を偉とする勿れ」、七日には「英雄崇拝の程度」掲載しているが、「一人を偉とする勿れ」では「今にして正直なる評論者が公の偉大さを割引し置かざれバ後進と後世とを誤るべき虞れあり」とされている。また、「東京二六新聞」は「文學者の観たる伊藤公の死」を連載したが、そこで山路愛山（十月二十八日）は「此の死に依て伊藤は大にされたねえ」、木下尚江（二十九日）は「イヤ實に幸運な爺です、是でもつて兎に角彼は世界的人物になつたと言つて好いです」、戸川秋骨（十月三十日）は「伊藤公の今回の奇禍は確に公の爲めに幸運であつたに相違ない」と述べている。十一月四日の与謝野寛による「輓歌」中の一首、

　男子はも言擧するはたやすかり君が如くに死ぬは誰ぞも

はこのような論調を意識しての詠作であろう。

（7）島村抱月「國寶的人物」（『太陽』第一五巻第一五号、明四二・一一）

（8）国木田独歩「號外」（『新古文林』第二巻第一〇号、明三九・八）引用は、『定本　國木田獨歩全集　第三巻』（昭三九・一〇〈昭五三・三増訂版發行〉、学習研究社）によった。

（9）「なにがし」詠（「東京朝日新聞」明四二・一〇・三〇）

（10）木股知史「『一握の砂』の時間表現」（村上悦也　上田博　太田登編『一握の砂―啄木短歌の世界―』（一九九四・四、世界思想社）

（11）は（4）に同じ。

(12) この歌や章頭歌のほかにも「手套を脱ぐ時」には四四四番歌、五二六番歌等でも帰宅を思わせるような詠作が見られる。これらは、この歌集が最初『仕事の後』と命名されていたこととも関係し、また、冒頭「砂山十首」最後の「帰り来れり」とも共鳴するものだろう。

(13) 宮崎大四郎宛書簡(明四三・一〇・二〇)

Ⅲ

『一握の砂』への道

1 「曠野」の啄木——啄木短歌と散文詩

明治四十一年七月の『明星』（申歳第七号）に発表された「曠野」「白い鳥、血の海」「火星の芝居」「二人連」「祖父」の五篇の散文詩は、巻頭を飾った「石破集」百十四首の影に隠れて、従来あまり論じられてはこなかった。「白い鳥、血の海」を詳細に分析し、この一篇が「同一時期の製作になる詩歌」と繋がりをもつ、「啄木の表現によれば『僕一個人の生存』の位置を、現代的に言えば人間的実存のありかたを正面から問う作品である」[1]と指摘した今井泰子によって啄木の散文詩の世界は初めて照らし出されたのであるが、なお残された問題も多いように思われる。

歌人啄木誕生の産声にかき消された感もなくはないこの五篇の散文詩は軽んじられるべきものではない。散文詩の創作は啄木にとって一回的な試みではあったが、注目すべき重要な問題を含んでいること、以下に述べるとおりである。

一

啄木の散文詩について考えるにあたってまず確認しておかねばならないことは、すでに指摘されているように、当時は「自然主義に刺激されて口語自由詩運動が起こりつつあったとき[2]」で、「明治四十一年になると、にわかに散文詩が雑誌をにぎわす[3]」ようになっていたという詩壇の動向である。相馬御風が「詩界の根本的革新」(『早稲田文学』明四一・三)において「自分は詩界に於ける自然主義を主張すると共に、こゝに具體的な要求の一二を提供したい」として、「詩の用語は口語たるべし」「絶對的に自由なる情緒主観さながらのリズム」「行《ライン》と聯《スタンザ》との制約破壊」を主張するなど、詩は自然主義の影響下に文語定型詩から口語自由詩へと向かいつつあった。御風は、口語自由詩の試みとして『早稲田文学』五月之巻に「痩犬」を、六月之巻に「雲雀」を発表し、また六月の『帝国文学』(第十四巻第四)には平木白星の口語自由詩「『たんつくたらつく』」が掲載されている。この韻律の自由化と形式の破壊を主張する口語自由詩運動は詩の散文への解体という危険性も孕んではいたが、そこには散文詩が生み出される契機も含み込まれていたのである。明治四十一年、四月の『明星』(申歳第四号)には大貫晶川によって「極光」の総題の下にツルゲニエフの散文詩の訳「夢に」「痴者」「『汝者痴者の審判を受けむ……』」「プシキン』」が、五月の『趣味』(第三巻第五号)にも蒲原有明によるボオドレエルの散文詩の訳「的中」「描かむと欲する希望」が掲載されるなど、散文詩への志向は高まりつつあったのだ。

このような「詩の形式或は格調――といふやうなものに囚へられず、自由に歌ふといふことが唱道されて來るやう[4]」になっていた詩壇の状況に、「詩歌には技巧を重んじ、格調の制約に従ふ点に於て、猶多少の遊戯的分子あり、切実ならず、小規模なり、遂に真に深く近代人の情緒を歌ふべからず」(明四一・七・七、菅原芳子宛書簡)と考える啄木が敏感に反応したであろうことは想像に難くない。

また、そのような詩壇の状況に加えて、啄木自身が小説の執筆を第一の目標としていたことも、散文詩が可能な選択肢の一つとなるのを後押ししただろう。「散文の自由の国土にあこがれ」(明四一・五・七、森林太郎宛書簡)

つつも、小説の創作を「詩人としての立場」でおこなおうとし、またときに「詩歌の故さとを忍ぶ」（明四一・七・七、菅原芳子宛書簡）啄木に散文詩という呼称は撞着的な語法としてではなく、自らの志向にかなう散文と詩を折衷する用語として響いたに違いない。

啄木にとって散文詩という詩的様式の選択は一回的なものではあったが、決して偶然の産物ではなく必然的な要請が関与していたと見るべきなのである。

二

そのように制作された啄木の散文詩は「人間啄木の苦悩のスケッチ」[5]であり、「現実の生に詩的関心が向けられていた」[6]ことの指標として読み解かれてきた。確かに、「二人連」とすき歩きとの関係性は言うまでもなく、涯もない曠野を疲労と空腹のうちに彷徨い歩く旅人が赤犬に出会う「曠野」の一節、

涯もない曠野を唯一人歩いて来た旅人も、犬を見ると流石になつかしい。知らぬ国の都を歩いてゐて、不図同郷の人に逢つた様になつかしい。

は、「予は菊坂町の赤心館に金田一花明兄を訪ねた。髪を七三にわけて新調の洋服を着て居た。予が生れてから、此人と東京弁で話したのは此時に初まる。豊国へ案内されて泡立つビールに牛鍋をつついた。帰りはまた一緒に赤心館に来て、口に云ひ難いなつかしさ、遂々二時すぐるまで語つて枕を並べた。」（四・二九日誌）や「間もなく金矢光一君と板垣の貞雄さんが来た。予は上京以来初めて真の郷里言葉で話した。」（六・一一日誌）などの日記の記述と合わせ見ることができる。「荒野に迷い込んだ旅人という詩的背景も、妻子を東京に呼び寄せるためには不可欠の条件である文学的成功ということが、まったく意のままにならず、払うべき部屋代もないという行き暮

れた啄木の心情を示していたのは想像に難くない。荒涼とした広野の細密な描写も、路に迷ったのだという旅人の絶望的な呟きも、すべて啄木内面の黙しがたい呻きだった(7)」と指摘される所以である。そのときの啄木の境遇が散文詩に映り込んでいたと言えなくもないだろう。

しかし、その延長線上に「曠野」の犬とその死を捉えるのはいささか論を急いだように感じられる。たとえば、小川武敏は啄木と植木貞子との交渉に着目し、「尾に結んだ紙に火をつけられ、きりきりまいして死んでいく『曠野』の痩せ犬という異常な詩的形象」を「貞子のイメージ」と見て、「迷い犬を、たわむれに火をつけて殺す」という「この奇怪な残酷性は貞子に対する啄木の態度をおいて考えられず、そういった扱いをした慚愧の念が犬を仮託媒体として顕在化せしめた(8)」と捉えている。また、目良卓も「この旅人と犬の関係は啄木と植木貞子との間を投影したものであろう。啄木は自己の苦悩を癒すために植木貞子と関係を持ったが、この詩を書いた頃には、その関係が、どうにもならない泥沼のような状態になっていた。そして啄木は、植木貞子を捨てようと決心する。それが犬のしっぽに火をつけて殺すシーンとして詩のなかで描かれている。したがって旅人が啄木で、犬が植木貞子を擬したもの(9)」だと言う。

一方には、植木貞子との交渉を想定しない、「曠野は、啄木の生育した村落共同体であり、旅人は村落人全体を指し、赤犬は啄木の父の姿であったかもしれない(10)」とする長谷川龍生の見方、「『旅人』とは、彼自身」であり、「『赤犬』とは、彼がいつしか離れて行った詩ではなかったか(11)」とする伊藤千代美の見方もあるが、はたして赤犬は「植木貞子を擬したもの」や「啄木の父の姿」、あるいは「彼がいつしか離れて行った詩」なのだろうか。そのように考えるまえに、もう少し見ておくべきものがあるように思われる。

目良は前述のように赤犬について「植木貞子を擬したもの」としながらも、

犬を重要な登場人物にした散文詩はこの当時非常に多いが、その散文詩中に描かれている犬のイメージは、「曠野」に描いているような、飢えてやせた弱い存在のものが多い。例えばツルゲーネフの散文詩中の「犬」や相馬御風の「痩犬」等である。これは犬の持つ、庶民的なそして卑屈なイメージによるものであろうが、興味深いことである。(12)

とするとともに、「白い鳥、血の海」はツルゲーネフの散文詩からヒントを得たのであろうと述べている。重んじられなければならない指摘であろう。

啄木が「生れて初めて散文詩といふものを書いた」（六・二二日誌）とき何らかの規範を必要としたと考えることは不自然なことではない。散文詩の成立には日本近代詩の展開に要請されつつも外国の詩の影響も介在していた。「ツルゲーネフやボードレールなどの『散文詩』といふ名に依つて教へられ、其の形式と名称とを模倣せんとしたのが最初の動機(13)」だったのだ。そして、「北海道時代にいたって、ツルゲーネフを意識的に受容」し、「小説や短歌制作のときにそれを、いっそうよみがえらせて(14)」いた啄木においてはツルゲーネフの散文詩こそ範にとるべきものであったろう。

啄木が上田敏の『みをつくし』をとおしてツルゲーネフの散文詩にふれていたことが明治三十八年八月四日「岩手日報」掲載の「岩手県師範学校校友会雑誌を読む」から知られること、すでに目良の指摘するとおりである。また、啄木は散文詩創作の約一月前の五月十日から相馬御風訳でツルゲーネフの「その前夜」を読んでいる。その際の「どの人物も、どの人物も、生きた人を見る如くハツキリとして居る書き振り！　予は巻を擲つて頭を掻むしつた。心悪きは才人の筆なる哉。」（五・二〇日誌）や、「〝ツルゲーネフ！　予の心を狂せしめんとする者は彼なり。〟と書いた手紙を下の金田一君にやる。金田一君が来た。予は唯モウ頭が乱れて、〝ツルゲーネフの野郎〟と呼んだ。」(五・二二日誌)などの記述からツルゲーネフへの関心の高さも窺われる。

啄木の五篇の散文詩中「白い鳥、血の海」「火星の芝居」が夢の記述であることに関して、「啄木が自分の見た夢を素材に書いている(15)」などの可能性も指摘されているが、夢を素材とするのはツルゲーネフの散文詩の中でしばしば用いられる手法であり、「白い鳥、血の海」の冒頭の「変な夢を見た。」はまさに夢が舞台として設定される際の型どおりのものである。「曠野」においては、「雪中行……小樽より釧路まで……」の「(第一信)岩見沢にて」の「所々に枯木や芽舎を点綴した冬の大原野は、漫ろにまだ見ぬ露西亜の曠野を偲ばしめる。鉄の如き人生の苦痛と、熱火の如き革命の思想とを育て上げた、荒涼とも壮大とも云ひ様なき北欧の大自然は、幻の如く自分の目に浮んだ。不図したら、猟銃を肩にしたツルゲーネフが、人の好さそうな、髯の長い、巨人の如く背の高い露西亜の百姓と共に、此処いらを彷徨いて居はせぬかといふ様な心地がする。」の記述や、『みをつくし』所収のツルゲーネフの散文詩「老嫗」の冒頭「孤り廣野をゆく。」が思い起こされる。

さらにここで、注目すべきは『みをつくし』において、この「老嫗」に続くのが、「犬」と題される散文詩であるということだ。そして、「犬」と「曠野」の関係は素材の類似にとどまるものではない。この「犬」を抜きにして「曠野」への理解はとどかないであろう。

三

犬

室内雙影あり、犬とわれと。そともは、風雨すさまじく荒びぬ。
犬は面前に踞して、わが顏まもりぬ。

われ亦犬をまもる。

かれ、宛も、何事をか語らむとする如し。唖なり、言葉なし、はたおのれをも識らず……されどわれは彼を識れり。

われは識る。ふたりのきはに何の隔なしといふ思は、犬にも、われにも、この刹那にこそ浮ぶなれ。われら平等ぞ。同じ火花はふたりに燃えたり。

死は、冷たき長翼の一搖曳をもて、落し來らむ。

かくて寂滅。

その時、誰か、各に耀ける焔の、何たるを判ち知らむ。否、今目守り合ふこのふたりは、人間にあらず、畜生にあらず。

かたみに睨むその眼よ、平等のもの、眼なり。

畜生にも、人間にも、同じ命といふもの、おぢわなゝきつゝ、互に寄り添ふ。

右に引いたツルゲーネフの「犬」(16)において描かれているわれと犬と、啄木の「曠野」における旅人と犬との相似と相違は偶然とは言い難い。啄木の「曠野」で、旅人は犬に対して「知らぬ国の都を歩いてゐて、不図同郷の人に逢つた様になつかしい」という感情を抱くが、それは単に犬が旅人の孤独感を癒す存在であるからではなかった。また、「精神的な結びつきをもつものと再び邂逅できたことより生じる懐しさ」(17)でもなかったのではないか。それは、
空は曇つてゐる。風が無い。何十哩の曠野の中に、生命ある者は唯二箇。

であったためだ。

若し人と犬と同じものであつたら、此時、犬が旅人なのか旅人が犬なのか、誰が見ても見分がつくまい。餓ゑた、疲れた、二つの生命が互ひに瞶め合つてゐたのだ。

という状況は、まさにツルゲーネフ「犬」の「目守り合ふこのふたりは、人間にあらず、畜生にあらず」と重ね合わせることができるだろう。

微かな音だにせぬ。聞えるものは、疲れに疲れた二つの心臓が、同じに搏つ鼓動の響きばかり。――と旅人は思つた。

のは、「同じ命といふもの、おぢわなゝきつゝ、互に寄り添ふ」ことができるからであって、「ふたりのきはに何の隔な」い「われら平等」がそこに達成される可能性があったからにほかならない。

しかし、「曠野」では「犬」のように「同じ火花」が「ふたりに燃え」ることにはならなかった。旅人が莨を取り出し、燐寸を擦ったとき、「旅人の見た犬の目に暫時火光が映つた。犬の見た旅人の目にも暫時火光が閃いた」ものの、「莨の煙が旅人の餓を薄らがした」のに対して、犬は投げられた「燐寸の燃殼」に「鼻端を推つけたが、何の香もしな」かったためである。「餓を薄らがした」旅人は「少し暢然した様な心持」となり「赤犬を、憐む様な気になつて」引寄せる。

頭を撫でても耳を引張つても、犬は目を細くして唯穏しくしてゐる。莨の煙を顔に吹かけても、僅かに鼻をふんふんいはす許り。毛を逆に撫でて見たり、肢を開かして見たり、地の上に転がして見たり、痩せて尖つた顔を両膝に挾んで見たりしても、犬は唯穏しくしてゐる。終には、細い尾を右に捻つたり、左に捻つたり、指に巻いたりしたが、少し強くすると、犬はスンと喉を鳴らして、弱い反抗を企てる許り。

は「餓ゑた、疲れた、二つの生命」が人と犬に変化していることを示していよう。そしてついに「不図、旅人は面白い事を考出して」しまう。「紙屑を犬の尾に縛へつけ」、「其紙屑に火を点け」たのだ。「我ながら残酷な事をしたと思つて、犬の尾を抑へて其紙屑を取つてやらうと」する旅人ではあったが、結果的にこの「面白い事」は犬の命を奪ってしまう。

ツルゲーネフの散文詩「犬」が、われと犬とが「同じ命」をもつ「人間」「畜生」の違いを越えた「平等」を描くのに対して、啄木の「曠野」はそのような「平等」が意識されつつも、「若し人と犬と同じものであったら」という条件が満たされず、「不図」旅人が「考出」した「面白い事」によって分かたれる生と死を描き出している。「曠野」は、風雨をさけた室内のわれと犬との調和的な一体化を描く「犬」を背後に据えつつも、涯もない曠野の中ではそれが達成されず、旅人と犬との関係が齟齬をきたし、乖離していく展開となっているのである。「曠野」は以下に続けて、旅人と犬とのかかわりと犬の死が「路に迷つた」旅人の状況を好転させるものではなかったことを描いて幕を下ろす。「草鞋の紐を締めなほ」し、再び行こうとする旅人に、もはや「犬の屍」は「一瞥」するものでしかない。犬の死よりも犬とのかかわりの中で時が過ぎたことが重要なのであり、「日が暮れた！　と思ふ程、路を失つた旅人に悲しい事はな」かったのだ。「曠野」は涯もない曠野に迷い込んだ旅人の行き暮れた様子に終わるが、残された旅人を取り巻く状況は初めよりもむしろ悪くなってさえいると言えるのではないだろうか。行く路どころか来た路さえわからず、

『俺の来た路は何方だつたらう?!』

と嘆ずる旅人の暗鬱な生の疲労、倦怠を刻み込んで「曠野」は閉じられる。

以上のような「曠野」の世界を構成する要素は、他の散文詩にもさまざまな形で反復、変奏されているようだ。

たとえば、「白い鳥、血の海」の一節、

富士山が見えなくなつてから、随分長いこと船は太洋の上を何処かに向つてゐた。それが何日だか何十日だか矢張解らない。或は何百日何千日の間だつたかも知れない。

という部分は「曠野」の風景を想起させるだろう。「涯もない曠野」に「習との風も吹かぬ」ように、「太洋」も「漣一つ起たず、油を流した様に静か」なのだ。また、「行つても、行つても、同じ様な曠野の草」は、「火星の芝居」における、

『行つても、行つても、青い壁だ。行つても、行つても、青い壁だ。何処まで行つても青い壁だ。君、何処まで行つたつて矢張青い壁だよ。』

という一節と対応する。

さらに、「曠野」において「何十哩の曠野の中に、生命ある者は唯二箇」であったように、「白い鳥、血の海」では「美しい人と唯二人」、「祖父」では「六十を越した父爺と五歳になるお雪とが、唯二人」という設定になっていることも見過ごし難い。そしてそれら「唯二人」の間には、調和的な一体化ならぬ齟齬や乖離の様相が認められるのである。

「白い鳥、血の海」の「美しい人」は「私」の「恋人」であるが、「誰とも知れぬ」、つまり「『顔』と『後姿』だけの恋人」(18)であり、「祖父」の「老爺」と「お雪」は仲睦まじく暮らしてはいるものの、「親のない孫と、子のない祖父」の間には秘された母の死がある。このように本来ならありうべき調和的な関係の中に微妙な齟齬を抱え込みながら作品世界が展開し、「白い鳥、血の海」では「私が贈つた黄金の指環」を「啣へた鳥」を「帆綱に懸けておいた弓を取るより早く、白銀の鏑矢を兵と許りに射た」ことから、「祖父」では「祖父さんは平常嘘を

言つてゐたのぢやなからうかといふ懐疑」から、「唯二人」の間は変転してゆく。この展開を導いたのは、旅人が「不図」「考出」したことと同種の、「私」「お雪」の片時の不意の判断である。そして「私」のとっさの行為、急に「お雪」の胸に湧き上がった感情は予期せぬ事態を引き起こし、作品世界に暗い影を投じて結末へと至るのである。

以上のような、作中人物と他とのかかわりにおいて、一方にありうべき調和的一体化を見ながらも、それが不図したことから齟齬をきたして乖離しながら展開し、暗澹として閉じられるという基本的な構図に、啄木の散文詩の詩的世界の特質を認めることができるだろう。(19)

四

啄木はそのような散文詩の基本的な構図を、さまざまなバリエーションの中に描き出すことによって新たな表現様式の可能性を模索していた。しかし、文語定型詩や口語自由詩とは異なるはずの散文詩独自の意義や固有性を継続して追い求めることはせず、翌日から「石破集」の母胎である歌興の中に揺蕩うことになるのである。この展開の一つの解答を、

> 僕は何事でも大胆に露骨に告白してゐる。そして、時としては、その自己の告白——一切の人間の正になすべき告白——の為に、却つて云ふ許りなき苦痛を感ずる。すき歩き、浮気論、作歌、哄笑、……何れも皆、
> 僕の心が一切の現実を暴露した、泣かず笑はざる「真面目」の苦痛から脱出せむとする一種の逃路だ!

という七月七日の岩崎正宛書簡の裡に見ることができるだろう。啄木は「泣かず笑はざる『真面目』の苦痛」を具現化させるものとして散文詩の可能性を突き詰めるより、むしろそうした「苦痛」から「脱出せむと」し、

「一種の逃路」としての歌へと転じたのである。「すき歩き」をもとに創作された散文詩「二人連」と、「すき歩き」と同位に置かれた「作歌」の関係に散文詩から歌への展開の帰結を見ることもできよう。

しかし、「脱出」の際に引き起こされた散文詩と歌との共鳴が、この「一種の逃路」に重要な意味を担わせることになった。この歌興と散文詩との関係性はきわめて興味深いところと言うべきであろう。たとえば、桂孝二が指摘した「六月作二九九首の根本」をなしている「無限なもの、巨大なものに対する無力感、敗北感、焦燥感、恐怖感」や、「無気味なもの、不吉なものに対する不安感」[20]はすでに散文詩の中に認めることができる。そればかりではない。太田登が指摘するように、

大空の一片をとり試みに透せど中に星を見出でず[21]

の「『大空の一片をとり試みに透せど』は、散文詩『火星の芝居』（「明星」明41・7）の『……先づ青空を十里四方位の大さに截つて、それを圧搾して石にするんだ。石よりも堅くて青くて透徹るよ』というファンタスチックな詩想とのアナロジーを感じさせる」ものであるし、「大海にうかべる白き水鳥」の一首は、「白い鳥、血の海」の「『白銀の矢に貫かれた白鳥の屍』を反転させた位相にある」[22]だろう。また、昆豊が「本歌と直接関係のなさそうな散文詩だが」、「関連を持つ」[23]と言う、

我時々見知らぬものに誘はれて曠野の中に捨てられて泣く

の一首も、「曠野」の一節、

瞬きをしてる間に、誰かが自分を掻浚つて来て、恁麽曠野に捨てて行つたのではないかと思はれる。と照応する。さらに、「そして、犬一疋、人一人に逢はぬ。三日程前に、高い高い空の上を鳥が一羽飛んで行つて、雲に隠れた影を見送つた限。」と、

茫然として見送りぬ天上をゆく一列の白き鳥かげ

との対応をはじめ、散文詩と「関連を持」ち、「アナロジーを感じさせる」歌は少なくない。(24)

笑はざる女らあまた来て弾けど我が風琴は鳴らむともせず
一線の上に少女と若人と逢ひて百年動かむとせず
われひねもす街角に立ち信号の旗をふれども君は来らず

などの歌も、「女」「少女」「君」の織りなす世界との齟齬や乖離の様相を呈していると言えるかもしれない。

もちろん、この歌興のもつさまざまな問題を散文詩との相関性のみに見出すことは困難であるが、散文詩と歌興のかかわりが招き寄せた所産を見逃すことはできないだろう。

蒲原有明は明治四十一年十一月二十日「東京二六新聞」に掲載された「現代的詩歌（下）」において、

散文詩は要するに鬼才の馳驅すべき壇場であつた。散文詩に指を染めたものは多少の狂念を胸に擁かぬも

のはなかつた。狂念と迷妄と、印象と象徴とが互に交錯し交響するその間に、近代的特色の最も複雑なる窺ひ知り難き心的状態の全面が、最もよく現はれる。

と言う。啄木はこの「近代的特色の最も複雑なる窺ひ知り難き心的状態の全面が、最もよく現はれる」散文詩の世界を歌という器に取り分けることによって、「複雑なる近代的情緒の瞬間的刹那的の影を歌ふに最も適当なる一詩形としてのみ和歌は現代に多少の新価値」（明四一・七［日不明］、小田島理平治宛書簡）のあることを見定めることができた。異なる二つの詩型が響き合う中で新しい歌の可能性が開示されたと言うことができるだろう。[25]つまり、散文詩という一度なされた新しい表現の選択が、その対極として存在する歌という表現様式への新たな認識として作用したのである。啄木は「石破集」とその母胎たる歌興によって『一握の砂』への扉を未来へ押しあけたのであるが、その扉を叩いた散文詩とのただ一度の出会いに思いをいたすべきであろう。

〈注〉

（1）今井泰子『石川啄木論』（一九七四・四、塙書房）
（2）小川武敏『石川啄木』（一九八九・九、武蔵野書房）
（3）目良卓「啄木の散文詩について」（『啄木研究』第八号、昭五八・五）
（4）蒲原有明「我が國の散文詩」（『文章世界』第三巻第九号、明四一・七）
（5）は（3）に同じ。
（6）は（2）に同じ。
（7）は（2）に同じ。

(8)は(2)に同じ。
(9)は(3)に同じ。
(10)長谷川龍生「啄木の戯作の彼方　散文詩について」(『現代詩読本　石川啄木』一九八三・七、思潮社)
(11)伊藤千代美「啄木の明治四十一年の詩―『泣くよりも』と散文詩について―」(『新樹』第二号、昭五四・二)
(12)は(3)に同じ。
(13)服部嘉香「散文詩論」(『早稲田文学』明四四・一〇)
(14)遊座昭吾「啄木とツルゲーネフ」(『比較文化研究年報』第二号、一九九〇・六)引用に際して、横書き原文の記号・符号を縦書き用に改めた。
(15)大岡信編『啄木詩集』(一九九一・一一、岩波文庫)の「解説」。
(16)『みをつくし』「犬」の引用は、『定本　上田敏全集　第二巻』(昭五四・二、教育出版センター)によった。
(17)は(11)に同じ。
(18)は(1)に同じ。
(19)必ずしも暗い世界を描いてはいない「火星の芝居」「二人連」でも、「二人連」では見知らぬ女と二人連に見せかけようとする「私の面白い計画」が「恁麼酷い目に逢つた事は滅多にない!」と破綻する展開に構図の変奏を、「火星の芝居」では対話形式と「芝居が初まらぬうちに」「目が覚めた」ことに構図の変形を見ることができるだろう。
(20)桂孝二『啄木短歌の研究』(昭四三・六、桜楓社)
(21)引用は、歌稿ノート「暇ナ時」「以下六月二十四日午前　五十首」によった。なお、一首は「石破集」では「透せどなかに」と表記されている。
(22)太田登『啄木短歌論考　抒情の軌跡』(平三・三、八木書店)
(23)昆豊「啄木の歌稿ノート『暇ナ時』覚書Ⅵ――本文考証とその評釈を中心に――」(『福岡教育大学紀要第一分冊文科編』第三五号、一九八五・二)

(24) たとえば、坪内稔典は「啄木の散文詩について」(『啄木文庫』第一八号、一九九〇・一一)において「散文詩との関連を感じさせる」歌として、

はてもなき曠野の草のただ中の髑髏を貫きて赤き百合咲く
落ちて死ぬ鳥は日毎に幾万といふ数しらず稲は実らず
野にさそひ眠るをまちて南風に君をやかむと火の石をきる

を指摘している。

また、啄木の散文詩だけでなく、

いづこまで逃ぐれど我を追ひてくる手のみ大なる膝行の媼

の一首の発想の背景にはツルゲーネフの散文詩「老媼」が想起される。

(25) 啄木は明治四十一年五月七日吉野章三宛書簡で「これから自然主義を生んだ時代の新運動が、建設的の時代に入り「初めてホントウの新しいロマンチシズムが胚胎」し、「その二つが握手して、茲に初めて、真の、深い大きい意味に於ける象徴芸術が出来あがる」と言う。これを散文詩という新しい詩的様式への試みから、散文詩の構成要素をも取り込む歌への展開と重ねるなら、象徴主義としての「ファンタジーとしての短歌の可能性」〔太田登(22)に同じ。〕も異なる二つの詩型が響き合う中にあったと見ることもできる。また、啄木の散文詩は「白い鳥、血の海」「二人連」が「私」による語りであるのに対して、「火星の芝居」は対話形式を、「祖父」は三人称の語りを採用している。「路に迷つたのだ!」に始まる「曠野」は、「誰かが自分を搔浚つて来て、恁麼曠野に捨てて行つたのではないかと思はれる。」のように一人称の語りで展開していくと思わせるが、続いては「足の甲の草鞋摺が痛む。痛む足を重さうに引摺つて、旅人は蹌踉と歩いて行く。」とされていて、以降も一人称と三人称の語りが綯い交ぜとなっている。このような語り手の位置の柔軟性や曖昧さは、対照的な一人称詩型としての歌の性格を浮かび上がらせもしたであろう。

2　明治四十一年秋の紀念

『一握の砂』の基盤を第一章「我を愛する歌」や第五章「手套を脱ぐ時」に、また全五百五十一首中の九割近くを占める明治四十三年作の歌に求めるとき、第三章「秋風のこころよさに」五十一首は異質な存在であるかに見える。「作品としてはかへつて後戻りをしてゐて、何だか古くさ」く、「こんな歌が『一握の砂』にあるのかと思はせる位ひどいもの」[1]をも含んでいるという矢代東村のような見方、あるいは「『秋風のこころよさに』の一章などは『あることのほうが不思議』であろう」[2]とする岡本正晴のような見方さえ、なくはない。

だが啄木は「『秋風のこころよさに』は明治四十一年秋の紀念なり」と自注してまでこの章にこだわった。といって、そこに歌人啄木の出発点や歌風の大きな転換点があったかというと、そうではない。にもかかわらず、「明治四十一年秋の紀念なり」と特にことわって、第三章「秋風のこころよさに」を設けたことには相応の理由があったとみるべきであろう。いったい「明治四十一年秋」とは啄木短歌形成史にいかなる意味をもつのであろうか。そして「紀念」たる「秋風のこころよさに」は『一握の砂』の世界をどのように切り開いていくのだろうか。

一

明治四十一年四月、「自分の文学的運命を極度まで試験せねばならぬ」（四・二五日誌）という覚悟を抱いて単身海路上京した啄木であったが、目指す「創作的生活」（同前）は破綻し、生活は逼迫する。「噫、死なうか、田舎にかくれようか、はたまたモット苦闘をつづけようか、？・」（六・二七日誌）と「作物と飢餓」（同前）との間での混迷がつづき、七月末に部屋代の催促を受けると「自分一個の死活問題」（七・二七日誌）に迫られ、「俺は死ぬのだといふ弱々しい決心と、無宿者といふ強い感じとを抱いて」（同前）さまよい歩かねばならなかった。しかし、「生活の迫害」（六・一七日誌）からは金田一が蔵書を売り払い部屋代を精算し、下宿を替えてくれたことによって、とりあえず逃れることができた。かくして啄木は本郷蓋平館の三階で秋を迎える。

米田利昭は「秋の紀念とは、まず二度まで救ってくれた金田一への感謝」であり、また「新居の紀念であろう」として、「その時頽廃の入口に居り、やがてそこへ突入し実行し得た自分を評価したのではないか[3]」と述べているが、そのように啄木の置かれた状況を背後に透かし見ることも可能ではあろう。

一方、この時期は歌会への出席など歌壇との交渉が生涯のうちで最も活発におこなわれていた。啄木を「作歌におもむかせる条件は揃いすぎていた[4]」のである。そして、

僕の歌がまた変つたよ、
何故といへば、新らしい事、奇抜な事を言ふことに於ては、僕は天下の何人にもまけぬ、そして、此頃僕のマネみたいなのを作る人のあるのを見て、イヤになつた、歌は矢張シンミリしたのでなければならぬ、深い味のあるのでなければならぬ、古いことだが

心のこゑ
でなければならぬ、(5)

という「異端から正統へと宗旨がえ」(6)を言うようなことがあったのもこのときである。今井泰子は「明治四十一年秋とは、啄木が激しい精神的蕩揺から徐々に脱し、『啄木鳥』と別れて、現実と関るあきらめを獲得していった時期」であり、「秋風のこころよさに」に収められた歌は「一見いかにいわゆる空想的な歌風であるにしても、啄木の理解においてはもとより地上の歌である。地上にあって生命の始原的な姿態や欲求を摸索する諸歌である」(7)とする。また、太田登は「明治四十一年九月・十月期作の一連の〈森〉の歌には、啄木における〈森〉の原イメージが投影されている」ことに注目し、「明治四十一年秋の啄木にとって、〈幻想の森〉への回帰は、現実の〈生〉の危機から脱し、生命の始源的なものとの出会いを意味していた」と述べ、「啄木にとって文学的主体の母胎ともいうべき〈森〉への回帰を〈紀念〉する」(8)と指摘している。これらの論は「明治四十一年秋」の意味とその時期の歌の性格を適切に捉えたものとして重んじられなければならないであろう。

「明治四十一年秋」の詠作は、六月の爆発的な詠出を生んだ歌興や、歌風の重要な転換点となるへなぶりに比べるとすぐに人の目を引くようなところはないかもしれない。だが、『一握の砂』へ向かう啄木はそこを必ず通らねばならなかった。以下、「明治四十一年秋」の歌について十月菊花号の『明星』(申歳第九号)に発表された「虚白集」を中心に考えてみたいと思う。

二

「虚白集」に収められた歌の性格は、それらを記した、「暇ナ時」後半部についての言及と重ね合わせることができる。桂孝二は「暇ナ時」後半部において啄木が「新らしい歌風に到達し得た」とし、「『悲しみ、愁ひ』等の語と『よし』等の語との使用を、八月九月の時期の特徴」と見るほか、「つぎつぎと日本や中国の古典を読み始めている」(9) ことに着目し、その影響を指摘している。

確かに「虚白集」は、冒頭の一首、

ふる郷の空遠みかも高き屋に一人のぼりて愁ひて下る

の「愁ひ」から始まり、

ものなべてうらはかなげに暮れゆきぬとりあつめたる悲みの日は

の「悲み」など、「『悲しみ、愁ひ』等の語」を用いた、「すなおに悲しんでいる心」(10) が随所に見受けられるのである。また、「よし」の使用も「虚白集」において特徴的で、これは否定語の使用をその特色とする「石破集」との対比において注目されよう。「石破集」には、すでに米田利昭が指摘するように、(11)

鳥飛ばず日は中天にとどまりて既に七日人は生れず
落ちて死ぬ鳥は日毎に幾万といふ数しらず稲は実らず
笑はざる女等あまた来て弾けどわが風琴は鳴らむともせず

など、一首の中に繰り返し否定語を用いた歌が見られる。これらは否定語を重ねることで虚無感を引出すとともに、満たされぬ世界を演出していると言えるだろう。そして、その満たされぬ世界への思いは、

無しと知るものに向ひておほごゑに祈りてありぬ故涙おつ

の一首に最も深く、「死」「泣く」などを用いた歌と相俟って全体的に重く暗い世界を織り成している。「石破集」はそのように展開し、「泣きながら」（六・二五日誌）詠んだ父母の歌へと辿りつく。「無しと知る」空想世界が「家」の世界に縮小的に転移され、満たされぬ「家」への深い悲嘆が描かれているのである。

それに対して「虚白集」には、

形あるもの皆くだき然る後好むかたちに作らむぞよき
われ饑ゑてある日に細き尾をふりて饑ゑて我見る犬の面よし
人妻の目のうるめるは秋の野に露あるに似ていとどよろしき

など、物事を肯定的に捉えようとしたものが見られる。しかし、これらとて先の「悲しみ、愁ひ」と異なる方向性をもつものではなかった。

よきことの数々をもて誘へども胸を出でざり我のかなしみ

の一首が示すとおり、「よいことの数々を挙げて自分の心を明るい方へと引き立てて誘導してはみたが、胸の中にわだかまった私の悲しみは消えはしなかった」(12)のであり、どのような「よきこと」も「かなしみ」の中に収束してゆくのである。

「日本や中国の古典」の影響(13)もそのような構図と無縁ではない。特に漢詩の受容は注目に値する。この時期に歌のみではなく幅広く啄木が漢詩から強い影響を受けていたことは「空中書」(14)などに明らかであろう。「虚白集」中でもさきの冒頭の一首が、重陽の日の登高の風習を背景に全体的に構図が漢詩的であること、

はたはたと黍の葉鳴れる故郷の軒端なつかし秋風吹けば

が耿湋の「秋日」の「秋風動㆓禾黍㆒」に、

長安の騎児も騎らぬ荒馬に騎る危さを常として恋ふ

が杜甫の「高都護驄馬行」の「長安壮児不㆓敢騎㆒」の影響下に成立していることは、すでに指摘されるところだ。さらに『源氏物語』からの発想が指摘される、

も、その表現の背後には杜甫の「飲中八仙歌」の「皎如㆔玉樹臨㆓風前㆒」などが想起される。このような影響関係は、漢詩の世界に啄木をひきつける何かがあったことを窺わせるだろう。

たとえば、杜甫の「九日藍田崔氏荘」の「老去悲秋強自寛」や「登高」の「萬里悲秋常作㆑客」の「悲秋」である。これは「杜甫の好んで使った言葉であ」[15]り、その他の漢詩にも「秋」と「悲」を用いたものは多く見られる。また杜審言の「和㆓康五望㆑月有㆑懐」には「明月高秋迥／愁人獨夜看」の「愁」があり、そこにはまさに桂が指摘した「悲しみ、愁ひ」がすでに詠みこまれていたのである。[16]望郷の念を歌った作もあわせて啄木が受容した漢詩の世界は「虚白集」の精神的構図の原質と響き合うものであった。

三

では、「虚白集」は啄木短歌形成史上にどのように位置づけられるだろうか。「虚白集」という題意を考えることにその手がかりを求めてみたい。

「虚白」という語は、『荘子』「人間世第四」の「虚室生白」の略であり、その意味は「むなしい部屋にこそ、日の光がくっきり浮きあがる。転じて、心をむなしくすれば、真理が明らかになる。また、そのようなまざり気のない心」[17]とされている。これを直接「虚白集」の題意とし、三階生活を「むなしい部屋」、そこで秋を迎えた心境を「まざり気のない心」とでもすればとりあえず問題はないかもしれない。しかし前述の「虚白集」と漢詩世界とのかかわり、さらに『春潮』十月号に「高秋」、『心の花』十二月号に「浪淘沙」という題を見るとき、

「虚白集」という題の「虚白」の典拠もまた漢詩に求められるべきかと思われる。

「虚白集」前後の「石破集」「莫復問」の題意が漢詩に求められることについてはすでに指摘がある。「石破集」の題意を李賀の「李憑箜篌引」の「石破天驚」に見る太田登は次のように述べる。[18]

「石破集」という命名は、中唐の鬼才としてよく知られた李賀の「李憑箜篌引」を根拠にしているように考えられる。「激動する自己の心理を、李賀ほど率直に告白した詩人は、古典主義的諦念のためにロマン主義的憧憬が見失われがちな中国にあっては、やはり型破りの存在であった」という荒井健の指摘によれば、「かれが心血を注いだ作品には、各時代の反逆者・憂国の志士たちを引きつけるだけのエネルギーが隠されていたのだ。そのエネルギーは恐らく革命的エネルギーに転化しうる可能性をすらはらむものであった」ことが見えてくるのだ。二十七歳で夭折したということもあわせて、かかる李賀の詩人的風貌にわが啄木のそれをかさねてみたいという誘惑にかられるのはわたしひとりだけのことであろうか。ともあれ、「現代のおそらく最もすぐれた李賀の読み手」(荒井)とされる原田憲雄の『李賀論考』(昭55・10 朋友書店)に従うならば、「李憑箜篌引」は、「明晰ならざるものを明晰ならざるものとして表現する、いな、むしろ不可解な部分を多く含む詩として、有名である」。とりわけ、「女媧錬石補天処 石破天驚逗秋雨」の両句は、「古来、理解しがたい句、もしくは理の無い句」とされるが、そこに「石破天驚」をもって、「声調凌厲で人の意表に出で、名状すべからざるをいふ。転じて、着想の奇抜なこと」(諸橋轍次『大漢和辞典』第八巻)と解する所以もあろう。極度にロマンチックな幻想的世界をいわば分明ならざるものを分明ならざるものとして表現するところに李賀および「李憑箜篌引」の詩想の本領があるとすれば、「石破集」をうたう啄木の発想もまたその系脈につながることを認めることはかならずしも困難なことではない。むしろ、「石破集」という題名の意味もそこに由来するといわざるをえない(19)。

また、「莫復問」は王維の「送別」の「但去莫二復問一(20)」を出典としていると考えられている。それによって木股知史は「『莫復問』は、友との別れを意味している」(21)とする。よるべき見解であろう。言うまでもなく、それぞれの題はそこに収められた歌の世界の方向性を示している。「虚白集」の方向性もまた典拠と無縁ではないはずだ(22)。

そして「虚白集」の世界の方向を窺い知ることのできるものが、やはり存在する。杜甫の「歸」である。

歸

東帯還騎レ馬。　東西卻渡レ船。
林中才有レ地。　峡外絶無レ天。
虚白高人靜。　喧卑俗累牽。
他郷閲二遲暮一。　不三敢廢二詩篇一(23)。

「虚白」は漢詩において多用される語であり、ほかにも同じく杜甫の「哭二韋大夫之晉一(24)」や白楽天の「初病レ風」「題二贈鄭祕書徴君石溝溪隱居一」「白牡丹　和二劉學士一作」、王右丞の「戲贈二張五弟諲一三首」、蘇東坡の「送三張安道赴二南部留臺一」「岐亭五首　幷敍(25)」などに散見する。

しかし、啄木の杜甫受容と二人の相似性を詳細に論じた林丕雄の「啄木は詩人としての杜甫を思い起こし、杜甫の漂泊の詩によって慰められ、励まされ、己れの漂泊の悲しみに堪えようとしたのではなかろうか(26)」という言を念頭に置くとき、右に引いた杜甫の「歸」が「虚白高人静」以下に「他郷閲㆓遅暮㆒。不㆔敢廢㆓詩篇㆒。」をもつことは見過ごし難い。「他郷閲㆓遅暮㆒」は先掲の「虚白集」中の「ふる郷の空遠みかも」や「故郷の軒端なつかし」と、また、

故郷の谷の谺に今も猶こもりてあらむ母が梭の音
ふるさとの寺の御廊に踏みにける小櫛の蝶を夢に見しかな

などと、重なるもののように思われる。さらに「他郷閲㆓遅暮㆒。不㆔敢廢㆓詩篇㆒。」は『春潮』十月号の「高秋」四十七首の末尾の次のような啄木の文章とも相関している。

村山君書を寄せて稿を徴する事急なり。雑誌明星に掲ぐべきものの中より割きて責を塞ぐ。新たに稿を起すの暇なき為なり。明人詩あり曰く、郷山竟隔二千里人世俄来三十年未了一身詩酒債匆々無暇作神仙と。僕に至つては匆々として興を詩酒に専にするの暇だもなし。可憐哉。高秋清歌の時、遙に問訊す杜陵の詩客今何如。——啄木

この「郷山竟隔二千里」と「他郷閲㆓遅暮㆒」、「未了一身詩酒債」と「不㆔敢廢㆓詩篇㆒」の呼応は偶然ではなかろう。なお、ここで啄木は「興を詩酒に専にするの暇だもなし」としているが、これは「新たに稿を起すの暇な」く「雑誌明星に掲ぐべきものの中より割きて責を塞」いだためにこのように言ったのであろう。実際はそうではなかった。六月の歌興に始まり、以後の歌会の席上での詠作をまとめた歌稿ノートの「暇ナ時」という命名がそれを物語る。ならば「虚白高人静」として「虚白集」の題に託されたものは「不㆔敢廢㆓詩篇㆒」ではなかっ

たか。

啄木は「石をもて追はるるごとく」故郷を離れ、北海道を彷徨したのち、「詩歌の故郷を旅立ちて、散文の自由の国土にあこがれ」（明四一・五・七、森林太郎宛書簡）上京した。だが「散文の自由の国土にゐると、時として詩歌の故さとが恋しく」（七・七日誌）なり歌うことをやめなかった。他郷閲㆓遅暮㆒。不㆔敢廢㆓詩篇㆒。啄木は故郷渋民をあとにしたが「詩歌の故郷」はあとにしなかったのである。

図式化すれば明治四十一年上京後から作歌空白期までの啄木短歌形成史は、「石破集」から「虚白集」をへて「莫復問」への道程、つまり「李憑箜篌引」（「石破天驚」）から「虚白高人静」（他郷閲㆓遅暮㆒。不㆔敢廢㆓詩篇㆒。）へ、そして「但去莫㆓復問㆒」へのうちに捉えられよう。いずれは、

わが歌の堕落の道を走せ来しに瘋癲院の裏に出でたり

と「莫復問」を歌い終えて作歌空白期を迎える啄木ではあったが、あの「石破集」を生んだ歌興に始まり「瘋癲院の裏」へ至る道程には、「紀念」すべき一時期として「不㆔敢廢㆓詩篇㆒」という「明治四十一年秋」があったのである。

四

そのように「紀念」されたものとして『一握の砂』の第三章「秋風のこころよさに」を解するならば、そこに収められた歌が「一見いかにいわゆる空想的な歌風であるにしても、啄木の理解においてはもとより地上の歌」

であり、「故郷回帰への思いを空間的に具現化した世界[27]」に思いをいたしていたことは自明であろう。

この第三章五十一首は、その三十二首が「虚白集」中の歌であったこともあり、「虚白集」の構図と重なる、

かなしきは
秋風ぞかし
稀にのみ湧きし涙の繁に流るる　(255)

に見られるような「かなしき」心情が底流している。「明治四十一年秋の紀念」でありながら明治四十三年四月二十五日の「東京毎日新聞」掲載の「四月のひと日」の冒頭の一首、

力なく病みし頃より
口すこし開きて眠るが
癖となりにき　(283)

がここに収録されているのも、「力なく病みし頃」が「心沈んでぼんやりと悲しいことなど思いめぐらしているその時の心理状態を借りる句[28]」であるからだろう。

　だが一方で、「秋風のこころよさに」とは、文字どおり「秋風」を「こころよ」く感じるということであるかと思われる。「悲しいことなど思いめぐらしているその時」であったが、「不㆔敢廢㆓詩篇㆒」であったその時とし

て追慕され愛惜され、「秋風」は「こころよ」く吹いたのだ。ただ、「秋風のこころよさに」は昔日の一段片としてのみあったのではない。『一握の砂』において秋風が吹き抜けるのはこの第三章だけではないからである。そのことに着目するとき「秋風のこころよさに」は『一握の砂』の世界全体にかかわる広がりをもちはじめる。「我を愛する歌」には、

わが抱く思想はすべて
金なきに因するごとし
秋の風吹く (144)

くだらない小説を書きてよろこべる
男憐れなり
初秋の風 (145)

秋の風
今日よりは彼のふやけたる男に
口を利かじと思ふ (146)

を含む一連が、また「手套を脱ぐ時」にも、

今日よりは
我も酒など呷らむと思へる日より
秋の風吹く　(509)

大海の
その片隅につらなれる島島の上に
秋の風吹く　(510)

を含む秋の歌群がある。吉田弥寿夫は「『一握の砂』には『秋風のこころよさに』などの題があって、秋の歌が非常に多いのであるが、『手套を脱ぐ時』など、題が『秋』に関係のなさそうな一連の中にも、『秋』に関する単語がたくさん出てくる」ものの「啄木の修辞は安易であり、悪くいえば『秋』のもつ低俗な語感に必要以上によりかかっている」(29)と評した。これは「手套を脱ぐ時」などの秋の歌を単独に享受したために至った見解かと思われる。しかし『一握の砂』の「一首一首は、その内容・主題・イメージによって、鎖がつながるようにからみあって配列されている」(30)のだ。「秋風のこころよさに」と題される章に「かなしき」「秋風」を歌い、「我を愛する歌」「手套を脱ぐ時」の「秋の風」の歌には直接、感情表現は盛り込まれていない。だがつながれた鎖を辿っていけば「秋の風」の行方は明確に示されていると言わねばなるまい。たとえば、今井泰子は「大海の」の一首に「広い世界を避けてちぢこまっているような日本の卑少な情況」を見てとり、「秋の風吹く」に「そうした日本に生きるわびしさ[31]」を読み取った。この一首や他の「秋の風」の歌はそのような方向で理解すべきなのであろう。「秋風のこころよさに」は「煙　二」の、

そのむかし秀才の名の高かりし
友牢にあり
秋のかぜ吹く　(193)

や、「忘れがたき人人　二」の

アカシヤの街樾にポプラに
秋の風
吹くがかなしと日記に残れり　(338)

と連絡し、「我を愛する歌」「手套を脱ぐ時」の秋の歌群と連関させ共鳴される力をもつものとして『一握の砂』の中にゆるぎない位置を占めているのである。また、それが「不㆔敢廢㆓詩篇㆒」という「明治四十一年秋の紀念」であることに、歌に対する強い不満をもちながらも、遂に生涯歌うことをやめなかったこの歌人の歌に対する強い愛情と執着が見えてくるように思われる。

〈注〉

（1）矢代東村・渡邊順三『啄木短歌評釋』（昭一〇・一一、古明地書店）

（2）岡本正晴「啄木管見―〈秋〉に関する二三の問題をめぐって―」（『国文学論考』第二一号、昭六〇・三）

岡本は、「秋風のこころよさに」には「あることのほうがむしろ不思議なくらい」の「新詩社的な空疎な観念歌」が存在すると指摘した碓田のぼるの見方を示しながら、「『一握の砂』の歌風を、平明で簡潔な〈いのちの一秒〉の寸景描写として位置づけ、それをよしとする限り、『秋風のこころよさに』の一章などは『あることのほうが不思議』」だと述べている。一方で岡本は、「紀念」が『あこがれ』において「かたみ」と読まれていることから、「『秋風のこころよさに』は、啄木が葬り去ってしまった昔日の自分の〈幻〉に手向けた一輪の花である」と結論づけている。

（3）米田利昭『石川啄木』（一九八一・五、勁草書房）

（4）国崎望久太郎『増訂　啄木論序説』（一九六六・一、法律文化社）

（5）明治四十一年八月二十二日岩崎正宛書簡

（6）昆豊「歌人啄木論―歌論形成史を中心に―」（『現代短歌』昭五二・五）引用は、『日本文学研究資料新集17　石川啄木と北原白秋　思想と詩語』（一九八九・一一、有精堂）によった。

（7）今井泰子『石川啄木論』（一九七四・四、塙書房）

（8）太田登『啄木短歌論考　抒情の軌跡』（平三・三、八木書店）

（9）桂孝二『啄木短歌の研究』（昭四三・六、桜楓社）

（10）は（9）に同じ。

（11）は（3）に同じ。

（12）昆豊「啄木の歌稿ノート『暇ナ時』覚書　XIII―その評釈と小型歌稿ノート考証―」（『福岡教育大学紀要　第一分冊　文科編』第四二号、一九九三・二）

(13) 啄木の中国古典文学の受容については、池田功「石川啄木と中国古典文学」(『明治大学教養論集』第二六三号、一九九四・一)に詳しい。

(14) 「空中書」は明治四十一年十月十三、十四、十六日の「岩手日報」に分載された。日誌により九月十七、十八、二十日の執筆であることが知られる。張説「幽州夜飲」、王維の「九月九日憶㆓山中兄弟㆒」を引用するほか、末尾は「世界第二十一世紀の劈頭に大呼するもの、夫れ李杜二聖を出せるの民乎。」とある。「空中書」という題も杜甫の「送㆔孔巣父謝㆑病帰㆓遊江東㆒、兼呈㆓李白㆒」の「幾歳寄㆑我空中書」からのものであろう。

(15) 『唐詩選(中)』(一九六二・三、岩波文庫)の杜甫「九日藍田崔氏荘」の注。

(16) 耿湋の「秋日」、杜甫「高都護驄馬行」「飲中八仙歌」「九日藍田崔氏荘」「登高」、杜審言「和㆓康五望㆑月有㆑懐」の引用は、『新釈漢文大系　第19巻　唐詩選』(昭三九・三、明治書院)によった。

(17) 『日本国語大辞典　第六巻』(昭和四八・一一、小学館)

(18) 引用は、『新修中国詩人選集5　李賀　李商隠』(一九八四・三、岩波書店)によった。

(19) は(8)に同じ。

(20) 引用は、『新釈漢文大系　第19巻　唐詩選』(昭三九・三、明治書院)によった。

(21) 木股知史「啄木二話」(『紫苑』第一七号、昭六二・三)

(22) 「虚白集」という題が直接啄木によって付けられたものであるかどうか議論の余地は残る。が、それが啄木の考えとまったく無関係であったとは思われない。

(23) 『杜甫全詩集　第四巻「続国訳漢文大成」』(昭五三・六、日本図書センター)

(24) は(23)に同じ。

(25) 以上は『漢詩大観』(昭四九・六復刊、鳳出版)による。

(26) 林丕雄「啄木と中国──唐詩選をめぐって──」(『国際啄木学会台北大会論集』一九九二・三、淡江大学日文系)

(27) は(8)に同じ。

(28) 今井泰子注釈『日本近代文学大系　第23巻　石川啄木集』(昭四四・一二、角川書店)

(29) 吉田弥寿夫「啄木の思想と文体——人間生長のあとをたどって」(『短歌』第一三巻第一〇号、昭四一・一〇)
(30) は (28) に同じ。
(31) は (28) に同じ。

3 Henabutte yatta——啄木のへなぶり歌

「ローマ字日記」四月十一日の、

例のごとく題を出して歌をつくる。みんなで十三人だ。選のすんだのは九時頃だったろう。予はこの頃真面目に歌などをつくる気になれないから、相変らずへなぶってやった。その二つ三つ。

の一節と続いて記された九首の歌が、石川啄木の歌歴上看過しえぬ意義を有していることはいまさら言うまでもないだろう。はやく、折口信夫が「啄木の新しい短歌も、全くのおどけ歌から出て來たのだ[1]」として、啄木短歌の歌風の重要な転換点であることを指摘して以来、注目され続けてきた。もはや異見をさしはさむ余地もないほどにさまざまに論じられてきたのではあるが、なお、一、二補足すべき点もあるように思われる。本節では、特に「へなぶり」と当時の短歌との接近ということを視野に入れながら、啄木のへなぶり体験について若干の考察を加えてみることにしたい。

一

「ここに啄木が『へなぶつてやつた』と言っているのは、少し注釈が必要だろう」と述べる山本健吉は、「へなぶり」が阪井久良伎の『へなづち集』（明三四・一二、新聲社）に由来するとしたうえで、啄木の歌が「久良伎の存在を通して、底では子規の歌につながり合っている」との見解を示した。(2)やや論じ過ぎた感はあるにしても、「へなぶってやった」と言う啄木の作歌態度の背後にあるものを捉えようとする山本の見方は、きわめて示唆に富むすぐれた立論であったと評すべきであろう。ただし、啄木の「へなぶり」は阪井久良伎の『へなづち集』に直接由来するのではなかった。(3)この山本の誤認を正し、啄木の「へなぶってやった」が田能村秋皐を創始者とする読売新聞の「へなぶり」欄を意識していることを明らかにし、さらに秋皐のへなぶり狂歌の理論と実作の検討などを通して、啄木のふざけ歌の特質を鮮やかに照らしだしたのが、木股知史の「瘋癲院の裏―へなぶり短歌の意味(4)」である。

木股がその実証的な調査によって詳らかにするように、「へなぶり」欄が明治三十八年二月二十四日に読売新聞紙上に新設されてのち、同年六月に『へなぶり』が、翌三十九年七月には『へなぶり第二輯』が読売新聞日就社より刊行されるなど、「へなぶり狂歌は一種の流行現象を呈するにいた」ったようだ。嘘かほんとか分からないが、『へなぶり第二輯』の「へなぶり小論」の中の「へなぶり小史」によると、明治三十八年七月十九日にはへなぶり商店もできて、へなぶり煎餅を売ったらしい。また、塩原温泉では特産品の茶盆にへなぶり盆の名を付けていたという。同年十一月からは雑誌『へなぶり』が、翌三十九年十一月からは『川柳とへなぶり』が発行される。『川柳とへなぶり』は二号で廃刊となるが、翌四十年一月創刊の『滑稽文学』が同年八月に『川柳とへなぶり』へと改題するなどの動きも見られるのである。明治四十二年になっても、読売新聞紙上の「へなぶり」欄は「投稿山積掲載遅延すべきにつき季節に關するものは見越して投ぜられたし」（三・二二）という変わらぬ盛況ぶりを見せているが(5)ここで注目すべきはその間の「へなぶり」の変質であろう。

明治四十年八月の『川柳とへなぶり』（第一巻第八号）の「へナブリの針路」において朴山人は「最近のへナブリ界」が「へナブリの品位を上げん」として「眞面目に失し、普通の歌、所謂本歌と、殆ど區別なきに至る」傾向を難じている。また十月の『川柳とへなぶり』（第一巻第一〇号）では、翠雨迂人が「へなぶり變遷史（下）」において「第七期第八期に至つてへなぶりは竟に狂歌となり不規則なる和歌と變ずる」と述べた。つまり「へなぶり」はその質の変化によって当時の歌との距離を近くしていたのである。しかし、歌と「へなぶり」の接近は「へなぶり」の変質のみがもたらした事態ではなかった。歌の側にも、ともすれば「へなぶり」に近づくような要因がないわけではなかったのである。

二

「勘違ひをした諷刺、もしくは『へナブリ』と同列に見るべき歌、實にイヤなイヤな歌、あらゆる語を列ねても呪ひ切れない歌、すべて之れらは毎月の『スバル』によつて公表されて居る」ことを批判した明治四十三年三月の『創作』（第一巻第一号）の「所謂スバル派の歌を評す」はよく知られるところであるが、それ以前にそのような傾向を予見していた明治四十二年一月の『八少女』（第二巻第一号）の「四十二年の短歌界」は注目すべきものであろう。この「四十二年の短歌界」には、「本年に於て必ず生ずべき第三の著しき色調」として「すでに諸君の耳眼に充分解り切つてる事實で、まだ歌材として、筆に上されぬものを提へ」、「平凡なうちに、新材を求めやうとする」動きが指摘され、

この方面に筆を染むるには、須らく甚大なる觀察の技量がなければならぬ。奇警なる取材、精細なる着眼、婉曲なる露骨は、將にこの歌風のうちに含まるべき要素である。奇警なる取材と「へなぶり」とを區別する

必要がある。徒らに奇警なる處に材を求め、詩材ならざるか、又は詩材であるにしても全くこれを詩化し得ざるかに因り、「へなぶり」と全然同一といふ譏りを招くやうになる。此に於て大なる眞面目が其技量と伴はねばならぬ。

と書かれている。新たに短歌表現の領域を押し広げようとする動きがひとつ間違えると「へなぶり」となってしまう危険性をもっていたと解することができよう。実際、

おもしろし六が二となる賽の目も古女房の心がはりも（吉井勇「破甕」）

われら寝る一階上の三階の床踏みならすたはけ男かな（平野万里「よせあつめ」）

など、啄木の「莫復問」が掲載された明治四十二年五月の『スバル』（第五号）にはそのようなことを思わせる歌が少なくない。同時期の明治四十二年五月と六月の『川柳とへなぶり』に掲載された、

シトく〵と春の雨降る京の街往來の傘を二階から見る

夕立は向ふの山に消え行きて古りし山門夕日まばゆき

と、先の吉井勇、平野万里の詠作とを見比べるとき、いささか恣意的な比較とはいえ、どちらが短歌でどちらが「へなぶり」か判断に苦しむであろう。さらに啄木と『スバル』誌上において論争をおこない、啄木との対照性において注目されることの多い万里の「よせあつめ」が『帝国文学』(6)において「へなぶり流のまづい歌は澤山あ

る」と評されているのもきわめて興味深いところである。『スバル』（第五号）に対する、「お笑ひ草の、抱腹絶倒以上な珍短歌」「遊戯式」「新聞の三面記事を読むと同じ感じ」(7)、「輕幡に過ぎない」「奇抜な滑稽」「滑稽な譬喩」(8)、「平凡な和歌」(9)などの同時代評も、もちろん諸雑誌の性格は考慮すべきではあるが、まったくゆえなき非難ではなく、『スバル』（第五号）に発表された諸歌の性格の一面を言い当てていると見るべきであろう。『明星』の終焉後、『八少女』の「四十二年の短歌界」の言葉を借りるなら「第三の著しき色調」とされるような、新たな短歌表現領域の模索は、「へなぶり」の変質にも裏打ちされて、歌と「へなぶり」が交錯するような事態を招来していたのである。(10)

ここで注目すべきは、こうした交錯を語る「ヘナブリの針路」「四十二年の短歌界」がともに「眞面目」という語を用いていることであろう。歌と「へなぶり」が接近したゆえに、その境界で「眞面目」ということが問題として浮上してきたのだ。そして、このような交錯の中で啄木も言う。「真面目に歌などをつくる気になれない」と。

三

この「真面目に歌などをつくる気になれない」啄木について、田中礼は、「『へなぶり』は『真面目』と対立するものではなくて、実は『真面目』と表裏一体をなしている」とし、

「人生の真面目（しんめんぼく）」を直視して、「『理想』といふ幻象」を捨てることが、当時の啄木の目的とした所であった。「へなぶり」はそのための媒介物であり、しかもこのような態度は、明治四十年代の自然主義的傾向をもった青年たちに共通するものであった。啄木もある面ではそのような青年たちの一人だったの

である。

と指摘した。(11)重んじられなければならない指摘であろう。木股知史が明らかにしたように「真面目」とは「啄木が自然主義の影響を受けて抽出した倫理」であったのだ。(12)

「真面目」という語は当時さまざまな文脈の中でさかんに用いられていたのだが、たとえば、明治四十一年一月二十六日の読売新聞紙上の「文界私議」において岩野泡鳴が用いた「自然主義の眞面目な行き方」に代表されるように、自然主義論とその周辺で特徴的に用いられていた。啄木の明治四十一年七月七日の岩崎正宛書簡の「泣かず笑はざる『真面目』の苦痛」はよく知られる一節だが、その背後には長谷川天渓の「現實暴露の悲哀」(13)や片上天弦の「泣かず笑はざる味ひ」(14)などが想起され、啄木における「真面目」が自然主義的色彩を帯びていることを知ることができる。そのことからすれば、明治四十一年五月の『早稲田文学』に掲載された島村抱月の「自然主義の価値」に見られる、

たゞ遊び事をして人に娯樂を與へてゐるやうな藝術では、無意義で、劣等であるやうに思はれて、眞面目にやる氣がしない。

などと、「ローマ字日記」四月十一日の記述を合わせ見ることもできなくはないだろう。つまり、「真面目に歌などをつくる気になれない」という啄木の態度は、自然主義的な真面目さを追求する中で、歌と「へなぶり」の接近、交錯の状況下で要請された「詩材」や「詩化」の問題に帰着する歌の真面目さを拒絶することだったのである。

かかる啄木が、「へなぶった」ではなく「へなぶってやった」と述べる、その「やった」先に見据える「何というつまらぬ」「歌の会」のあり方に満足できなかったのは当然のことであった。「明星は時代に適せなくなつて

たをれたのだ。スバルは全く新らしくなければならぬ[15]」と考える啄木には「例のごとく」おこなわれる時代に無自覚な歌会への反発はもちろん、「題を出して歌をつくる」方法にも、なじめぬところであったろう。

新詩社の歌会における題詠のあり方として、たとえば「結び字」を挙げることができる。この「結び字」の方法は「即興詩としての短歌の性格を踏まえ、意識の表現をめざす画期的なもの[16]」ではあったが、「此文字を無線電信機として意識の奥にある実感を之に感電させ、之を動機に内に眠つて居る実感を誘発しようとする」ことや、「実感の自発のない時」でも「其一字づつに実感を感電させるやうに努力する[17]」ことは必ずしも啄木の意に添う行き方ではなかったのではないか。歌の真面目ならざる自然主義的な真面目を追い求める啄木には、同じ実感でも、服部嘉香が「実感詩論[18]」でいうような「仮感」ではない、その「告白」に「切実な苦悶」を要する「切実な深刻な実感」を求めていたと思われるのである。もちろん、「実感」の赤裸々な告白という自然主義の要請を啄木が短歌において十分なしえていたとは言えないのだが、歌の場のあり方に同調できず「へなぶってや」る中で、

わが髭の下向く癖がいきどおろし、この頃憎き男に似たれば。

のように自己の実感に触れようとしているむきを認めることができよう。

そのような啄木のあり方は次のような平出修の「短歌界消息」(『スバル』第四号、明四二・四)と比較することによっても照らしだされるであろう。「時代と何も關係のない」「小世界の住人」の「息味」を「嫌ひ」、「小生の時々短歌を作る如きは或意味に於て小生の遊戯なり[19]」と言い放った啄木に対して、平出は、「自然派文藝に於ける小説の如く、人生生活の悲惨、痛苦の報告を主題とする」ことが「果して三十一文字にてよくし得る處なるべ

きや否やに就き、充分なる省慮あらむことを望まざる可らず」としたうえで、

吾等は思ふ、短歌は遊戯なりと。玆に所謂遊戯とは玩弄の義にあらず、漱石先生の所謂、餘裕ある文學の謂なり、本誌第二號に啄木君が、「短歌は或意味に於て遊戯なり」と云ふたる、もし其意味にして吾等の解する如くんば、吾等亦之に賛同するを憚からざるなり。

と述べている。遊戯としての短歌の位置づけを「餘裕ある文學」の中に見出す、この「吾等」と「時代と何も關係のない」遊戯としての短歌について批判的に語る啄木とが決定的に異なっていることは明らかであろう。こうした啄木が、歌会やそこに集う『スバル』の諸歌人の中に安住しえなかったことは言うまでもない。「へなぶってやった」と言う啄木がそれを契機として明星的な歌風から脱していったことは従来からしばしば指摘されているところであるが、先に述べたような歌壇の動向からすればそれは単に素材や技巧の問題にとどまるものではない。それは、啄木の言葉を借りるならまさしく「思想上の絶交状[20]」と言うべきものなのであり、旧来のやり方で真面目に歌を作ることに対する違和の意識に動機づけられた、自然主義的真面目さによる反発だったのである。

四

しかし、啄木における「へなぶり」は自然主義的方向へ向かう動きを内在させながらも、それを徹底した形で具現するものではなかったことにも注意を払っておかねばならない。すなわち、折口信夫の「自然主義をうけ入れて、寂しい味ひを出して來た[21]」という見方や、山本健吉の言う「ふざけのめし、笑いのめしたおかしみのその底から、人間存在それ自身の寂しさともいうべきものに突き当る[22]」ような一方向の動きではなく、以下に述べるような、それとは逆の方向性も啄木の「へなぶり」は同時に孕んでいたのである。

啄木における真面目は「生活の実践規範[23]」としての意味を有していたのであるが、そのような人生観、思想上の真面目を追い求めることが啄木にどれほど困難であり、苦痛と煩悶をもたらしたかは「ローマ字日記」の克明な記述から知ることができよう。そして、この真面目から来る苦痛と煩悶を回避しようとする意識の動きもまた「へなぶり」の裡に認めることができると考えられるのである。太田登が指摘するように「ローマ字日記」の啄木は「『おどけた真似』（4・26）をすることで『死のうか死ぬまいか?』という混迷を堪えうるしかなかった[24]」のだ。そのような中で歌われた啄木のおどけ歌は、「世の中が眞面目腐つたからヘナブリが出て人を笑はせ人に腹をか、ゑさせて眞面目から來る煩悶の脳を冷却させ人間たる生を全くさせんとする」という「理想のへなぶり[25]」に通じる意義を担うものであった。歌会の場で「へなぶってやった」り、また「金田一君の部屋へ行って、つくった歌をよんで大笑い。さんざんふざけ散らして、大騒ぎ[26]」をすることによって、啄木は、ときに死へと急き立てる「眞面目から來る煩悶」を回避していたのである。

つまり、啄木における「へなぶり」は、自然主義が要請する真面目なあり方に根ざした、歌と「へなぶり」を区別し歌を歌たらしめるために求められた「大なる眞面目」の拒絶と、そして真面目たることの苦痛と煩悶の中で生じたおどけ歌への不可避的な傾斜とを同時に、矛盾的に吸い上げ、包み込んでいたのである。こうして啄木は、「へなぶってや」る中で自然主義的視座から歌会やそこに集う歌人のあり方を批判し相対化し、現実に根を下ろした発想、実感に基づいた作歌態度を求めながら、自己の「生を全くさせんとする」ことができる可能態としての歌とのかかわりを模索し続けていたのである。

「莫復問」を歌い終えるまでの一連の模索の中で、

明日になれば皆嘘になる事共と知りつ、今日も何故に歌よむ

と啄木は歌う。模索の果てに待ち受けるものが歌との別れ、歌わざる空白期間であるとしても、この一首には如何に歌うかという問題を、「何故に歌よむ」のかと捉えかえすことによって、「刹那々の生命を愛惜する心を満足させることが出来る」[27]歌という器のあり方を見定めていく問題意識が抱え込まれている。[28]

自然主義の台頭と『明星』の終焉を受けてさまざまな歌が試みられた当時の歌壇の状況において、自然主義的な真面目さの追求とおどけたへなぶり歌への逃避との往復の中には、転じてのちの啄木固有の短歌観の熟成へと連なる契機が内在していたのである。もちろん、「自己及び自己の生活を反省せねばならぬ」[29]啄木の行く道はまだ遠く険しいのだが、この個性的な営為と模索に『一握の砂』への真の始発を認めることができるであろう。

〈注〉

（1）折口信夫「笑ふ民族文學」（『折口信夫全集　第七巻』昭四一・五、中央公論社）

（2）山本健吉『漱石　啄木　露伴』（昭四七・一〇、文藝春秋）

（3）啄木の「へなぶり」が阪井久良伎の『へなづち集』に直接由来するという山本の見方には従い難いものの、この『へなづち集』は啄木にまったく無縁というわけでもなかった。東京大学蔵鷗外文庫にこの『へなづち集』がある。山本の言うような久良伎―子規―啄木ではなく、久良伎―鷗外―啄木というつながりの中で『へなづち集』の行方を問い直す必要があるだろう。

（4）木股知史『石川啄木・一九〇九年』（一九八四・一二、冨岡書房〈『石川啄木・一九〇九年（増補新訂版）』二〇

一一・七、沖積舎）

（5）『新聞集成　明治編年史　第十四巻　日韓合邦期』（昭九・一二、財政經濟學會）に紹介された「珍無類の選擧投票　和歌へナブリの展覧會」の記事からも、その広がりの様相を窺い知ることができる。ただ、「和歌へナブリの展覧會」は、明治四十二年九月四日の「国民新聞」（第六二八二号）では「和歌、都々逸、狂歌の展覧會」となっている。この記事の「狂歌」が「へナブリ」のことであるかについて検討の余地はあるが、昭和九年に「へナブリ」という語が「狂歌」を指す語として用いられていたとは言えよう。

（6）『帝国文学』（第一五巻第六、明四二・六）

（7）『八少女』（第二巻第四号、明四二・七）

（8）『早稲田文学』（明四二・六）

（9）は（6）に同じ。

（10）『へなぶり第二輯』の「へなぶり小論」や「へなぶり針路」などでは、「へなぶり」がその時代の普通の言語や現代語を用いることが主張されている。明治四十二年六月五日の読売新聞掲載、与謝野寛の「詩話雜話（四）」の「雜誌『スバル』に集れる自由詩の詩人が短歌に於ても一種の自由詩を出して居るのを見て之を冷評する人のあるのは」の記述を合わせ見るなら、歌と「へなぶり」との接近には短歌における口語の試みも想定できよう。また同年五月の『八少女』（第二巻第三号）で藤井白雲子は「落し文」において「一晩寝ずに考へて、やつと思ひ付いたのが、口語的和歌といふ料物。此れこそは前人未發、へナブリの朴念仁など其處退け受合た」と「へなぶり」を意識しながらそれを超えるものとして「口語的和歌」を位置づけている。

（11）田中礼「啄木、その二面性の魅力」（『啄木文庫』第一〇号、一九八六・三）

（12）は（4）に同じ。

（13）『太陽』（第一四巻第一号、明四一・一）

（14）『早稲田文学』（明四一・七）

（15）明治四十二年当用日記一月十八日

(16)は(4)に同じ。
(17)与謝野晶子『歌の作りやう』(大四・一二、金尾文淵堂)引用は、『鉄幹晶子全集　15』(平一六・一〇、勉誠出版)によった。
(18)服部嘉香「実感詩論」(『秀才文壇』明四二・五)引用は、日本近代詩論研究会・人見円吉編『日本近代詩論の研究―その資料と解説―』(明四七・三、角川書店)によった。
(19)『スバル』(第二号、明四二・二)の「消息」
(20)「ローマ字日記」四月二十四日
(21)折口信夫「日本文學發想法の一面――誹諧文學と隠者文學と」(『折口信夫全集　第七巻』昭四一・五、中央公論社)
(22)は(2)に同じ。
(23)は(4)に同じ。
(24)太田登『啄木短歌論考　抒情の軌跡』(平三・三、八木書店)
(25)世外「理想のへなぶり」(『ヘナブリ』第五号、明三九・四)
(26)「ローマ字日記」四月二十二日
(27)「歌のいろ〳〵」(「東京朝日新聞」明四三・一二・二〇)
(28)「明日になれば皆嘘になる事共と」も、再現不可能な時の流れの一回性の中で生の一瞬一瞬の出来事は「嘘」となってしまうが、逆にその一瞬一瞬こそがいとおしむべき「一生に二度とは帰つて来ないいのちの一秒」(「一利己主義者と友人との対話」(『創作』第一巻第九号、明四三・一一))であることへと転じる契機をひそめている。
(29)「巻煙草」(『スバル』第二巻第一号、明四三・一)

Ⅳ

啄木短歌から現代短歌へ

1 『池塘集』考——口語短歌の困惑

著者は誰人やら判然せざるも京都に住する人なるは確かなり、言文一致を和歌に應用したるものにて俗語詩とも云ふべきものならん集むる所三百餘首中には今一際と思ふもありへなぶりの如く聞ゆるもあり、所謂新派と異ならぬものあり奇新なるものもあれど俗語の好趣の詩想と調和して遺憾なく顯はれしもの少なからず作者にして尚一層研究せば新軌軸を出す事難からざるべし

明治四十年一月十四日の「中央新聞」は、『池塘集』（明三九・一二、草山廬）をそう紹介している。同月の『文章世界』（第二巻第一号）においても『池塘集』は、

口語體の短歌集である。著者は如何なる人か知らぬが、餘程薀蓄があるらしい。將來日本の詩界に、口語體の一體を拓き得ると確信してゐると言うてをる。此の集を以て直に其の成功したものと見ることは出來ないが、少くとも新方面に於ける著者の努力は、吾人の喜ばねはならぬ所である。

などと評されたが、「中央新聞」の「新刊紹介」はとりわけ『池塘集』の性格をよく押さえているように思われる。(1)

最初の口語歌集とは言われるものの、すでに岡井隆が指摘しているように、『池塘集』が口語をもってしたの

は第一章の「春草」だけだった。(2) 大正七年十一月に訂正再版されたとき、「春草」以降の「莫春」「あめりか」「すまでやは」の章が再録されなかったのはそのためだったろう。しかし、全編がそうでなかったことによって、初版の『池塘集』はかえって口語短歌の特質を浮かび上がらせている。ここでは、『池塘集』をとおして口語短歌をめぐる問題について若干の考察を加えてみたいが、その前にまず「口語短歌」という名称から話を始めなければならないだろう。(3)

先の『文章世界』の「新刊紹介」は「口語體の短歌集である」と書き起こされていたが、「口語体」の短歌とは、すなわち「口語」の短歌のことであると考えてよいのだろうか。実はこの「口語短歌」という名称こそが、これをめぐる論議を込み入ったものにしている要因なのだ。

一

「口語」とは、とりあえず「ふだん話すときに使われることば」とでも考えておけばよいだろうか。ならば、「口語短歌」は「ふだんの話しことばで作られた短歌」ということになる。しかしながら、漠然とそう言ってしまっては問題の所在がはっきりしないかもしれない。ここでは、野村剛史が『日本語スタンダードの歴史――ミヤコ言葉から言文一致まで』（二〇一三・五、岩波書店）に示した左の図をもとにして次のように整理しておきたい。

ことば ┬ 話しことば
　　　 └ 書きことば ┬ 口語体
　　　　　　　　　　 └ 文語体

「ことば」には「話しことば」と「書きことば」があり、「書きことば」に「口語体」と「文語体」があると考えておくのである。「言文一致」というのは非常に誤解を招きやすい用語だと指摘する野村は、それは「『言』が『書き言葉口語体』を表したり『話し言葉』一般を表したりするのに使われる」ような「混乱」した事態に起因すると述べているが、口語短歌をめぐる論議を想起しても、野村の言うところには諾わざるを得ない。いまさら確認するまでもないことながら、言文一致運動とは、「書きことば文語体」をできるだけ「話しことば」に近づけようとする書き言葉改良運動だった。その成果として創出されたのが「書き言葉口語体」である。だから、言文一致運動を「話しことば」と「書きことば」を一致させるための運動だと解するのは適切ではない。そもそも、「話しことば」と「書きことば」が一致するような事態を想定することなど困難なのだ。

それでも、「話しことば」と「書きことば口語体」は混用されてきた。口語短歌をめぐる論議においてもそれが厳格に区別されることはほとんどなかったのである。

口語短歌の史的展開を辿るときには、明治二十一年三月の『東洋學会雜誌』（第二編五号）の林甕臣「言文一致歌」からはじめるのが習いとなっているが、その主張は次のようなものだった。

歌ハ、折リニ觸レ事ニ臨ンデ情ノ感ジウゴキ思ヒ切ニセマツタトキノ呻吟《ウメ》キノコエニ過ギナイモノデアル。云ハヾ鳥ガ花ニ囀リ虫ガ草ムラニ鳴クモ、ツマリオナシ〻デ万葉集ヤナニカノ古イ歌ノ中ニ其ノ世ノ俗語方言ノマ、ニ口カラデマカセノヤウナノニカヘツテ感心セラレルノガオホイ、ガ。ソレヲ見テモヨウワカル〻ヂヤ。歌ハ殊ニ言文一致デナケレバナラヌハズデアル。今コ、ロミニ甕臣ガ詠ンデオイタホグノ中カラ腰折レノ一ツ二ツヲ口デ云フトホリノ詞ニウツシテ左ニカ、ゲ識者ノオモハクヲトフ。モシ見ル人モアツタナラナントデモ批評シテクレタマヘ

甕臣は続けて、

待　鶯

竹の林梅の園にも鶯のなかぬ時にはなかぬなりけり

ウメニキテミ。藪ニマドヘド。鶯ノナカナイトキハ。サテナカヌワイ

新　樹

隅田川今年は花にこざりしを若葉か蔭そ三度問ける

スミダ川。コトシハ花ニ。コナンダニ。葉櫻ニナリ。三度キタワイ

というような試みを五首掲げているが、「歌ハ殊ニ言文一致デナケレバナラヌ」にいうところの「言」とは、「口デ云フトホリノ詞」である。もっとも、この時期には、まだ「書きことば口語体」が確立されているわけではなく、「書きことば」とは「文語体」を指したであろうからやむを得なかったとは言えるだろう。だが、『池塘集』が刊行された、明治三十九年末ともなれば事情は違っていた。

草山隠者こと青山霞村は『池塘集』の「自序」において、

私は師友に二三の西洋人がありましたが多くの洋人は日本語を話しても日本文の讀める人は甚だ少いまして日本の詩歌の解る人は猶更少い。故に私は日本人は詩を作つても外國人に讀ますことが出來ない誠につまらないことだどうかしてこれを日常の口語で書けないかと考へて居ました。丁度その頃二人の洋人が歸國しましかたら送別の詩を俚謡體でない全く言文一致の體で作りましたがその時口語で詩を作るの不可能でないことを信じまた和歌も同様だと思つて以後屢詩歌を口語で作りました。

と、作歌のきっかけを披露しているが、「これを日常の口語で書けないか」という言い方から、ここでいう「口

語」とは「書きことば口語体」のことを指していると考えられる。後段で霞村は、「詩歌の上にも可成言と文とを一致せしめたいといふ願が切なのであります。併し口語で詩歌を作るといふやうなことは議論のみならず實例を示さねばなりませぬ」と書いて、この歌集を世に問うた理由を述べたが、注意しておかなければならないのは、「口語で詩を作る」や「口語で詩歌を作る」とされたときの「口語」が、ともすれば「書きことば口語体」でなく、「話しことば」一般を指していると受けとられかねないということだろう。これは霞村の区分が曖昧だったからではない。「再版自序」に「明治以來の文學を大觀するにその思想の點は暫く措き最も著しい事實は日用の口語を文章にした事で今日の小說は全部新聞雜誌の記事論說に至つても大半口語になつて居る」と書いていた霞村は、「話しことば」と「書きことば口語体」の別をおそらく理解していたに違いない。にもかかわらず「口語で」という言い回しを前にしたとき、これが「書きことば口語体」のことなのか、「話しことば」一般のことなのかと躊躇してしまうのはなぜだろうか。

それは、林甕臣が歌とは「呻吟《ウメ》キノコエニ過ギナイモノ」だとしたように、あるいは啄木が「古いことだが」歌は「心のこゑでなければならぬ(4)」と書き送ったように、また、「短歌声調論」もそうであるように、歌というものが繰り返し「声」に譬えられてきたためであろう。歌が「声」の像に重ね合わせて捉えられてきた結果、「口語短歌」と言ったときにも、短「歌」と「声」の連想から、「口語」を日常の「話しことば」のことだと了解してしまうということが起きがちなのだ。また、甕臣の時代とは逆に、「書きことば」と言えばまず「書きことば口語体」のことを指すいまとなっては、「口語短歌」の試みがより「話しことば」に近いところでおこなわれてもおり、「文語体」に対する書きことばの「口語体」が思い起こされることなどまずないのである。

けれども、「口語短歌」の試みを考察する際には、「口語」か「文語」かという二項対立の図式の中にいては不十分なのであって、その時代の言語状況を視野に入れながら、書きことばの「口語体」と「文語体」、それと「話しことば」の相関関係を見定めながら論じていかなければならないだろう。『池塘集』の明治三十九年末であれば、「言文一致の體で作りました」ということに留意し、これを書きことばの「口語体」による試みと考えておかねばならないことは言うまでもないところである。

二 うた人が佳い句に點うちゆくやうに晴れてまた降る三日春雨

『池塘集』中のこの一首を示して、「うちゆくごとく」でなく「うちゆくやうに」といったところに「口語化の徴」を見た岡井隆は、「『……のごとく』から『……のやうに』への移行」に着目し、口語歌の形成について論じている。岡井の考察は、口語化を示す一つの標識として「比況の助動詞」を、律という問題も視野に入れながら分析したものとして重んじられなければならない指摘を多く含んでいるが、本節では「比況」ではなく別の助動詞と歌との関係を考えてみたい。助動詞の「た」をその標しと見るのである。

出て行くお勢の後姿を見送ツて、文三は莞爾した。如何してかう樣子が渝ツたのか、其を疑ツて居るに遑なく、たゞ何となく、心嬉しくなツて莞爾した。それからは、例の妄想が、勃然と首を擡げて、抑へても抑へ切れぬやうになり、種々の取留も無い事が、續々胸に浮んで、遂には、總て、此頃の事は、皆文三の疑心から出た暗鬼で、實際はさして心配する程の事でも無かツたか、とまで思ひ込んだ。(5)

これは二葉亭四迷『浮雲』の第三篇の最後の段落であるが、言文一致、あるいは「た」について語るときによく引かれることで有名な一節である。当初からこの「た」止めが手放しで広く受け入れられたということはもちろんないにせよ、『池塘集』のころには散文の基本文体を形成していただろう。言文一致運動の成果は、この「た」止めがそうであるように、「だ」体、「です」体、「であります」体、あるいは「である」体のように文末表現によって測られることが多いが、『池塘集』を書きことば口語体による歌を含む最初の歌集として位置づけるなら、収められた諸歌の歌末表現に着目して、次のような歌にその特徴的な様相を見出すべきであろう。

かねつけた谷の磐梨なにゆゑに若い樵夫をひとひ泣かした
君が戀は地層に深い水脈や吾手にほられて泉と湧いた
夕納涼舞妓と二人水を渉り阿半と呼んだ長右衛門老いた
紫の萩がこぼれて碑文は思はぬ色を交ぜて摺られた
頸圓い希臘姿と戀をして机の美術史みな活きてきた
死の谷を出で、歸つたわが兄の戰語にこよひも更けた
詩選編む松の書樓の村時雨紙窓さむう日が暮れてきた
わが歌に戀は譜をつけ戸に纒ふ連翹の花と自ら贊めた
若葉蔭鹿は睡てゐる人は行く奈良や萬の古う雅びた
誤つて詩人が京で花に醉ふま大和などころみな若葉した
菊を買ひ古器買ひ下京やかねての秋の一日も暮れた
木屋町の床下泳ぎ阿加代らに水浴びせた子博士になつた

これらは、「た」で止められた歌であり、「言文一致の體」で歌を作ることができると唱えた霞村の面目躍如たる詠作であろう。(6) しかし、これらを口語短歌なるものの成功例とはやはり見做し難い。仮に、このような行き方をしなければ、どうなっていたのだろうか。最後の「博士になつた」は「博士になりぬ」とでもなったのだろうが、初版の『池塘集』はそういった姿を次章以降に見せている。すでに述べたように『池塘集』が口語をもってしたのは、第一章の「春草」だけで、それ以降の「莫春」「あめりか」「すまでやは」の章では次のような詠出がなされているからだ。

薺をばはやす女ら笑ひ興じ暫しやめてはまたはやしけり
白百合の花は花瓶に畫は壁に細指觸れてピアノは鳴りぬ
菱の冠黒の袖衣學堂にシニアの君を美くしとみし
秋涼し竹蔭の見る椅子二つ誰がさし櫛ぞ落ちて濡れたる
笛の音も遠くきこひて若葉さす木蔭に牛は獨り眠れり

同じ歌集の中でこれらを見比べるとき、「た」止めの歌についてはその姿を見慣れていないということを差し引かねばならないものの、歌末で一首を支える「けり」「ぬ」「き」「たり」「り」の安定感に、「た」のそれは遠く及ばないように感じられる。だが、ここでは作の出来不出来ではなく、二つの表情を合わせもった初版の『池塘集』がなした問いかけについて考えてみたい。それは、散文の基本文体を形成し、近代小説の文末表現を席捲した助動詞の「た」と近代の短歌はどのように折りあうのかという問いかけにほかならない。

三

短歌は助動詞の「た」と相性が悪かった。だから、これを採用しなかったのである。性急に結論を言えばそういうことになるだろう。

語尾をどうするか。これは近代の詩においても頭の痛い問題だった。たとえば、蒲原有明は「言文一致の詩歌」（『ハガキ文学』第五巻第一号、明四一・一）において、

古典式の文法を守ると、束縛されて、思はぬ事をも云はねばならぬし、さうかと云つて、言文一致にしやうとすると、『である』『だ』『であります』と云ふやうな事を入れ無いと、舊來のと多く異つた處がない、若し『である』『だ』『あります』を省けば、中に用へた字丈けでは『悲しき、』と云ふのを『悲しい』と云ふやうな調子になつて、特色が見えない。

と述べている。また、河井酔茗は「口語詩是非」（『秀才文壇』明四一・八）に、

語尾の問題も口語詩には研究すべき要件である、けりや、かなの代りに、です、である、であらう、だ、などが使はれ、ぬの代りにる又はたが行はれ、語尾の変化が文語詩と口語詩の形の上の大変化であらう、之で情緒の緊切を感ずる場合もあれば、疎漫になる時もあり、口語詩だと云つても然う実地の言語以外に働く言語もなからうから、何れ語尾なども或る数に一定して来るであらう。(7)

と書いたが、小説の文体を手本にして「た」を基調とする文末表現に易々と移行することなどできようはずもなかったのである。とは言え、口語自由詩へと歩みを進めた近代詩は、やがて「つ」「ぬ」「たり」「り」「き」「け

り」から遠ざかっていく。そして、「た」を「つ」「ぬ」「たり」「り」「き」「けり」を単純に置き換えたものとしてではなく、多様な文末表現の工夫の一つとして採り入れていったのだった。

ところが短歌はそうしなかった。短歌と「つ」「ぬ」「たり」「り」「き」「けり」との別れは来ず、「た」はあくまでも変則的なものとして扱われたのである。その理由をとりあえずは、歌末表現の多様性が失われるからだと言っておこう。「つ」「ぬ」「たり」「り」「き」「けり」という六種類の、係結びなどを考慮すればさらに豊富な歌末表現が、「た」の一つだけになれば歌はやせ細ってしまう。また、「切った張った」ではないが、「た」は直前が促音になることが多く、調べの豊かさも失われかねない。そう危惧するのは当然のことであったろう。それでもことが多寡の問題にかぎられるのであれば、詩人たちの個性的な数々の試みが口語自由詩を成立させたように、口語短歌が主流をなしていく近代短歌史が『池塘集』の向こうに開けていたかもしれない。だが、歌末表現が限定されてしまうことにもまして、より深刻な不和が歌とこの助動詞にはあったのではないか。

寺村秀夫は『日本語のシンタクスと意味　第Ⅱ巻』（一九八四・九、くろしお出版）(8)の中で、

彼ハ死ヌト思ウ

彼ハ死ヌト思ッタ

という文を示して、「彼ハ死ヌト思ウ」の「『思い手』は『私』にきまっている」が、「彼ハ死ヌト思ッタ」となると「『彼ガ思ッタ』可能性も大いにあるだろう」と述べている。寺村は、「た」によって、文のムードが感情表出から主張へと変わったためだと説明するが、北原保雄は寺村が「きわめて自然な、『文法的な』文」とした、

太郎ハ水ガホシカッタ

次郎ハ蛇ガコワカッタ

彼ハ三郎ガ羨シカッタ

老人ハソノ子ノ親切ガウレシカッタ

のような、「太郎ハ水ガホシイ」では不自然だが、文末が過去形になると不自然さがなくなるというような例が実は、「小説や物語などの地の文にふさわしいものであり、日常一般の表現としては、やはり、あまり自然な表現であるとは言えない。これらの表現は、表現主体が他者（＝二、三人称の動作主）の主観（＝心のうち）を見透かすような視点——これを透視的視点と呼ぼう——に立って、他者の心中を描写しているものである」とした。[9] すでに野口武彦が『三人称の発見まで』（一九九四・六、筑摩書房）に指摘しているように、助動詞の「た」によって形成された文体は「一種仮有の時空点から発話する」三人称を成立させたのである。これを近代小説の叙法と見做していいだろう。ここで注目しておかなければならないのは、「た」によって生まれた叙法と文体は「地の文」に備えられていたということである。作中人物の台詞について言えば、すでに江戸時代に言文一致が試みられていた。あとは、どこからどこまでが台詞なのか分かる「句讀法案」のような約束事が決められればよかったのである。つまり、言文一致運動は小説においては「地の文」を舞台として、それを改良し、「た」という文末表現を基調とする文体に至ったのだ。

一方で、先にも述べたとおり、声に譬えられてきた歌である。「声」の像に重ね合わせられる歌の末尾に、地の文を支えるべく機能していた「た」を用いるのは木に竹を接ぐようなものであろう。おいそれとはできるものではなかったはずだ。さらに、短歌は、

小生の詩は、短歌にせよ、新体詩にせよ、誰を崇拝するにもあらず、誰の糟粕を嘗むるものにもあらず、言はば、小生の詩は、即ち小生の詩に御座候ふ。

と与謝野鉄幹が『東西南北』（明二九・七、明治書院）の「自序」に宣言して以来、「生ま身の私の現在を歌に登場させる力技」[10]によって革新運動を押し進めてきたのであるから、透明化した語り手を成立させた「た」を歌末に据えることもまた軽々にできるようなことではなかったに違いない。近代にあっても、短歌が「つ」「ぬ」「たり」「り」「き」「けり」を拒絶しなかったのは、歌末表現が乏しくなるということだけでなく、「た」が近代短歌の存立を支えていた根拠に動揺を与えかねないからだったのである。

四

ことほどさように近代短歌は助動詞の「た」と相性が悪かった。[11]しかしそれでは、近代短歌とは名ばかりで、その行き方は伝統的な和歌と幾らも変わるところがないと難じられるだろう。『万葉集』以来の伝統を誇っても言文一致運動とは無縁ではいられなかったのである。そこで、近代短歌は近代のそれとして、更新されなければならなかった。

たとえば、今野寿美が言う文語による短歌文体を「温存して口語発想」を持ち込んだ「語法の規制緩和」などもその営みの一つであろう。[12]また、詳細は次節以降に譲り、ここではその見通しを述べるにとどめるが、動詞の終止形止めの歌もそうであるように思われる。

動詞の終止形は漠然と現在形であると思われていることも多いようだが、日常の言語においては一般に未来を表す。「俺は食べる」とか「彼は行く」のような場合、俺はこれから食べるのであり、彼はこれから行くのだ。では、文学作品の中ではどうだろうか。次に示すのは、散文における「た」と動詞の終止形止め文体について論じた柳父章が引用した『吾輩は猫である』の一節である。[13]

此書生の掌の裏でしばらくはよい心持に坐つて居つたが、暫くすると非常な速力で運轉し始めた。書生が動くのか自分丈が動くのか分らないが無暗に眼が廻る。胸が惡くなる。到底助からないと思つて居ると、どさりと音がして眼から火が出た。

柳父も述べているように、「廻る」「悪くなる」は「その動作が目の前で起っているような印象をひき起す」ものの、前後の文は「運轉し始めた」「眼から火が出た」のように過去のことを表しているようだ。動詞止め文の歴史を遡り、合わせて英語の日本語への翻訳の場も視野に入れて柳父は、あるいは漱石は現在形のつもりで使っているかもしれないが、動詞止めの文は「それだけでは現在の時を表現しているのではない。いや、現在も過去も、そして未来でさえも、およそ時称を表現していない」と結論づけた。「た」の方も過去形ではなく「完了」であると見ての立論である。ここで柳父の言う「完了」とは、完了時制というようなことではなく、行為が完結しているという様態の問題であろうかと思われる。ここを読む者が時制について一々吟味しながら読み進める必要がないのは、「た」によっても、動詞止めによっても時制を意識させられることがないためなのだろう。

近代の短歌は、「た」の方は見送ったが、この動詞止めの方は受け入れた。それなら自然と受け入れることができたからである。

春きぬと人はいへどもうぐひすのなかぬかぎりはあらじとぞ思ふ

（『古今和歌集』春歌上・一一　みぶのただみね）

春たてど花もにほはぬ山ざとはものうかるねに鶯ぞなく

（『古今和歌集』春歌上・一五　在原棟梁）

のように、動詞止めは古来より馴染の表現だったのである。厳密には助動詞、助詞などが下接はしないが、係結びの結びを含む動詞の基本形での終止であった。近代短歌はこれを動詞の終止形止めに更新し、新しい時代に創出された文体に配慮したのである。だが、「た」という文末表現を基調とする文体の中に織り交ぜられた動詞の終止形止めとはいささか異なる事態がここに生じた。

「つ」「ぬ」「たり」「り」「き」「けり」という時の助動詞を残したままの文語による短歌文体においては、動詞の終止形止めは、より強く現在の状態を指すものとして機能するようになったのではないだろうか。そして、それによって、〈いま・ここ〉を歌いあげることができるようになったのではないか。ここに、前述の「生ま身の私」が登場し、表現主体としての「私」と、表現としての〈いま・ここ〉が相俟ったとき、近代短歌の存立する姿が判然としたように思われる。「われ泣きぬれて／蟹とたはむる」という下の句は、その雄であったかもしれない。

もちろんそれでも残された課題は多い。訂正再版された『池塘集』には諸歌人を揶揄した一連が掲げられているが、そのなかに、

なぜはやく擬古の詞の殻を脱がぬ「なり」は「である」と思てゐながら　柴舟

の一首がある。[14] 軋轢は「つ」「ぬ」「たり」「り」「き」「けり」という時の助動詞と「た」の間にだけでなく、「なり」と「である」の間にも生じていただろう。いや、文語による短歌文体を採りつづけていくかぎり、このような場面にはどこでても出くわすと言わねばなるまい。しかし、文語を基調としながらも、その時代の言語状況を相手取って、人知れず、けれども絶え間なく、更新を続けていくことによって、近代短歌の歩みは春秋に富むも

のとなった。『池塘集』は、そこに残された確かな足跡の一つだったのである。

〈注〉

（1）青山霞村が明治四十二年十二月に至誠堂から刊行した『草山の詩』の巻末に付された「霞村著作目録」の『池塘集』には次のように記されている。

報知新聞評して曰く清新、中央新聞曰く俗語の好趣の詩想と調和して遺憾なく顯はれしもの少らず、文章世界曰く著者は何人が知らぬが餘程薀蓄のある人らしいと。此歌集は舊派新派同一擬古派の圏外に言文一致の一新境を開いたものである。

「報知新聞評して曰く」とは、明治四十年一月二十五日の「新著月旦」における「鐵幹派に類して思想の清新を主とし殊に俗語を可及的に使用して口詠するに努めたる短歌集なり　新派と稱する人々の歌詠を賞する者は亦た一讀するも可ならむ」の記事であろう。

（2）岡井隆「現代短歌の文語律と口語律」（馬場あき子編『韻律から短歌の本質を問う　短歌と日本人Ⅲ』一九九九・六、岩波書店）

訂正再版『池塘集』の第一章「池塘集」には、初版の『池塘集』の第二章「莫春」から十五首の歌が採られている。その際におこなわれた改変は、

眞桑瓜今朝また大きうなりぬとて妹馳せかへる夏の曉

眞桑瓜けさまた大きうなつたとて妹走せかへるなつの曉

のように、口語的な色合いが強められている。拙稿「『池塘集』初版・訂正再版対照表」（『国際啄木学会東京支部会会報』第二十三号、二〇一五・三）参照。

（3）「口語短歌」のほかに、「口語歌」という名称が用いられることも多いが、ここでは「口語短歌」と「口語歌」を

特に区別していない。

（4）明治四十一年八月二十二日岩崎正宛書簡

（5）引用は、『二葉亭全集第一巻』（明四三・五、博文館）によった。

（6）ここでは歌末の「た」に注目したが、集中には、

浦の色は淋しう暮れた敗れ船にもたれて人世と秋傷む間に

花染めた紅紫の草を嚙む牛の脊にさす薄い夕日が

露霧でいつしか深うなつて來た草に熟柿を踏む山の秋

のような詠草も散見する。

（7）引用は、日本近代詩論研究会・人見円吉編『日本近代詩論の研究――その資料と解説――』（昭四七・三、角川書店）によった。

（8）引用に際して、横書き原文の記号・符号を縦書き用に改めた。

（9）北原保雄「表現主体の主観と動作主の主観」（『国語学』一六五集、一九九一・六）

（10）佐佐木幸綱『作歌の現場』（昭六三・七、角川書店）

（11）恣意的な例ではあるが俵万智『サラダ記念日』（一九八七・五、河出書房新社）を見てみよう。「恣意的」と言うのは、口語短歌集として紹介されることも少なくないこの歌集へのそういった評価が必ずしも適切でないからである。とは言え、『サラダ記念日』が口語を生かしたということは間違いのないところであろう。それでも、「た」止めの歌は、

上り下りのエスカレーターすれ違う一瞬君に会えてよかった

木陰にてバスを待ちおり洛陽は生まれる前に一度来ていた

の二首くらいであり、「向きあいて無言の我ら砂浜にせんこう花火ぽとりと落ちぬ」のような「ぬ」の方が多い。

『サラダ記念日』が多用したのは、

砂浜のランチついに手つかずの卵サンドが気になっている

まだあるか信じたいもの欲しいもの砂地に並んで寝そべっている

という「ている」形の歌であった。このような歌は青山霞村・西出朝風・西村陽吉著『現代口語歌選』（大一一・一一、東雲堂書店）にも、

何といふ心細さだ父母にひとりさからひ麥うゑてゐる　（飯田武之輔「農夫の歌」）

荒男ひしめくなかにうづくまり一人さびしく鐵燒いてゐる　（柳生緑秀「造船工」）

のように見ることができる。短歌表現における「ている」形ついては、「3　鶴嘴を打つ群を見てゐる——短歌表現におけるテイル形に関する一考察」において論じている。

(12)「口語発想の文語文体—啄木の短歌—」（『歌のドルフィン』二〇〇九・一、ながらみ書房）

(13) 柳父章『日本語をどう書くか』（二〇〇三・三、法政大学出版局）引用は、『漱石全集　第一巻　吾輩は猫である』（昭四〇・一二、岩波書店）によった。

(14) この一首のほかに以下のような詠作も見られる。

「うつぼ柱、琴に斧打つ、樹下、同車」蕪村の頭巾と世は知らないで　晶子
縉ぬいてだす青錢をよくみると百に九十は鐚錢である　薫園
紫やべにやいたづらにその園は隨園夫子の才もないのに　信綱
かんばんの油繪具をくつがへし近代人の眼をおびやかす　白秋
をかしさに「路上」の「淋びし」數へゆくと四國八十八箇處あつた　牧水
籾殼の小さいくらしをかぞへたてさうしてそれが藝術だとは　夕暮
李賀泣かずキーツもそんなに泣かなんだスピノザの信ない子あはれや　御白
みやびをに醜い髭があるやうなそのよみ歌に圭角のあるのは　鐵幹
萬葉の殘飯なんど食つてゐて貫之をかみ景樹に吠ゆる　萬葉模倣派

2　はだかの動詞たち——啄木短歌における動詞の終止形止めの歌について

ふるさとの訛なつかし
停車場の人ごみの中に
そを聴きにゆく

(199)

明治三十三年十二月に出版された瀬川光行編『日本之名勝』（史傳編纂所）は「上野停車場」について、「この停車場に入りて、細に其撲樣を新橋停車場と比較すれば、一種の社會觀を知るを得べく、旅客の風姿態度より推して、東北と關西との風俗の差をも知るを得べし」と書いている。のちに、啄木も「同じ東京の南方の出入口——新橋——に比較して、これは又何たる相違、何たる対照」と前置きして、上野停車場を「東京の裏門」(1)と評したが、そういった情感がこの歌には陰影となって現れているように感じられる。雑踏はその場所でなければならなかった。

しかし、そうではあったとしても、上野駅の雑踏にいては問題の所在を見失ってしまうかもしれない。ここに歌われているのは地方出身者の都市での孤独であろう。その人は東京の片隅で駅の雑踏に思いを馳せている。いま停車場の人ごみに紛れているのではない。「そを聴きにゆく」という結句の末尾、「ゆく」の時間的意味を問われれば、駅に向かっている現在か、これから向かおうとする未来ということになるだろう。あるいは、時制を問題としない習慣的な繰り返しを意味しているかもしれないが、いずれにせよ「ゆく」という動詞の終止形止めは、上野駅の雑踏に限定されない広がりを一首の世界に齎しているように思われる。

現代日本語では動詞の終止形止めの文、つまり、動詞に助動詞や助詞が下接しないはだかの形で終止する文は、現在や未来を表すことが多い。「ほら、そこに猫がいる。」は、いま小動物を発見してその存在を知らせようという発話であるから現在と考えてよいだろう。一方、すぐ行くから駅で待っていてほしいと言われた人が「じゃ、改札にいる。」と答えれば、これはこれからそうすると述べているのであって、未来を表していることになる。「彼の言うことも分かる。」なら私はいま「分かる」のであるが、「彼もそのうちに分かる。」なら彼はこれから「分かる」のだ。ところが、「そんな指摘があるのか、まったく痛いところを突く。」はどうだろう。発話時と「そんな指摘」の前後関係を考えれば、「突く」は過去の行為を表していると考えることができよう。また、動詞の終止形は「朝はたいてい六時に起きる。」というような習慣的な繰り返しや、「カバは赤い汗をかく」のように属性を記述するのに用いられることもあって、それが担う多様な意味がこれまでも繰り返し論じられてきた。(2) 本節では、啄木短歌における動詞の終止形止めについて、その時間的意味を視野に入れながら考察を加えてみたい。考えてみれば、「そを聴きにゆく」だけでなく、啄木の歌としてお馴染の「ぢつと手を見る」も「妻としたしむ」も動詞の終止形止めだった。だいたい『一握の砂』という歌集はあの巻頭歌からしてそうなのである。「たはむる」は下二段活用の動詞の終止形だ。

一

東海の小島の磯の白砂に
われ泣きぬれて
蟹とたはむる

（1）

岩城之徳はこの歌意を、

東海の小島の磯の白砂で、私は漂泊の悲しみにたえかねて泣きながら蟹とたわむれたことだ。——思えばあのころの自分のいとおしく懐かしいことよ。(3)

と説明したが、これを試みに本林勝夫の通釈と併置してみよう。本林は、

ひろびろとした東の海の小さい島、その島の磯辺の白砂にいて涙でほおをぬらしながら、わたしは一匹の蟹にたわむれている。さすらいの身を悲しみながら。(4)

としている。「たはむる」という動詞の終止形の時間的意味に焦点をあててみると、岩城は過去、本林は現在と捉えていることが分かるだろう。「東海の小島」の一首を回想歌のように読むのはなかなか難しいように私には思われるが、無理のないように見える本林の通釈も、さらに倍率を上げて見れば、単に現在というだけでなく、「たわむれている」というように継続の色合いをわざわざ出していることに気付くだろう。「ている」とせずに、「たわむれるのだ」としてもかまわなかったはずだ。

歌における動詞の終止形止めについては、『万葉集』におけるそれに着目した山口佳紀の考察がある。山口は

「『万葉集』における『時』の表現――動詞基本形の用法を中心に――」[5]において、動詞を意味的性質から運動動詞と状態動詞に分け、さらに運動動詞を「主体動作動詞」「主体変化動詞」「主体動作・客体変化動詞」「主体動作・客体動作動詞」「主体動作・客体無変化動詞」「移動動詞」と「その他」の七つに分類してそれぞれの時の表し方を細かく検証してみせた。

たとえば、

妹がため　我玉拾ふ　沖辺なる　玉寄せ持ち来　沖つ白波（巻第九・一六六五）

の「拾ふ」ならば、主体の「我」については動作と、客体の「玉」については位置が変化するので、主体動作・客体変化動詞と考えるのである。山口は、「この場合、主体の動作に焦点が当てられ、『拾ふ』という動作が現在継続中であることを意味する」が、「一回の『拾ふ』動作は瞬間的に終わるから、その動作がくり返されているという意味になる」と述べている。動詞のタイプと時の表し方には一定の関係があるとする山口の立論は大切な指摘を含んでいるように思われる。「蟹とたはむる」なら「たわむれている」とされるが、「ぢつと手を見る」は「手を見ている」ではなく、「手を見るのだ」と解されることの方が多いのも、「たはむる」という動詞と「見る」という動詞の性質の違いと無関係ではないだろう。

ただ、ここでは、動作の主体とその影響が及ぶ客体という観点ではなく、動作の主体と発語者との関係に着目して、動詞の終止形の時間的意味を探りながら『一握の砂』の中に分け入っていくことにしたい。時間的意味は発語者の位置によるからである。詠み手や詠作者と言わず発語者と言うのも、作中の「我」「私」が「我」「私」

の思いを表出している時点と歌人が歌を詠んだ時点とを分けて考えるためで、東海歌なら、冒頭十首の「われ」の発語時と啄木がこの歌を作った明治四十一年六月二十四日午前の違いを明確にしておくためである。

二

まず、ごく自然で分かりやすい歌から見ていこう。

燈影なき室に我あり
父と母
壁のなかより杖つきて出づ　(13)

遠くより
笛ながながとひびかせて
汽車今とある森林に入る　(381)

春の雪
銀座の裏の三階の煉瓦造に
やはらかに降る　(453)

これら歌の歌末に置かれた動詞の終止形は時間的には現在を表していると考えていいだろう。もちろん、評釈の上で、「入る」は「入った」とされるかもしれないが、それは「今」という語の働きにより、事態の変化した時点という意味合いが強められたためであって、過去を表しているからではない。一方、「降る」は「降っている」とされるだろう。「降る」というと、降り出しの感じが紛れ込んでしまい、「やはらかに」という印象から離れてしまうために、継続の色合いが求められたのである。そのような違いは認められても、これらの歌の動作の主体は「我」とか「私」でなく、「父と母」「汽車」「春の雪」で、「私」による情景や事柄の描写というつくりになっているのだ。眼前描写や実況的描写と言ってもよいかと思われる。

それに対して、主体が「我」「私」のときはどうだろうか。数が多いのは次のような歌である。

こころよく
我にはたらく仕事あれ
それを仕遂げて死なむと思ふ　(20)

何かひとつ不思議を示し
人みなのおどろくひまに
消えむと思ふ　(133)

秋の風
今日よりは彼のふやけたる男に
口を利かじと思ふ　(146)

何事も思ふことなく
いそがしく
暮らせし一日を忘れじと思ふ　(148)

『古今和歌集』「春歌上」の一一番、壬生忠岑の、

春きぬと人はいへどもうぐひすのなかぬかぎりはあらじとぞ思ふ

を引くまでもなく、助動詞の「じ」や「む」に後続するところなども含めて、古来より繰り返されてきた歌の型であると見ることができよう。言うまでもなく、これらは現在の思惟や心情を表出した歌であるが、それはある心の状態が継続しているのではなく、成立したことを表している。ここで「思ふ」という心理的な動作がおこなわれるのは、「思ふ」と発したそのときなのであって、時間的意味としての現在は発語と動作の同時性を根拠としているだろう。この点では、動作の主体が異なっていても先に示した「入る」や「降る」も事情は同じで、汽車が森林に入ったとき、やはらかに春の雪が降っているそのときの感慨がその場で表出されたと素直に受けとっ

て、特に問題はなさそうだ。

ならば、東海歌のように「我」「私」の行為を「我」「私」が歌うときはどうだろうか。

息ふかく吸ふ
日光のあたたかさあり
とかくして家を出づれば　(84)

蚱鳴く
そのかたはらの石に踞し
泣き笑ひしてひとり物言ふ　(282)

用もなき文など長く書きさして
ふと人こひし
街に出てゆく　(473)

するどくも
夏の来るを感じつつ
雨後の小庭の土の香を嗅ぐ　(475)

のような歌もそうであるが、これらの歌の時間的意味は現在ということになるだろう。「吸ふ」「物言ふ」「出てゆく」「嗅ぐ」はそれぞれ「吸うのである」「物言いうのである」「出てゆくのである」「嗅ぐのである」とでも解せられるに違いない。そこで、歌の表現に対して好ましいことではないが、あえて実態的に考えてみると、それぞれは「吸ふ」「物言ふ」「出てゆく」「嗅ぐ」という動作をおこなっている現在にあって、同時に発語もおこなっているのだろうか。「では、プリントを配ります」と言いながら配っているように。そのような「遂行的描写」(6)も和歌の歴史になかったわけではない。『万葉集』の、

石麻呂に　我物申す　夏痩せに　良しといふものそ　鰻取り喫（巻第十六・三八五三）

は「石麻呂に謹んで申し上げます」といって申し上げている。「とかくして家を出づれば」の一首なら、吸いながら発語はしないまでも、息をふかく吸い込んだ直後にすぐその清新な感覚を発語したと見做すこともできるだろう。

だが、ここで注目すべきは、一首一首の発語状況ではなく、このような歌において末尾の動詞の終止形がどのように一首の世界を成立させているかということだろう。なぜなら、こういった動詞の終止形で歌いおさめる歌のつくりは、歌という詩型がどういうものであるかということと深くかかわっているからである。

三

これまで、時間的意味にせよ、動作の主体にせよ、「我」「私」という存在を基準に考えてきた。それは、短歌という詩型が一人称の発語という形として了解されているからだ。そのため、なんにせよ歌は「我」「私」の〈いま〉〈ここ〉を掬い取ろうとする。

前述の、

春の雪
銀座の裏の三階の煉瓦造に
やはらかに降る　(453)

であれば、「やはらかに」という主観的な判断も一役かって、雪降る日の銀座の情景だけでなく、それを眺めている「私」の像も合わせて読み味わうことができるだろう。

よく叱る師ありき
髯の似たるより山羊と名づけて
口真似もしき　(163)

のような詠作なら、過去の助動詞「き」は、それを過去のものとする現在の「私」を想起させるはずだ。回想とは湖面に映った湖畔の情景であり、現在の私の心が波打てば、振り返られる過去も揺れているに違いない。この歌での、〈いま〉〈ここ〉はこれを発語する「私」の〈いま〉〈ここ〉にほかならない。だが、

とかくして家を出づれば
日光のあたたかさあり
息ふかく吸ふ　(84)

における、〈いま〉〈ここ〉は、息をふかく吸う「私」の〈いま〉〈ここ〉になっている。ここでは「息を深く吸うのである」と発語した「私」はほとんど意識されないのではないか。実はそれこそが、動詞の終止形止めの機能の一つなのである。

仮に一首の結句が、「息ふかく吸はむ」であったら、助動詞「む」が表す意志に発語している「私」の像が浮かび上がるだろう。また、「息を吸うかな」や「息を吸うかも」であれば、「かな」や「かも」という詠嘆の息遣いに、やはり発語する「私」の影が見えてしまうように思われる。それに比して、動詞の終止形止めはその動きの概念のみを表すにとどまる語形であるため、発語する「我」「私」の姿を透過させてしまうのだ。これは動詞の終止形が助動詞、助詞を下接せず、積極的な性格を帯びていないために、発語する主体の姿を認知する手がかりを残さないことによる。はだか形の動詞は、発語する「我」「私」を黒子のようにして、「息ふかく吸ふ」いまの「私」の姿を前面に押し出すのである。東海歌の場合でも、「蟹とたわむれている」「われ」の像は結ばれるが、

「蟹とたわむれている」と発語している「われ」の方はすり抜けてしまうのだ。

四

さて、そうやって動詞の終止形止めによって、発語している「我」「私」の姿は透けてしまうとしても、それによって表される「我」「私」の現在の動作をどのように解するか、「蟹とたはむる」なら、評釈の上で「たわむれる」とするのか、「たわむれている」とするのかについては、一首が動詞の終止形で結ばれていることとどのようにかかわっていると考えればよいだろうか。

動詞の終止形が他の積極的な述語形に対して消極的であるという性質は「無標性」と呼ばれることがある。たとえば、「行く」「行かない」であれば、「行かない」には「ない」という否定の標識が付いているのに対して、「行く」にはそれが付いていない。だから無標というわけだ。しかし、肯定を示す標識がないのに、これが肯定であると考えられるのはなぜだろう。

井島正博は「動詞基本形をめぐる問題」(7)において、動詞基本形については二つの見方があり、その一つが「動詞基本形は動詞の語彙的意味を表わすのみで、助動詞が表わす文法的意味、特にテンス・アスペクトやモダリティに関しては何も意味を持っておらず、まっさらな状態にあると考える見方である」のに対して、

二つめは、動詞基本形と、動詞に何らかの助動詞が下接したものとは、全体として形態的、意味的な(二項)対立を成しており、それぞれがテンス・アスペクト、モダリティなどの文法的意味において異なっていると考える見方である。動詞と助動詞とが複合した全体が意味対立を成すという意味で、「対立的見方」と言うことができ、また「融合的見方」とも言うことができる。

この見方に立てば助動詞のない動詞だけの形（動詞基本形）も動詞に何らかの助動詞が下接したものとの対立上、特定の文法的意味を担っていると考えることになる。すなわち、語用論が関わるまでもなく、統語論レベルですでに意味が特定されることになる。たとえば、基本形「行く」は、使役形「行かせる」との対立上〈非使役〉を、受身形「行かれる」との対立上〈能動〉を、希望形「行きたい」との対立上〈非希望〉を、否定形「行かない」との対立上〈肯定〉を、過去・完了形「行った」との対立上〈非過去・非完了〉を、意志・推量形「行こう（行くだろう）」との対立上〈非意志・非推量〉を表わすということになる。

と述べている。先に挙げた「行く」「行かない」なら、否定形「行かない」との対立上〈非否定〉を表すということになるのだろう。井島はこの二つの見方を対立するものと捉えているが、仁科明は、動詞の基本形が動きの概念だけを表す語形であるということを「無色性」、他の積極的な述語語形すべてに対して消極的であることを「無標性」として、動詞の基本形にはその両面があると指摘している。[8] そのうえで、『万葉集』の運動動詞の基本形終止の用法を「無色性」が前面に出た用法と「無標性」が前面に出た用方とに分けて整理しているのだが、動詞の基本形に「無色性」と「無標性」の両面を検討していくという仁科の見方はなるほど示唆に富むものだ。

動詞の終止形が動きの概念だけを表すという性質と他の積極的な述語語形に対して消極的である性質を合わせもつなら、動詞の終止形を評釈上でどう訳してみせるかは、その無標性という観点から、つまり他所で掲げられている標識との対立によって決定されると考えられるだろう。「蟹とたはむる」の「たはむる」であれば、その時間的意味は「つ」「ぬ」「たり」「り」「き」「けり」という時を表す助動詞と対になって特定されていくのである。その対になる組み合わせに着目しながら冒頭十首を確認してみよう。□の部分がそれである。

東海の小島の磯の白砂に
われ泣きぬれて
蟹とたはむる

（1）

頬につたふ
なみだのごはず
一握の砂を示しし人を忘れず

（2）

大海にむかひて一人
七八日
泣きなむとすと家を出でにき

（3）

いたく錆びしピストル出でぬ
砂山の
砂を指もて掘りてありしに

（4）

ひと夜さに嵐来りて築きたる
この砂山は
何の墓ぞも　　　　（5）

砂山の砂に腹這ひ
初恋の
いたみを遠くおもひ出づる日　　　　（6）

砂山の裾によこたはる流木に
あたり見まはし
物言ひてみる　　　　（7）

いのちなき砂のかなしさよ
さらさらと
握れば指のあひだより落つ　　　　（8）

しつとりと
なみだを吸へる砂の玉
なみだは重きものにしあるかな　(9)

大といふ字を百あまり
砂に書き
死ぬことをやめて帰り来れり　(10)

このように見てくると、『一握の砂』の冒頭十首には多様な時間表現がちりばめられているかのようである。それゆえ、「蟹とたはむる」という動詞の終止形止めの現在性も強められるのだろうが、なかでももっとも強く対になる組み合わせは冒頭十首の最終歌の結句「帰り来れり」の末尾に据えられた「り」であろう。ここには「り」という標識があり、有標形として完了を積極的に表しているのだ。これと対比により、「たはむる」という動詞の終止形は完了に対する未了を含意するものとしてテイル形で、つまり「たわむれている」と解されることになる。

　未了を含意するとは、動作の開始時や終局するところまでを含めて動作をまるごと提示するのではない。「たわむれるのだ」が動作をまるごと提示しているのに対して、「たわむれている」は終了の側面を含まずに動作の継続を表すことになる。そして、動作の終了にかかわる側面が含意されないのであれば、「蟹とたはむる」という行為は、冒頭十首の世界に作用しつづけていくことになるはずだ。「たはむる」は「家を出でにき」の「き」

にも対峙して、また、「示しし」「錆びし」の「し」に対しても現在の「われ」を紡ぐであろうし、流木に問いかけたり、砂山の砂を握りしめたりするのが、涙をこぼしながら蟹とたわむれることに心身を委ねた「われ」の行為であることを語ってもいるだろう。やがて、それは「来れり」の「り」という完了とともに閉じられる。『一握の砂』の巻頭歌は、結句に動詞のはだか形を据えることで、対立項との連環によりながら、砂山の詩的時空を形作っていたのである。

はだかの動詞はその動きの概念のみを表すという性質において、発語する「我」「私」への手がかりを残すことなく、「我」「私」を透過させ、その動作の主体である「我」「私」の姿を前景化させるとともに、対となる有標形との関連性により意味が決まるという特性において、歌集の世界に広がりを与えていくよう機能していると言うことができるだろう。

このころ、歌集の外の散文の世界では、「つ」「ぬ」「たり」「り」「き」「けり」という時の助動詞たちはすでに失われ、その文末は助動詞の「た」が席捲していた。しかし、それとの不和から、文語による短歌文体をなお用いていた近代の歌にしても、広がりゆく口語の影響からいつまでも無縁でいられようはずもなかったのである。口語は短歌の領域にも浸み入ってくる。口語短歌運動の勃興を待たずとも、『一握の砂』にもすでに、

何やらむ
穏かならぬ目付して
鶴嘴を打つ群を見てゐる

(87)

のようなテイル形の歌を見ることができる。このようなテイル形の歌が近代短歌史にどのような影響を与えたかについては次節で論じることにするが、ここでは、近代、そして現代の短歌が「つ」「ぬ」「たり」「り」「き」「けり」と「た」「ている」を併存させるというまったく特異な地平に存立していることを、はだかの動詞たちの消極的な主張のうちに聞き取ることができるとだけ言っておく。

〈注〉

（1）「故郷に入る」（『石川啄木全集　第六巻　日記Ⅱ』昭五三・六、筑摩書房）

（2）以下に掲げたような主要文献では、動詞の基本形の意味や性質が検討されている。動詞の基本形とは、動詞の終止法で終止しているものを指し、終助詞が下接した場合や疑問反語の場合を除いた係り結びの結びを含むことがある。本節では動詞の終止形が歌末に用いられた場合を考察の対象とした。

大木一夫『文論序説』（二〇一七・五、ひつじ書房）

大木一夫「現代日本語動詞基本形の時間的意味」（『東北大学文学研究科研究年報』第六四号、二〇一五・三）

大木一夫「現代日本語におけるテンスと主観性──テンス的意味と文のはたらきとしての表現意図──」（『語から文章へ』二〇〇〇・八、「語から文章へ」編集委員会）

大木一夫「古代日本語動詞基本形の時間的意味」（『国語と国文学』第八六巻第二号、平二一・一一）

大木一夫「古代日本語における動詞終止の文と表現意図──テンス・アスペクト的意味を考えるにあたって──」（加藤正信編『日本語の歴史地理構造』平九・七、明治書院）

土岐留美江「古代語と現代語の動詞基本形終止文──古代語資料による『会話文』分析の問題点──」（『社会言語科学』第六巻第一号、二〇〇三・九）

土岐留美江「古代語、現代語における動詞基本形終止文の機能」（『愛知教育大学研究報告（人文・社会科学編）』第五二輯、二〇〇三・三）
『日本語文法』「特集　動詞基本形を考える」一四巻二号、二〇一四・九　須田義治「現代語の形態論的なカテゴリーにおける無標形と動詞基本形」／土岐留美江「動詞基本形終止文の表す意味――古代語から現代語へ――」／井島正博「動詞基本形をめぐる問題」／仁科明「『無色性』と『無標性』――万葉集運動動詞の基本形終止、再考――」）
須田義治『現代日本語のアスペクト論　形態論的なカテゴリーと構文論的なカテゴリーの理論』（二〇一〇・六、ひつじ書房）
鈴木泰『古代日本語時間表現の形態論的研究』（二〇〇九・二、ひつじ書房）
工藤真由美『アスペクト・テンス体系とテクスト―現代日本語の時間の表現―』（一九九五・一一、ひつじ書房）

（3）『石川啄木必携』（昭五六・九、學燈社）
（4）『わかりやすい現代短歌』（昭五〇、學燈社）
（5）『時の万葉集』平一三・三、笠間書院
山口は、「万葉集における動詞基本形の用法――テンスの観点から――」（『万葉集研究　第二十一集』平九・三、塙書房）においても考察をおこなっている。また、短歌を考察の対象としたものに、土岐留美江「現代韻文資料における日本語動詞基本形のテンス」（『国語国文』第六八巻第六号、平一一・六）がある。
（6）仁科明「『無色性』と『無標性』――万葉集運動動詞の基本形終止、再考――」（『日本語文法』一四巻二号、二〇一四・九）引用に際して、横書き原文の記号・符号を縦書き用に改めた。
（7）『日本語文法』（一四巻二号、二〇一四・九）引用に際して、横書き原文の記号・符号を縦書き用に改めた。
（8）は（6）に同じ。

3　鶴嘴を打つ群を見てゐる——短歌表現におけるテイル形に関する一考察

一九八七年五月八日に刊行された一冊の歌集の名は、すぐにそういうブームの広がりを指す流行語となった。『サラダ記念日』である。[1]出版から約一月後の六月十七日には、「話し言葉の三十一文字」「空前ベストセラー」の見出しで読売新聞が驚きをもって報じている。

〈愛人でいいのとうたう歌手がいて言ってくれるじゃないのと思う〉。短歌の世界に、新風が吹いている。若手女流歌人、俵万智さん（二四）が歌う五七五七七の新人類調。処女歌集「サラダ記念日」（河出書房新社）は発売一か月余の十七日、ついに十万部を突破、この世界では空前のベストセラーとなっている。話し言葉で描く俵さんの三十一文字に、十代から熟年層までファンは幅広い。映画化やテレビ化、さらには「CMに一首使わせて」との引きあいもあり、爆発的な短歌ブームを巻き起こしている。

記事によれば、「古色そう然としたイメージの強かった短歌を見直す声が相次いでいる」らしい。それほどまでに『サラダ記念日』は新鮮だったと言うのだ。しかし、『サラダ記念日』の新鮮さとはいったいどのようなものだったのだろうか。

たとえば、ここにも引かれている、

愛人でいいのとうたう歌手がいて言ってくれるじゃないのと思う

はどうだろう。これが歌であるのは、歌という器に盛られているからではない。「愛人（あいじん）」―「いいの」―「いて」―「言って（いって）」―「じゃないの」というイ音の歯切れよい繰り返しが、「言ってくれるじゃない」をあたかも啖呵のように響かせるためであろう。また、この歌はそれを受けて「と思う」と結ばれるが、これは古くからあるやり方だった。

『百人一首』、崇徳院の、

せをはやみいはにせかるる滝川のわれてもすゑにあはむとぞ思ふ

はもちろん、古典和歌では「とぞ思ふ」の形にはなるものの、

ひととせにひとたびきます君まてばやどかす人もあらじとぞ思ふ

（『古今和歌集』羇旅歌・四一九　紀有常）

秋風はすごく吹くとも葛の葉のうらみがほにはみえじとぞおもふ

（『新古今和歌集』雑歌下・一八二一　和泉式部）

などのように繰り返し詠まれてきていたのである。明治以降も、鉄幹、晶子に

花にそむきダビデの歌を誦せむにはあまりに若き我身とぞ思ふ（『みだれ髪』）

子の四人そがなかに寝る我妻の細れる姿あはれとぞ思ふ（『相聞』）

があり、やがて係り結びのない形となって、

君をはなれ窓にもたれてたそがれの街をみてあり歸らばやと思ふ（『收穫』）

男なれば歳二十五のわかければあるほどのうれひみな來よとおもふ（『別離』）

よく怒る人にてありしわが父の／日ごろ怒らず／怒れと思ふ（490）（『一握の砂』）

のように歌い継がれてきたのだった。「私」の思惟や心情の表白が歌というものの性格の一つであれば、当然のことと言えるだろう。「愛人でいいのとうたう歌手がいて」の一首は、歌としての調べをもち、伝統的な手法によって、まず歌として存立していたのである。そして、その骨格は短歌そのものでありながら、装いとしては、「愛人でいいの」という歌謡曲の歌詞と「言ってくれるじゃないの」という短歌表現との間に、雅俗というような懸隔を意識させることはなかった。だから、「うたう歌手」とうたう歌人の間にもそれは設定されなかっただろう。もし、短歌や歌人に対して世間が「古色そう然としたイメージ」をもっていたのだとすると、『サラダ記念日』はそれとは余程異なる何かとして受けとめられたに違いない。『サラダ記念日』の新鮮さとは、古来から

あるものを新しく見せる工夫にあったと言うこともできるだろう。

その工夫の一つとして、しばしば指摘されるのが「口語」の問題である。「話し言葉の三十一文字」を見出しとした読売新聞六月十七日の記事にも、「『サラダ記念日』は、全編、口語体でつづられている」と書かれている。「話し言葉」と「口語体」の混同はともかく、「全編、口語体でつづられている」とは、「口語体」の定義を差し置いたとしても、誤りと言うほかない。『サラダ記念日』のうちから文語を用いた詠作を挙げることは容易だが、倍率を少し緩めて、歌集内で文語を使用しているにもかかわらず「全編、口語体」との印象まで与えたこの歌集の表現の特質を考えてみよう。本節ではそこから、和歌が近代の短歌へと移り変わる軌跡を見直してみたいと思う。

一

『サラダ記念日』に収められた四百三十四首を、その歌末表現に注目して読み進めていくと、ある表現が重ねて使用されているのにお気づきになられるだろう。『サラダ記念日』は第三十二回の「角川短歌賞」の受賞作品である「八月の朝」五十首に幕が開くのだが、その五十首の中には、

砂浜のランチついに手つかずの卵サンドが気になっている

まだあるか信じたいもの欲しいもの砂地に並んで寝そべっている

この時間君の不在を告げるベルどこで飲んでる誰と酔ってる

「俺は別にいいよ」って何がいいんだかわからないままうなずいている

のような「ている」と歌いおさめられた歌がすでに四首見られるのだ。このとき次席であった穂村弘の「シンジケート」五十首の中にはこのような姿の歌はなかった。穂村は一九九〇年十月にこれを収めた同名の歌集『シンジケート』（沖積社）を世に出すことになるが、その二百三十七首のうちで歌末を「ている」とした歌は、

死のうかなと思いながらシーボルトの結婚式の写真みている

の一首だけった。

『サラダ記念日』とともに第三十二回の現代歌人協会賞を受賞した、加藤治郎の『サニー・サイド・アップ』（一九八七・一二、雁書館）はどうだったろうか。『サニー・サイド・アップ』の二百七十首の中では、

真夜の湯の四方から冷えてあやうさや　湿原のなかぼくは立っている
だしぬけにぼくが抱いても雨が降りはじめたときの顔をしている
劇場のならぶ通りをぬけるころ切り出し方がまとまっている
缶ビールぐっとのむだけさ　きみはただ白いソックスひっぱりあげてる

の四首が「ている」と結ばれていた。加藤と言えば「口語体というのは、前衛短歌の最後のプログラムだった」(2)という文言でよく知られるようになる歌人であり、『サニー・サイド・アップ』を、

ぼくはただ口語のかおる部屋で待つ遅れて喩からあがってくるまで

と歌いおさめた歌人である。歌集の「解説」では岡井隆が、「定型の中へ口語風の味をもたらすのには、トリッキイな操作が要るのである。だれでもができることではないし、やればできるってものでもない」が、この若者は「それが上手にできる男である」と評したことを思えば、これらはいずれも意図した試みであったと言うべきだろう。それでも、数だけを見れば、同じように「跋」に佐佐木幸綱が「口語定型の文体の新しさ」を指摘した『サラダ記念日』には及ばなかった。総歌数が四百三十四首と、『シンジケート』や『サニー・サイド・アップ』より多いことはあっても、『サラダ記念日』では、さきの「八月の朝」の四首を含む二十五首の歌末が「ている」の形をとっていたのである。『サラダ記念日』においては、これが偏愛されていたと言っても言い過ぎではないだろう。(3)

『サラダ記念日』から四年、第二歌集の『かぜのてのひら』（一九九一・四、河出書房新社）が出版されたが、その四百七十五首のうち、「ている」をもって終止した歌は、

頬杖をついて鏡の壁のなか左右さかさのビュッフェ見ている
早朝の列車に乗りこむ生徒たちポキポキポキポッキーもう食べている

など七首に過ぎない。かわって『かぜのてのひら』が好んだのは、

はなび花火そこに光を見る人と闇を見る人いて並びおり
研究所を離れる朝父はなお研究所長の顔をしており

のような「動詞＋おり」、あるいは「動詞＋ており」の形だった。この形は古く『万葉集』に、

風吹けば　波か立たむと　さもらひに　都太の細江に　浦隠り居り（巻第六　九四五）
波羅門の　作れる小田を　食む鳥　瞼腫れて　幡幢に居り（巻第十六　三八五六）

があるものの、このように歌いおさめる古典和歌は多くはなかったようだ。だから、近代になってそれが目に付くと、「居りは『月に向ひ居り』のやうに明に『居』の意を表明する必要のある場合の外は用ひられぬ」とされ、「近代の和歌には『寝て居り』『起きて居り』『腹へりて居り』『花咲いて居り』『見て居り』『しんとして居り』『染めて居《ヰ》にける』『泣きて居《ヰ》にける』の如く、口語を用ひながら語尾（終止法）のみ文語めかしたもの」があるがそれは「語法からいへば重大なる過誤」だと難じられもしたのだろう。[4]「ている」という形が広く通行するようになるほど、「ており」という形が文語めいて感じられるようになるのは道理ではある。そのような「動詞＋おり」「動詞＋ており」という形は、『サラダ記念日』では、

沈黙ののちの言葉を選びおる君のためらいを楽しんでおり
ごめんねと友に言うごと向きおれば湯のみの中を父は見ており

のような八首に用いられ、第一歌集と第二歌集で「ている」と「ており」が交錯している様相を見て取ることができる。俵万智の歌歴に照らしても、『サラダ記念日』のテイル形で終止する歌は、その世界を特徴づける表現のひとつであり、それにより口語体の印象はいっそう強められたのではないかと思われる。だが、この短歌におけるテイル形というのは、『サラダ記念日』に唐突に現れた事象ではなかった。また、『サラダ記念日』のブームとともに去りゆくような問題でもなかったのである。(5)

二

平成二十六年一月の『短歌研究』(第七一巻第一号)誌上の岡井隆と馬場あき子との対談で、岡井は永井祐の、

日本の中でたのしく暮らす　道ばたでぐちゃぐちゃの雪に手をさし入れる

(『日本の中でたのしく暮らす』二〇一二・五、BookPark)

を引き合いにして、「この歌でもそうなんですけど助動詞なし。全部、現在形なんですね。」と述べた。岡井はさらに、「動詞というものは単に現在形の終止形だけで表現するのではなくて、そこへきゅっと助動詞の何ともいえない柔らかいあの韻律が入ってきて意味も膨らんでくる。これがどうして嫌われているのかがわからない。」

と言って、「どうですか。」と馬場に問いかけたのである。問いかけられた馬場は、私もいつもそれを思うと応じて、「若い人たちって、『今』しかないと。」と答えている。ここで岡井や馬場が「若い人たち」に問いかけたかったのは、助動詞を用いるかどうかという限定的なことだけではなく、歌人として「今」とどう向き合うか、「今」をどのように捉えるかというようなことではあったろう。だが、二人が指摘した短歌におけるはだか形の動詞や助動詞による時間表現の問題も現代の短歌にとっては大きな問いかけであったように思われる。

たとえば、すぐに安田純生は「時間の奥行き」(『短歌研究』第七一巻第四号、平二六・四)において、この対談を紹介しながら、ここで問題になっているのは「時の助動詞」であり、過去や完了の助動詞が用いられていないことで「一首全体が現在の事柄を表現していることになり、何か、奥行きのない平面的な印象を与えるのであろう」と指摘した。「過去をあらわすときに『き』『けり』の二つの助動詞、完了をあらわすときに『ぬ』『つ』『たり』『り』の四つの助動詞を使い分けていた文語とは異なる」現代語の短歌表現では、「た」を用いても過去か完了かの区別もつきにくく、「現代語の短歌は、明治時代から、現在形で表現されやすい傾向があるように思われる」と安田は述べている。

また、大辻隆弘は「口語の時間表現について」(『短歌』第六二巻第一〇号、平二七・八)において、「『時の助動詞』の貧困は口語の大きな弱点なのだ」との認識を示して、岡井、馬場の対談に始まった一年を「口語短歌の時間表現についてさまざまな議論が交わされた年だった」と振り返っている。大辻は、その年の議論を追いながら、

短歌における抒情の問題は、煎じつめれば、短歌において時間をどう表現するかという問題に収斂する。一つの「今」に定位した文語短歌の時間表現を廃棄する以上、口語短歌の作者は、みずからの抒情を確立する新たな時間表現の技法を開発する必要に迫られているはずだ。

として、「若い歌人たちは、明晰な意識のもとに、すでにその課題と格闘しているのだ」と語り終えた。二〇一四年の口語短歌の時間表現についての議論はそのようにまとめられたのではあるが、その三十年近く前に『サラダ記念日』に多用されたテイル形にも、「つ」「ぬ」「たり」「り」「き」「けり」という時の助動詞のほかに、歌はどのような表現に着地できるかという課題が含み込まれていたように思われる。それは『サラダ記念日』という場での格闘でありながら、同時に『サラダ記念日』までの近代、現代の短歌の格闘の所産でもあったはずだ。そこで、結句の末尾に「ている」とした歌を追いながら、その時間表現の特質について考察を加えてみよう。

三

短歌史の上で最初の「口語體の短歌集」(6)としてよく知られているのは、『池塘集』(明三九・一二、草山盧)であろう。けれども、この『池塘集』には、「ている」を歌末に据えた歌は見当たらない。言うまでもなく、明治三十九年にそういう形の文末が成立していなかったのではない。

親譲りの無鐵砲で小供の時から損ばかりして居る。

と書き出された「坊つちやん」が『ホトトギス』に発表されたのは明治三十九年四月のことであった。「坊つちやん」はこのくだりに続いて、

親類のものから西洋製のナイフを貰つて奇麗な刃を日に翳して、友達に見せて居たら、一人が光る事は光るが切れさうもないと云つた。切れぬ事があるか、何でも切つて見せると受け合つた。そんなら君の指を切つて見ろと注文したから、何だ指位此通りだと右の手の親指の甲をはすに切り込んだ。幸ナイフが小さいのと、親指の骨が堅かつたので、今だに親指は手に付いて居る。然し創痕は死ぬ迄消えぬ。(7)

と語られていくが、『池塘集』が採用したのは、この「云つた」「受け合つた」の方だった。つまり、助動詞の「た」を用いたのである。例を挙げれば、

君が戀は地層に深い水脈や吾手にほられて泉と湧いた
死の谷を出でゝ歸つたわが兄の戰語によひも更けた
菊を買ひ古器買ひ下京やかねての秋の一日も暮れた

のような歌がそうであるのだが、この『池塘集』の試みは成功したとは見做し難い。散文の基本文型を形成し、近代小説の文末表現を席捲した「た」ではあったが、短歌との相性は良くなかったからである。

日常の会話で、現在の彼の足の状態を、

彼は足が痺れる。

と言うには無理がある。彼のいまの足の状態は彼以外の人間には認知できないからだ。しかしながら、助動詞の「た」を下接し、

彼は足が痺れた。

とすれば、許容の度合いは高まるだろう。「いま、バスが出た。」と同じように、現在の状態を「た」をもって表すこともできなくはないのだ。だが、この「彼は足が痺れた。」という素っ気ない言い方は、すでに北原保雄が指摘するように「小説や物語などの地の文にふさわしいもの」である。「表現主体が他者(=二、三人称の動作主)の主観(=心のうち)を見透かすような視点」に立って描写しているからだ。(8) これが近代小説の叙法であって、こ

の際限なく全知の視点を介入させることが可能である手法を、一人称の詩型である短歌に持ち込むのは定めし困難なことであったろう。では、

彼は足が痺れている。

はどうだろうか。「足が痺れた。」が足が痺れるという事態が生じたということを表しているのに対して、「彼は足が痺れている。」は、足が痺れるという事態が生じ、なおその状態が続いているということを表すだろう。この際に、「彼は足が痺れている。」も「彼は足が痺れた。」と同じように、「他者（＝二、三人称の動作主）の主観（＝心のうち）を見透かすような視点」をもった語り手によるものであると想定することもできるのだが、「彼は足が痺れている。」は、傍らで正座している男性がむずむずし始めたというような彼の足の痺れを類推させる何かをその場で語り手が観察している色合いが強く出ているのではないだろうか。この、「一種仮有の時空点から発話する[9]」ような語り手ではなく、その場に発話者が居合わせているかのような位置取りが短歌という詩型には好都合だった。

「ている」と結ばれた最初の歌を明らかにすることは困難だが、おそらく『一握の砂』の八七番歌、「我を愛する歌」の中の次の一首はかなり初期のものだったのではないか。

何やらむ
穏かならぬ目付して
鶴嘴を打つ群を見てゐる　(87)

この歌は、明治四十三年四月二十三日の「東京毎日新聞」に「穏かならぬ目付」の題で次のような五首の最後に置かれて発表されている。

死ね死ねと己を怒りもだしたる心の底の暗き空しさ
乳の色の湯呑のなかの香る茶の薄き濁りをなつかしむかな
しつとりと水を吸ひたる海綿の重さに似たる心地覚ゆる
とかくして家を出づれば日光の温かさあり息深く吸ふ
何やらむ穏かならぬ目付して鶴嘴を打つ群を見てゐる

また、一首は明治四十三年七月の『創作』「自選歌」にもとられたが、「東京毎日新聞」で歌句が題として用いられていること、「自選歌」では東海歌に始まる二十三首の最後に置かれていたこと、また「自選歌号」に掲載された伊藤左千夫、土岐哀果、茅野蕭々、茅野雅子、太田水穂、尾上柴舟、若山牧水、金子薫園、吉井勇、高村光太郎、相馬御風、正富汪洋、前田夕暮、佐佐木信綱、北原白秋、水野葉舟が自ら選んだ中には、こういった姿の歌がないことからも、意欲的な詠作と評すべきだろう。

この歌は啄木短歌の研究史上では、今井泰子が「各句の修飾関係のとり方、また『見てゐる』の主語をだれとみるかで幾通りにも解釈できる」(10)としたように、「歌の情景は多義的」(11)であることで知られている。たとえば、岩城之徳は、『近代文学注釈大系　石川啄木』(昭四一・一一、有精堂)において、「見てゐる」の主語は、「『何やらむ穏かならぬ目付』をしている者、即ち現場の監督であろう」とした。一方で、山本健吉は『日本の詩歌5　石川啄木』（昭四二・一〇、中央公論社）に、「『穏かならぬ目付』をしている自分を、さらに客観したような歌」との鑑賞を付している。山本の言うところは、「見てゐる」のは発語者自身だということであろう。はたして、「見てゐる」のは発語者なのだろうか。あるいは発語者とは別の誰かなのだろうか。しかし、ここでは解釈の精度を競うのではなく、どうして「見てゐる」人物が判然としないのかということを考えてみたい。

柳沢浩哉は「テイル形の非アスペクト的意味――テイル形の報告性――」に、

みんなで歌を歌うよ。

みんなで歌を歌っているよ。

を比較し、前者は「話し手も含めたみんなでこれから歌を歌うという内容」であるのに対して、後者は「集団で歌を歌っている様子を報告している文であり、『みんな』の中に話し手は含まれていない」とし、テイル形の「動作主を三人称化する性質」を指摘している。[12]この場合の「歌う」という動詞は、「歌う」という行為が発話と同時に成立しないという事情があるため、発話者は「歌う」という行為者から自動的に排除されるのではないかとも思われるが、

みんながお土産を買うよ。

みんながお土産を買ったよ。

みんながお土産を買っているよ。

のような場合も、「みんながお土産を買っているよ。」では、お土産を発話者は買っておらず、その様子を傍観していると考える余地が生じていそうだ。[13]「何やらむ／穏かならぬ目付して」の歌でも、「見てゐる」と歌われたことで、動作主が発語者である場合とそうでない場合が想起されるようになったのだろう。だが、一首におけるテ

イル形の機能は、「見てゐる」人物の像に揺らぎを与えるというようなことにとどまるものではない。この歌末に据えられた「てゐる」は、一首の中で絶妙な効果を生み出していると見なければならない。

岩城は、先ほどの注釈に続けて、歌意を「何事か穏かでない目つきで、鶴嘴をふるう人々の群（むれ）を見ている人がある」とした。「何やらむ」が「穏かならぬ目付」にかかっていると見てのことであるが、これは適切でなかったのではないか。すでに橋本威が指摘しているように、行分けの位置から考えても、「〈穏ヤカデナイ目付キデ鶴嘴ヲ打ツ一群ノ男達ヲ見テイル。一体何デアロウカ〉」[14]とでもすべきであった。この歌の作因は、冒頭で「何やらむ」と提示されている発語者の心に生じたひっかかりであり、発語者が「何やらむ」と思って見る目線の先に「穏かならぬ目付」で「鶴嘴を打つ群」を注視している人物が存在するのだと考えておきたい。

一首に歌われている動作は、穏やかでない目付をすることと鶴嘴を打つことと、見ていることであるが、一首はこれらの動作を一連のものとして通時的に描くのではなく、共時的なこととして歌おうとしている。その差異を明らかにするために、啄木の小説「葬列」と「雲は天才である」の終幕部を比較してみよう。

電光の如く湧いて自分の両眼に立ち塞がつた光景は、宛然幾千万片の黄金の葉が、さといふ音もなく一時に散り果てたかの様に、一瞬にして消えた。が此一瞬は、自分にとつて極めて大切なる一瞬であつた。自分は此一瞬に、目前に起つて居る出来事の一切を、よく〳〵解釈することが出来た。

疾風の如く棺に取縋つたお夏が、蹴られて撞と倒れた時、懐の赤児が『ギヤツ』と許り烈しい悲鳴を上げた。そして此悲鳴が唯一声であつた。自分は飛び上る程喫驚した。ああ、あの赤児は、つぶされて死んだのではあるまいか。…………（「葬列」）

語り来つて石本は、痩せた手の甲に涙を拭つて悲気に自分を見た。自分もホツと息を吐いて涙を拭つた。女教師は卓子に打伏して居る。（「雲は天才である」）

「葬列」では、最後の一文に至るまでに、「一瞬にして消えた」「大切なる一瞬であつた」「解釈することが出来た」「悲鳴を上げた」「唯一声であつた」「飛び上る程喫驚した」のように、事象とそれに対する判断が助動詞の「た」によって次から次へと連続して語られている。点と点が結ばれていくようにと言ってもいいかもしれない。それによって、「葬列」のこの場面は、「悲鳴」とそれに対する驚きへと一気に駆け込んでいく。対して、「雲は天才である」は、「自分を見た」「涙を拭った」までは同じように、まず石本が涙を拭って自分を見るという事態が起こり、自分も息を吐いて涙を拭うという動作をおこなったことが続けて述べられているのであるが、そのあとに「女教師は卓子に打伏して居る」とされたことで、一定の時間幅にこの光景が縁取られ、石本と自分と女教師のそれぞれの様子が同時的なこととして纏められ、幕が下ろされたのである。

「何やらむ／穏かならぬ目付して」の歌に立ち戻って言えば、穏やかでない目付をして立っている人物の行動が「見る」や「見た」ではなく、「見てゐる」とされたことで生じた時間幅に全体が縁取られて、鶴嘴を打つ群れの動き、その音や舞い上がる埃などと、穏やかでない目付でそれを凝視する人物が共時的に存在していることが示されているだろう。そして、もちろん、鶴嘴を打つ群れと凝視する人物を傍観するように居合わせた発語者の姿も歌われた光景の中で相互に浸透し合い、一首の情感を生み出しているのだ。そして、その情感とも「てゐる」は深く結びつく。

「見てゐる」という表現は、「見る」という動きではなく、そのような動きを現在の状態として捉えるのであるが、一方で事態の終わりについては無関心だ。だから、「何やらむ」という心にひっかかったちょっとした不審な印象は、歌末に至っても収束することなく揺曳し続ける。こういった光景は、ひょっとしたら日常的なありふれた光景だったのかも知れないが、一首はそのような日常性を越えて、その時代のその場にともにあった人々の心の裡の穏やかならざるものの共鳴を捉え示しているだろう。「何やらむ」という初句と、「見てゐる」という歌末表現の組み合わせの効果は劇的で、この意欲的な詠作は近代短歌の歩みの中の確かな一歩として銘記されねばならない。

四

近代短歌史上においては、おそらく明治四十年代頃から使用されていったと思われるこのテイル形だが、大正時代になると、その広がりを口語短歌運動の中に見出すことができるようになる。口語を標榜し、「つ」「ぬ」「たり」「り」「き」「けり」から「た」へ移行しようとすれば、歌末表現が痩せ細らないような方策が求められたであろうし、その手法の一つとして、口語短歌がテイル形に行き着いたとしても何ら不自然なことではないだろう。

大正十一年十一月に青山霞村、西出朝風、西村陽吉によって編まれた『現代口語歌選』（東雲堂）には二百名を越える人の、千二百首以上の歌が収められているが、そのうち五十首以上が「ている」と結ばれていた。そこでのテイル形は、動作の継続ということだけでなく多様な表現効果を発揮し、短歌という詩型との親密性を浮かび上がらせている。そのなかには、「ている」と表された行為の主がはっきりと発語者ではない次のような歌が散見する。

棄て、こいといはれた小猫を小供等は橋にかこんでいとしがつてる（萬保俊一「褪せた戀」）

子供等はゆふ燒こやけと手を叩き光りの中にとびはねてゐる（伊藤公敬「糧の鞭打」）

これらは、先にも述べたとおり、小説の地の文にもふさわしい描写ではあるが、その情景はテイル形が齎す時間幅に縁取られ、発語者が共時的にその場を見かけているかのように思わせる。一人称詩型の歌というものが自分の経験や思惟の表白であるなら、発語者がその場にいるように解せるというつくりは歌が歌として存立する根拠を繋ぎ止めただろう。だから、

何といふ心細さだ父母にひとりさからひ麥うゑてゐる（飯田武之輔「農夫の歌」）

荒男ひしめくなかにうづくまり一人さびしく鐵燒いてゐる（柳生緣秀「造船工」）

のような場合に、「うゑてゐる」「燒いてゐる」のが発語者ではない誰かと設定しうる余地が入り込んだとしても、その様子を傍観している発語者を想定できれば短歌という形式は崩れることはなく、動作主が誰かという揺らぎは、むしろ一首の世界の広がりと享受されることになるのだ。また、動作主が人でない場合の歌も少なくなかったが、テイルの用法が動作の継続でなく、結果の継続であっても、

枕頭の書物のうへに散薬がこぼれたまゝで夜があけてゐる（河野和村「矢立」）

汽車道を歩いてくると澁柿が茶畑のなかに黄いろくなつてる（田中星波「月見草」）

のような詠作は、伝統的な叙景歌の方法とも通じて、歌われた光景や様子が発語者の目の前にあると受けとめられ、発語者が歌を統括するという形式が保たれている。

一方、

このまづい簡易食堂の外米をさもうまさうにみな食べてる（和田礒人「來往」）

お互ひに違つた心と顔を持つた二人が寄つて夫婦と言つてる（岩谷武夫「巷の風」）

のような歌は、単に現在そうしているとも読めるし、習慣や繰り返しを含意しているとも読めるだろう。そうすると、「ている」が縁取る時間幅はもう少し広がりをもち、一首はときどきの様態を折り重ねて、その時分の情感を織りなしていくことになる。テイル形は、

忠告をされてる時は生意氣と思つたが今は感謝してゐる（羽田秋人「職を求めて」）

の一首のように「今」と、あるいは「現在」や「このごろ」、「最近」というような語とも共起が可能で、これによっても新しい時間表現が模索されたであろう。

ついには、次のような歌も『現代口語歌選』には登場した。

ゆく汽車のまどからみればふるさとの山と烏がみおくつてゐた。（笠衣紅蔦「草の實」）
ただひとり壁にむかつて毬なげるさびしいことをけふもしてゐた。（久保靜花「壁」）
日が暮れて村に入ると硫黄臭い工場の煙が田を這ふてゐた（後藤史郎「空に鳴る風車」）
音樂を聽きにゆかうと出かけたが同じことだと草に寝てゐた（秋元房三「去り來る人達」）

テンス・アスペクト体系から言えば継続相過去ということになるだろう。このような試みについては、口語短歌の表現史の中で改めて問い直す必要があるだろうが、末尾に付いた「た」は、左のような歌を見ると、やはり短歌の散文への解体という事態を孕んでいると言わねばなるまい。

蚤がもぐつていつて牡蠣をとつてきた。牡蠣はだまつてゐた。（登志朗「牡蠣」）

同じ趣向の、

のんきさうに女工が鼻唄うたつてる赤い煉瓦に雨がふつてる（森田喜久藏「工場で」）

は、女工の姿と雨に濡れた街の様子を発語者が、その場でそれこそ「見てゐる」のに対して、牡蠣の歌の発語者は透過してしまい、これが三人称の語り手によるものと思わせかねないからである。かつて谷崎潤一郎は、『文章読本』に「**われ〳〵の國の言葉にもテンスの規則などがないことはありませんけれども、誰も正確には使つてゐませんし**、一々そんなことを氣にしてゐては用が足りません[15]」と言ったが、現在的な「私」の発語であるこの詩型と向き合う歌人たちは決してそうは思えなかっただろう。そこで歌人たちは、「つ」「ぬ」「たり」「り」「き」「けり」という助動詞たちが平生の言葉から離れ、テンスの多様な表現が痩せ細っていきかねないときに、「てゐる」のようなアスペクトによって短歌の時間表現に膨らみをもたせてきたのである。

『サラダ記念日』よりも十年以上過ぎて、口語体から話し言葉への道を取ろうとした枡野浩一は、『ますの。』（一九九九・三、実業之日本社）に、

でも僕は口語で行くよ　単調な語尾の砂漠に立ちすくんでも

と歌った。確かに口語をもってする歌末表現は砂漠の過酷な環境に譬えられるものだったかもしれない。しかし、これまで見てきたような歌人たちの営為からすると、むしろそれは人の働きかけを通じ形成されてきた里山を思わせる。原生的な自然でも、人工的な都市でもないが、そこでは多様ないのちのにぎわいが受け継がれている。

〈注〉

（1）『サラダ記念日』は一九八七年五月八日に河出書房新社から刊行された。この歌集とその現象については、たとえば『歌の源流を考える』（一九九九・四、ながらみ書房）に詳しい。
（2）加藤治郎『TKO』（一九九五・七、五柳書院）
（3）望月善次は「『サラダ記念日』の定型意識――結句表現を手掛かりとして――」（『日本語学』第一一巻第八号、平四・七）において『サラダ記念日』における句跨がりが補助動詞に多いことを指摘しながら、「俵万智を〈「ている」の歌人〉とすることも可能であろう」と述べている。
（4）松岡静男『歌學』（昭五・七、新興學會出版部）
（5）一年は短いけれど一日は長いと思っている誕生日（『サラダ記念日』）
のように中途に配された「ている」についても考察すべきかと思われるが、本節では、文末表現との関連から結句の末尾に置かれた「ている」のみを考察の対象とした。

また、「この時間君の不在を告げるベルどこで飲んでる誰と酔ってる」のような場合の「酔ってる」は「酔っている」に比べてより話し言葉に近いとは言えるが、本節では「酔っている」の「い」が省略されたと考えて、テイル形として取り扱っている。
（6）『文章世界』（第二巻第一号、明四〇・一）
（7）引用は、『漱石全集　第二巻　短篇小説集』（昭四一・一、岩波書店）によった。
（8）北原保雄「表現主体の主観と動作主の主観」（『国語学』一六五集、一九九一・六）
（9）野口武彦『三人称の発見まで』（一九九四・六、筑摩書房）
（10）今井泰子注釈『日本近代文学大系　第23巻　石川啄木集』（昭四四・一二、角川書店）
（11）木股知史校注『和歌文学大系77　一握の砂・黄昏に・収穫』（平一六・四、明治書院）
（12）『森野宗明教授退官記念論集　言語・文学・国語教育』（一九九四・一〇、三省堂）
以下に掲げたような主要文献では、テイル形の意味や性質が検討されている。

金田一春彦編『日本語動詞のアスペクト』（昭五一・五、麦書房）
国立国語研究所『現代日本語動詞のアスペクトとテンス』（一九八五・二、秀英出版）
工藤真由美『アスペクト・テンス体系とテクスト―現代日本語の時間の表現―』（一九九五・一一、ひつじ書房）
北原保雄監修『朝倉日本語講座6　文法Ⅱ』（二〇〇四・六、朝倉書店）
中川正之・定延利之編『言語に現れる「世間」と「世界」』（二〇〇六・一一、くろしお出版）
日本語記述文法研究会編『現代日本語文法3』（二〇〇七・一一、くろしお出版）
須田義治『現代日本語のアスペクト論　形態論的なカテゴリーと構文論的なカテゴリーの理論』（二〇一〇・六、ひつじ書房）
上野善道監修『日本語研究の12章』（平二二・六、明治書院）
浅利誠『非対称の文法「他者」としての日本語』（二〇一七・一一、文化科学高等研究院出版局）
永尾章曹「『動詞＋ている』の用法について」（『国文学攷』第一〇〇号、昭五八・一二）
吉田雅昭「テイル形の分析的考察」（『言語科学論集』第一三号、二〇〇九・一二）
津田智史「ル形との対比からみたテイル形の基本的意味」（『言語科学論集』第一五号、二〇一一・一二）
山岡政紀「文機能とアスペクトの相関をめぐる一考察――テイル形の人称制限解除機能を中心に――」（『日本語日本文学』第二四号、二〇一四・三）

（13）定延利之は「心内情報の帰属と管理――現代日本語共通語『ている』のエビデンシャルな性質について――」（中川正之・定延利之編『言語に現れる「世間」と「世界」』二〇〇六・一一、くろしお出版）において、「『ている』は『観察してみると現在これこれである（これこれのデキゴト情報がある）』ということを表すエビデンシャルである」と述べている。
（14）橋本威『啄木『一握の砂』難解歌稿』（一九九三・一〇、和泉書院）
（15）引用は、『谷崎潤一郎全集　第二十一巻』（昭四三・七、中央公論社）によった。

初出一覧

Ⅰ　啄木短歌の言葉と表現

1　手を見るまえに　（国際啄木学会編『論集　石川啄木Ⅱ』（二〇〇四・四、おうふう）

2　さばかりの事　（『立命館文学』第五九二号、二〇〇六・二「さばかりの事――『一握の砂』三十一番歌をめぐって――」）

3　「ふと」した啄木　（台湾啄木学会『漂泊過海的啄木論述　國際啄木學會台灣高尾大會論文集』二〇〇三・七「『ふと』した啄木――『一握の砂』四九八番歌をめぐって――」）

Ⅱ　『一握の砂』の詩的時空

1　ウサギとアヒルと『一握の砂』　（『国際啄木学会東京支部会会報』第一二号、二〇〇四・三）

2　石川啄木と非凡なる成功家　（『国際啄木学会東京支部会会報』第八号、二〇〇〇・三）

3　啄木「おもひ出づる日」の歌　（『国際啄木学会研究年報』第四号、二〇〇一・三）

4　啄木の耳　（『啄木文庫』別冊記念号、二〇一二・八）

5　忘れがたき独歩　（『解釈と鑑賞』第六九巻二号、平一六・二）

6　亡児追悼――『一握の砂』の終幕　（『解釈と鑑賞』第七五巻九号、平二二・九）

Ⅲ　『一握の砂』への道

1　「曠野」の啄木――啄木短歌と散文詩
（『文芸研究』第一三七集、平六・九　「『曠野』の啄木――啄木の散文詩をめぐって――」）

2　明治四十一年秋の紀念――『一握の砂』「秋風のこころよさに」と「虚白集」
（『日本文芸論稿』第二一号、平成六年二月）

3　Henabutteyatta――啄木のへなぶり歌
（韓国中央大學校『日本研究』第一一輯、一九九六・二　「Henabutte yatta――石川啄木のへなぶり歌」）

Ⅳ　啄木短歌から現代短歌へ

1　『池塘集』考――口語短歌の困惑
（『国際啄木学会東京支部会会報』第二三号、二〇一五・三）

2　はだかの動詞たち――啄木短歌における動詞の終止形止めの歌について
（『国際啄木学会研究年報』第一九号、二〇一六・三）

3　鶴嘴を打つ群を見てゐる――短歌表現におけるテイル形に関する一考察
（『東京都立産業技術高等専門学校　研究紀要』第一一号、二〇一七・三）

あとがき

就職活動のさなかであろうか。面接を控えた学生が「自分の言葉で話しなさい。」と注意されている。よどみなく話せても、どこかで聞いたような志望理由の受け売りでは話にならないということらしい。しかし、そう言われて学生も困ったに違いない。「自分の言葉」などという言葉がこの世界のどこにあるというのか。「自分の空気を吸いなさい。」と言われたら、私はどこをどう吸ったらいいのかさっぱり分からなくなる。それでも、暑い夏の夕刻に、ひとかたまりの空気の流れが風となってそよいだら、それが自分のためにだけあるように思うだろう。すぐれた歌人たちは、歌詠むときに、まるで言葉が自分のためだけにあると感じるのではないか。さても歌風とはよく言ったものである。結局、目には見えず、肌で感じることしかできないのかもしれないが、小著はそれに吹かれての歩みだった。

そして、小著もここに至るまでに多くの方々の御陰をこうむっている。けれども、私が先生とお呼びする方々は、こういったところに名前が出るのを好まれない方ばかりだ。恩師などは、「こういういい加減な本に名前を出されては迷惑です。」と真顔でおっしゃるに違いない。お叱りを受けるのは覚悟しておこう。東北大学文学部・大学院文学研究科でご指導いただいた菊田茂男先生、鈴木則郎先生、仁平道明先生、佐藤伸宏先生はいつも怠惰な私を励まし、導いてくださった。特に記して深謝申し上げたい。また、国際啄木学会にて遊座昭吾先生、上田博先生、近藤典彦先生、太田登先生、望月善次先生、池田功先生より学恩を賜ったことに御礼を申し上げる。

ある日、恩師から手渡された小さな新聞の切り抜きは、発足した国際啄木学会が盛岡で大会を行うという記事だった。足を運んだのはあとで感想を聞かれたら困るという程度の理由からだったように思う。だが、「石破集」から「虚白集」「莫復問」を経て啄木短歌の抒情が進化しているという問題提起との出会いは私には邂逅と呼ぶべきものだった。盛岡から帰って、「石川啄木論」という卒業論文の題目に、「『石破集』から『莫復問』へ」という副題を付けた。そこからの遅々とした歩みである。改めて感謝の意を表したい。ほかにも御礼を申し上げる人は多い。航空高専のころから私を支えてくださった職場の方々。小島新一先生、本多典子先生、土佐朋子先生、原田洋一郎先生、諏訪正典先生にも感謝申し上げる。

最後に、笠間書院の方々にも御礼を申し上げなければならない。いつか機会に恵まれたら笠間書院から本を出してみたいと思っていた。笠間書院に川平ひとし『中世和歌論』があるからだ。著者にお目にかかることはできなかったが、大著に収められたいくつかの論文を知らなければ、私は歌を読むということがどういうことか終生分らなかったであろう。それらの論文は、もとは恩師が、中世和歌を専門とする人に勧めてくださっていたものだった。拙い歩みだが恵まれた道程というほかない。

平成二十九年　十二月二十日

河野有時

引用短歌索引

一、引用短歌索引は「啄木短歌」と「その他」からなる。
一、「啄木短歌」は現代仮名遣いの読みに従って五十音順に排列した。
一、「その他」は書名別と歌人名別からなり、書名は時代順に、歌人名は五十音順に排列した。それぞれの引用短歌は掲載順に排列した。
一、数字は本書の所収ページ数を示す。

啄木短歌

【あ】

【い】

をかしさに「路上」の「淋びし」數へゆくと四國八十八箇處あつた　牧水　227
籾殻の小さいくらしをかぞへたてさうしてそれが藝術だとは　夕暮　227
李賀泣かずキーツもそんなに泣かなんだスピノザの信ない子あはれや　御白　227
みやびをに醜い髭があるやうなそのよみ歌に圭角のあるのは　鐵幹　227
萬葉の殘飯なんど食つてゐて貫之をかみ景樹に吠ゆる　萬葉模倣派　227

『川柳とへなぶり』

シト〳〵と春の雨降る京の街往來の傘を二階から見る　200
夕立は向ふの山に消え行きて古りし山門夕日まばゆき　200

『現代口語歌選』

何といふ心細さだ父母にひとりさからひ麥うゑてゐる　227・264
荒男ひしめくなかにうづくまり一人さびしく鐵燒いてゐる　227・264
棄て、こいといはれた小猫を小供等は橋にかこんでいとしがつてる　264
子供等はゆふ燒こやけと手を叩き光りの中にとびはねてゐる　264
枕頭の書物のうへに散薬がこぼれたまゝで夜があけてゐる　265
汽車道を歩いてくると澁柿が茶畑のなかに黄いろくなつてる　265
このまづい簡易食堂の外米をさもうまさうにみな食べてる　265
お互ひに違つた心と顔を持つた二人が寄つて夫婦と言つてる　265
忠告をされてる時は生意氣と思つたが今は感謝してゐる　265
ゆく汽車のまどからみればふるさとの山と烏がみおくつてゐた。　266
ただひとり壁にむかつて毬なげるさびしいことをけふもしてゐた。　266
日が暮れて村に入ると硫黄臭い工場の煙が田を這ふてゐた　266
音樂を聽きにゆかうと出かけたが同じことだと草に寝てゐた　266
蜑がもぐつていつて牡蠣をとつてきた。牡蠣はだまつてゐた。　266
のんきさうに女工が鼻唄うたつてる赤い煉瓦に雨がふつてる　266

青山霞村→『池塘集』

雨宮水郊

劇場の薄くらがりにふと思ふこゝろの影のなげかひのこと　59

井上賢順

野の中に『美』を説く君の御聲消えて星の吹雪に崇きみすがた　42

上崎清太郎

『何か見る』『はた知らざれどかの海をただ我見るに心足らねば』（啄木選）　54

大貫かの子

ふと見ればあないつしかも我影は塗られてありぬ灰色の壁　63

尾上柴舟

■著者紹介

河野有時（こうの・ありとき）

1968年大阪府生まれ。

東北大学文学部卒業、東北大学大学院文学研究科博士課程国文学専攻単位取得退学。

東京都立航空工業高等専門学校を経て、現在、東京都立産業技術高等専門学校教授。

博士（文学）。

著書に『コレクション日本歌人選035　石川啄木』（2012年１月、笠間書院）など。

啄木短歌論《たくぼくたんかろん》

2018年３月30日　初版第１刷発行

著　者　河　野　有　時

装　幀　笠間書院装幀室

発行者　池　田　圭　子

発行所　有限会社笠間書院

東京都千代田区猿楽町2-2-3［〒101-0064］

NDC分類：910-26

電話　03-3295-1331　fax　03-3294-0996

ISBN978-4-305-70889-2

組版：キャップス　印刷／製本：モリモト印刷

落丁・乱丁本はお取りかえいたします。

出版目録は上記住所または info@kasamashoin.co.jp まで。

人名索引

(1)「人名索引」は、本書において論及した人名を現代仮名遣いの読みに従って五十音順に排列した。
(2) 立項は、本文中で使用されている表記によった。本文中において姓や名が省略されている場合は、(　　)にそれを補った。
(3)「石川啄木」「啄木」は立項していない。
(4) 数字は本書の所収ページ数を示す。

【う】

【お】

【か】

【り】

【わ】

歌書索引

(1)「歌書索引」は、本書において論及した主な歌書を現代仮名遣いの読みに従って五十音順に排列した。
(2) 書名は『　』、作品名は「　」で示し、(　)に著者名を補った。
(3) 数字は本書の所収ページ数を示す。

【あ】

【い】

【う】

【え】

【お】

【か】

【き】

【く】

【け】

【こ】

【さ】

【し】

【す】